KB008207

# 엉망진창
## 우주선을 타고

## 차례

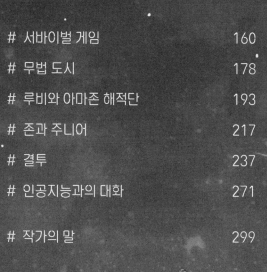

# 베스트 시티

어느 날, 선동의 머릿속에 이전에는 생각해 본 적 없었던 질문이 떠오르면서, 모든 것이 바뀌었다.

그 생각 때문에 친구도 바뀌고 생활도 바뀌고, 한동안 학교뿐 아니라 사는 곳도 바뀌었다. 머릿속의 생각을 말하지 말 걸 그랬나, 후회할 때도 있었다. 하지만 어쨌든 한 번 떠오른 생각은 최선을 다해 곱씹을 필요가 있었기 때문에 멈추지 않았다. 그리고 아무리 생각해도 결론이 나지 않아 부모님에게 고민을 털어놓았다가 소동이 벌어졌다.

그때 선동은 혼자서 로봇이 차려 준 합성 수프를 먹고 있었다. 멀건 죽처럼 생겼는데, 각종 영양을 인공으로 합성해서 소화가 잘되도록 물에 풀어 놓은 음식이었다. 굳이 씹지 않고도 쉽게 삼킬 수 있으면서 영양가도 있고 맛도 나쁘지 않았다. 최선을 다해서 식사 시산을 절약하는 사람들에게 인기 있었다.

합성 수프를 먹는 짧은 시간 동안에도 선동은 계속 생각에 잠겨 있었다. 먼저 수프를 단숨에 들이켠 부모님은 요즘 한참 인기 있는 무중력 럭비 중계를 보고 있었다. 우주복을 입은 선수들이 무중력 경기장 공중에서 허우적거리며 공을 던지고 서로 치고받는 동안, 선동의 아빠와 엄마는 응원팀을 목청껏 소리 지르며 응원했다.

그때 선동이 말했다.

"왜 사람은 최선을 다해서 살아야 해요?"

말이 끝나자마자 집을 관리하는 인공지능 하드리아누스가 럭비 중계 화면을 멈추었다. 아빠와 엄마가 놀라서 선동을 돌아보았고, 부엌에서 바쁘게 움직이던 로봇까지 선동에게 시선을 집중했다. 이럴 필요까지 있나, 모두의 예민한 반응에 선동은 당황했지만 이해가 안 가는 것도 아니었다. 정말 이상한 질문이었으니까.

난감한 표정으로 마주 보고 있던 아빠와 엄마 중 아빠가 먼저 말했다.

"그거야 우리가 '베스트 시티'에 살고 있으니까 그렇지."

원래 뭔가 설명하길 좋아하는 아빠는 요즘 철학 책을 많이 읽기 시작하면서부터 철학에 대한 얘기를 자주 했다. 엄마가 듣지 않으면 선동에게, 선동이 듣지 않으면 로봇을 붙잡고 철학 책에서 읽은 내용을 설명했다.

당연히 지금도, 아빠는 선동에게 왜 최선을 다해야 하는지 설명하기 시작했다.

"아주 오래전, 인류가 우주로 진출을 막 시작했을 때의 일이야. 우주에는 다양한 환경의 행성이 있었지. 추운 행성도 있고 더운 행성도 있고, 밤과 낮이 없는 행성도 있고, 중력이 강한 행성도, 고약한 냄새가 나는 행성도 있었어. 인류는 이전에 겪은 적 없는 다양한 환경에 적응하기 어려웠어. 살아남기 위해서는 문화와 가치관과 개성을 바꿔 각 행성에 적응해야 했지. 각자의 환경에 적응하면서 독특한 문화가 생긴 도시가 늘어났고, 인류는 서로의 문화를 존중하자고 결정했어. 알다시피 우리 행성은 자원도 풍부하지 않고 환경은 척박해. 필사적으로 노력하지 않으면 사람이 살아남을 수 없는 곳이었어. 초기에 도착한 우주인들은 최선을 다해서 행성 환경에 적응해 살아남았지. 그래서 최선을 다하는 문화를 존중하는 베스트 시티가 됐어. 그러니까 너도 베스트 시티 사람답게 최선을 다해야 해."

그건 선동도 학교에서 배워서 알고 있는 것들이었다. 베스트 시티에서는, 중학교 2학년인 선동은 물론 다섯 살 아이도 알고 있는 상식이었다. 하지만 선동의 의문은 그렇게 단순한 대답으로 해결되지 않았다.

'왜 최선을 다해서 살아야 할까?'

이전에는 그런 생각이 든 적 없었다.

선동도 베스트 시티에 살고 있으니, 당연히 매사에 최선을 다하며 지냈다. 아침에 일어날 때도 최선을 다해서 일찍 일어났다. 세수도 최선을 다해서 하고 옷도 단정하고 깨끗하게 입었고, 맛이 없어도 합성 수프를 매번 다 먹었다. 등굣길에 인공지능 버스를 타서도 최선을 다해 수업 준비를 했다. 학교에서도 최선을 다했다. 선생님과 인공지능의 수업에 귀를 기울였다. 학교에 가지 않는 날에는 집에서 화상 강의를 들었다. 그리고 남는 시간에는 친구들과 최선을 다해서 놀았다.

선동은 과거 지구에 있던 나라, 미국의 서부 개척 시대를 배경으로 레이저건 배틀을 하는 VR 게임 〈서부 최후의 카우보이〉를 특히 좋아했다. 선동은 게임을 할 때도 최선을 다했지만 이길 때보다 질 때가 더 많았다. 다른 친구들 역시 최선을 다해서 게임에 임했기 때문이었다.

중학교 1학년이 될 때만 해도 선동의 일상엔 별다른 문제가 없었다. 하지만 2학년이 되자 점점 최선을 다할 일이 늘었다. 더 일찍 일어나야 했고, 공부할 것은 많았지만, 놀 시간은 더 없었다. 특히 레이저건 사격 실력이 한참 좋아질 때쯤 게임을 줄여야 해서 선동은 속이 상했다. 그럼에도 놀 시간을 줄이고 더 많은 공부를 해야 중학생으로서 최선을 다하는 생활이라 할 수 있었기 때문에 선동도 그렇게 했다.

베스트 시티의 다른 사람들 역시 늘 최선을 다했다. 부모님도 선생님도 다른 친구들도 그랬다. 로봇도 인공지능도 늘 최선을 다해 부지런히 일했다. 신체가 없는 인공지능이 쉬지 않고 열심히 일한다는 게 어떤 의미인지 사실 이해가 되지 않았지만, 아무튼 그들도 최선을 다하는 것처럼 보였다. 베스트 시티에서는 그래야 하니까.

어느 날 아침, 더 자고 싶은데도 일어나서는 하기 싫은데도 양치질을 하다가 선동은 갑자기 의문이 들었다.

'왜 꼭 최선을 다해서 양치해야 하지? 다 하기 싫을 때는 가끔 안 해도 되지 않을까? 아니면 어떤 일에만 최선을 다한다면 다른 일은 대충 해도 되지 않을까? 가끔 늦게 일어난다거나, 식사를 한 번 건너뛴다거나 수업 시간에 딴생각한다거나 해도 되지 않을까? 아무리 베스트 시티라고 해도, 왜 꼭 모든 일에 항상 최선을 다해야 하지?'

선동이 자기 생각을 말했더니, 엄마가 되물었다.

"네 생각을 선생님께 여쭤본 적 있니?"

"베스트 시티니까 최선을 다해서 하루하루를 보내라고 하셨어요."

"그렇지. 우리도 똑같은 대답을 해 줄 수밖에 없단다."

아빠도 말했다.

"누구나 열다섯 살이 되면 그런 생각을 하곤 하지. 나도 중학교 2학년 때 그런 생각이 들어서 한동안 책을 대충 읽어 보기도 했어."

"당신이?"

엄마가 놀라서 되묻자 아빠가 말했다.

"그래. 심지어는 읽지 않은 책을 읽었다고 거짓말했다니까. 왜 그랬는지 모르겠어. 하지만 3학년이 되니까 그런 생각이 씻은 듯 사라졌지. 선동이 너도 그럴 거야. 그러니까 하루하루 최선을 다해서 살거라."

부모님은 무중력 럭비 중계 화면으로 시선을 돌렸고, 인공지능 하드리아누스도 멈춰 놓았던 중계를 다시 재생했다. 로봇도 부엌으로 돌아갔다. 방으로 돌아온 선동은 계속 생각에 잠겨 있었다. 부모님이야말로 최선을 다해서 대답해 준 것 같지 않았다.

'베스트 시티에 살고 있으니까 최선을 다해야 한다고…… 정

말 그럴까?'

이후 집에서도 학교에서도 생각에 잠겨 있을 때가 많아서 다른 일에 제대로 집중하지 못했다. 세수하다가도, 밥을 먹다가도, 인공지능 선생님의 강의를 듣다가도, 태블릿의 터치스크린을 두들겨 정보를 검색하다가도 딴생각에 빠졌다. 그럴 때마다 선동은 인공지능 하드리아누스에게 정보를 대신 검색해 달라고 부탁했다. 하드리아누스는 집안일을 담당하는 인공지능이지만 가끔 선동의 공부를 도와줄 때도 있고 스스로 해결하기 어려운 문제는 다른 인공지능에 물어서 답을 알려 주기도 했다.

하드리아누스의 의견도 선동의 부모님이나 선생님과 같았다.

"중학교 2학년쯤 사춘기가 되면 그런 생각을 하는 경우가 있습니다. 나이가 들면 자연히 사라지니 안심해도 좋습니다."

그리고 텔레비전 토론 프로그램 한 편을 찾아 보여 주었다. 최근 왜 최선을 다해서 살아야 하는지 의문을 갖는 사람들이 늘고 있는데, 이를 어쩌면 좋을 것인가에 대한 토론이었다.

토론 사회자가 말했다.

"최선을 다하지 않는 사람들이 늘고 있어 문제입니다. 특히 중학생을 중심으로 이 같은 생각이 빠르게 퍼지고 있는데요. 어떻게 생각하시나요, 교수님?"

패널로 나온 대학교수가 대답했다.

"베스트 시티에서 최선을 다하지 않으면 위험합니다. 저도 최선을 다해서 학생들을 가르치고 최선을 다해서 연구를 거듭하고 있습니다. 이런 상황에 누군가 최선을 다해서 일하지 않으면 문제가 되겠죠."

"맞습니다. 저도 최선을 다해서 방송하지 않으면 방송을 망칠 거고요. 이거야말로 정말 큰 사회문제인데요, 교수님, 어떤 해결방법이 있을까요?"

"해결책은 간단합니다. 최선을 다하지 않는 사람을 베스트 시티에서 없애면 됩니다."

"그것 참 확실한 해결책이군요. 하지만 중학교 2학년의 경우 아직 어린데요, 어린 학생들에게 가혹한 조치가 아닐까요?"

"아무리 중학생이어도 베스트 시티 시민인 이상, 최선을 다해야 한다는 점에는 예외가 없습니다. 최선을 다하지 않으면 도시 밖으로 나가는 수밖에 없습니다. 우리는 베스트 시티에 최선을 다하는 시민들만 남도록 최선을 다해야 합니다."

"그래서 요즘 인기를 끌고 있는 여행 서비스가 있죠? 최선을 다하지 않는 사람들이 잠시 베스트 시티를 떠나 우주를 여행하고 다시 최선을 다하는 삶이 가능해지면 돌아오는 서비스인데요. 특히 중학교 2학년 학생들을 대상으로 큰 인기를 끌고 있습니다. 화면을 보시죠."

학생들이 거대한 유람 우주선에 올라타는 장면과 우주선 안의 화려한 시설을 소개하는 영상이 이어졌다. 선동도 몇 번 들어서 알고 있었다. 베스트 시티를 떠나 대형 유람 우주선을 타고 여행하면서 공부하다가 중학교 3학년이 되면 돌아오는 서비스였다.

우주선 안의 학생들의 얼굴이 마냥 즐거워 보였다. 개인 침실, 다양한 식사가 차려진 식당, 놀이시설, 수영장까지 완비된 멋진 유람 우주선이었다. 공부 중인 아이들은 친절한 로봇의 안내를 받는 내내 즐거워 보였다.

한 학생의 인터뷰가 이어졌다.

"즐겁게 여행하면서 새로 친구도 사귀니까 공부도 더 잘되는 것 같아요."

"훌륭한 서비스군요."

앵커가 말했고, 교수도 고개를 끄덕이며 말을 이었다.

"정부에서는 베스트 시티의 모든 중학교 2학년들의 우주선 여행 서비스를 필수 교과 과정으로 지정하는 것을 추진 중입니다."

선동의 입에서 한숨이 저절로 나왔다.

왜 최선을 다해야 하는지 답을 찾을 수 없었던 선동은 점점 일상에서부터 최선을 다하지 않기 시작했다. 최선을 다해서 일어나지 않아 아침마다 몇 분씩 지각했고, 양치질도 대충 하거나 합성 수프를 남길 때도 있었다. 선동의 일상을 체크하던 하드리아누스가 선동의 몸에 이상이 생긴 건 아닌지 의심된다고 부모님에게 보고했다. 아빠와 엄마는 선동을 걱정하기 시작했다.

학교에서도 다른 아이들에게 왜 꼭 최선을 다해야 하느냐고 이유를 물었지만, 다들 별로 관심이 없어 보이거나 대답하고 싶지 않아 했고 어떤 아이는 이렇게 말했다.

"좋지 않은 생각이니까 그런 생각은 되도록 입 밖으로 꺼내지 않는 편이 좋을걸."

선동은 심심하면 집에서 〈서부 최후의 카우보이〉 게임을 했지만, 혼자서는 영 재미가 없었다. 친구들도 최선을 다해서 공부하느라 접속하지 않을 때가 많았기 때문이다. 그럴 때마다 괜히 시무룩해져서 게임을 멈추고 가상현실로부터 빠져 나오곤 했다.

어느 날 선생님이 선동을 붙잡고 말했다.

"요즘 무슨 일 있니? 인공지능 분석으로는 네가 공부에 집중

안 한다고 하는데.”

　망설이던 선동이 품고 있던 의문을 털어놓았다. 그러나 선생님 역시 아빠의 설명과 별반 다르지 않은 대답을 했다.

　“베스트 시티는 최선을 다하는 곳이니까 최선을 다해야지. 최선을 다해서 지내다 보면 그런 생각도 사라지지 않을까?”

　선동의 질문을 무시하거나 혼을 내거나 한 건 아니었다. 단지 제대로 된 대답을 하지 않았을 뿐이다. 선생님이 선동을 잘 타이르며 말하는 것도 만족스럽지 못했다. 꼭 수준 낮은 질문 취급을 받는 것 같았다.

　어느 날 이번에는 부모님이 선동을 붙잡고 말했다.

　“하드리아누스가 말하길 네가 모든 면에서 최선을 다하지 않는 것 같다고 하는구나. 일찍 일어나지도 않고, 밤늦게까지 자지 않고. 선생님과 인공지능도 네가 수업을 열심히 듣지 않는다고 알려 왔고 말이다.”

　선동이 왜 최선을 다해야 하는지 생각 중이라고 대답하자, 아빠가 말했다.

　“머릿속에 떠오른 생각이라고 해서 꼭 그 생각을 따라갈 필요는 없다고 했잖니.”

　“생각이 나는 걸 어떡해요. 모든 의문은 최선을 다해 대답을 생각해 볼 필요가 있잖아요. 왜 꼭 최선을 다해서 살아야 해요?”

엄마가 대답했다.

"저번에도 말했잖니. 네가 사춘기라서 그렇다고."

"사춘기라서 이런 생각하는 건 아니에요."

"하지만 선동이 너는 열다섯 살이고, 분명 사춘기잖아. 그렇
지?"

"그렇죠."

"그렇다면 역시 사춘기라서 든 생각 아닐까?"

"하지만…… 내 말은 그게 아니라…… 그냥 내 생각이라고요.
물론 내가 중2고 사춘기일 수도 있지만, 그래서 이렇게 생각하
는 게 아니라…… 진짜 내가 능동적으로 이끌어 낸 생각이라니
까요. 그리고 아무도 제대로 대답을 해 주질 않아요."

자신의 의문을 얼마나 중요하게 생각하는지 사람들이 알아
주지 않아서 선동은 화가 났다. 사람들은 필요 없는 질문 취급
하거나, 중2니까 그런 생각을 하는 거라며 무시했다. 아이가 질
문하면 어른은 최선을 다해서 귀를 기울이고 그에 맞는 해답을
찾기 위해 고민해야 하지 않을까. 아니면 그다지 깊이 생각해
본 적 없다고 솔직히 인정하든가 말이다.

"왜 최선을 다해야 하나요? 가끔은 그러지 않아도 되잖아요.
최선을 다해도 잘 되지 않을 때도 많고요. 열심히 했지만 운이
나빠서 잘 안 될 때도 있잖아요. 그럴 땐 어떻게 해요? 단순히

베스트 시티에 산다고 해서 꼭 모든 일을 열심히 해야 하나요?"

선동은 아빠와 엄마 앞에서 자신의 의문을 한꺼번에 쏟아 부었다.

부모님도 로봇도 인공지능도 한동안 아무 말 없이 듣고 있다가, 아빠가 이렇게 대답했다.

"그러면 이런 방법은 어떻겠니?"

"널 버리는 게 아니야."

초대형 유람 우주선 동진호 앞에서 여행 가방을 든 채로 시무룩한 표정으로 서 있는 선동에게, 아빠가 말했다.

"너를 버린다거나 1년 동안 어디로 치워 버린다거나 하는 게 아니야."

"알아요. 너무 강조하지 않으셔도 돼요."

선동은 짜증이 나서 말했다. 주변에는 선동처럼 중학교 2학년 아이들이 불만 섞인 표정으로 유람 우주선에 오를 준비를 하고 있었고, 부모들은 하나같이 아이들을 설득하고 있었다.

"재미있는 여행이 될 거야."

"공부도 더 잘된대."

"새로운 친구도 사귀고 좋을 거야."

"우리가 너희를 멀리 치워 버리는 게 아니야, 잠시 떠났다가 금방 돌아오는 거잖니?"

동진호는 곧 수많은 탑승객을 태우고 떠날 예정이었다. 그중에는 베스트 시티에서 최선을 다하지 않는 중학생들이 상당히 많았다. 마치 곧 자신이 나고 자란 도시에서 쫓겨날 운명처럼 보였다. 시종 시큰둥한 표정을 짓고 있거나 우는 아이도 있었고, 화를 내며 부모의 손을 뿌리친 채 우주선에 오르는 아이도 보였다.

선동은 얼마 전 태블릿 화면으로 본 광경 속에 자신이 들어와 있다는 게 믿기지 않았지만, 분명 현실이었다. 1년 동안 집을 떠나 있어야 하는 신세가 된 것이다.

선동은 아빠 엄마와 포옹하면서 작별인사를 했다.

"기왕 여행하는 거 최선을 다해서 해야지, 알았니?"

'기왕 하는 거 최선을 다해야지.'

그 말이 선동의 머릿속에 남았다.

선동의 짐은 로봇이 대신 들었고, 선동은 그 뒤를 따라 터덜터덜 동진호에 올라탔다. 동진호의 게이트가 닫히기 전에 부모님을 향해 손을 흔들려 했지만, 거대한 해치가 순식간에 쾅 닫혀서 그럴 수 없었다.

그렇게 선동은 아빠 엄마와 헤어져 우주선 동진호 안에 혼자 남게 되었다.

⊙

우주선 안내를 담당하는 인공지능의 홀로그램이 탑승객마다 붙어서 각자 배정된 방으로 안내했다. 선동에게도 홀로그램이 나타나 인사했다.

"안녕하세요, 인공지능 우팔리입니다. 하드리아누스에게 얘기 많이 들었어요. 저를 따라오세요."

방으로 가는 동안 인공지능 우팔리가 앞으로의 여행 일정을 간단히 설명했다. 선동은 동진호의 최종 목적지를 듣고 다소 놀랐다.

"지구? 지구로 간다고?"

"지구에 갔다가 베스트 시티로 돌아와요. 모르셨어요?"

"전혀 몰랐어."

'어디로 가는지도 모르고 우주선에 올랐구나. 여러 우주 관광지를 들른다는 건 알았지만 지구라니……. 갔다 오면 친구들에게 자랑할 만은 하겠네.'

선동은 생각했다.

선동이 안내 받은 방은 다른 아이들 여섯 명과 큰 거실을 함께 쓰고, 각자 개인 침실과 욕실을 사용할 수 있는 구조였다. 거실에는 선동보다 먼저 도착한 아이들이 침울한 표정으로 앉아 텔레비전을 보고 있었다.

선동이 어색하게 손을 흔들어 인사했지만, 역시 최선을 다하지 않는 중2답게 아이들은 눈길도 주지 않은 채 대충 고개만 끄덕였다.

무안해진 선동은 인사는 그만두고 개인 침실로 들어와, 로봇이 가져다준 짐도 풀지 않은 채 그냥 침대에 누웠다.

"최선을 다해서 여행하실 준비가 됐나요?"

그때 우팔리가 물었다.

"응."

선동은 누운 채로 그렇다고 대충 대답했다.

# 동진호와 영만호

크게 기대하지 않았는데도, 여행은 기대보다 별로였다. 말이 여행이지 그냥 우주선 안에 있는 기숙사형 학교였으니까.

물론 방도 로봇이 알아서 치워 주고 제공되는 음식도 괜찮았다. 특히 동진호 안에는 놀 곳도 많았다. 선생님도 직원도 모두 친절했는데, 선동은 어디로 튈 줄 모르는 아이들을 어르고 달랜다는 인상을 받긴 했다. 아무튼 무시당한다거나 불친절한 것보다는 좋았다.

며칠이 지나자 유람 우주선 생활에 적응한 아이와 그렇지 못한 아이로 나뉘었다. 우주선 생활에 적응한 아이는 최선을 다해서 생활했고, 그렇지 못한 아이는 베스트 시티에서 최선을 다하지 않은 것을 후회하면서 집을 그리워했다.

선동은 잘 지내는 쪽이었다. 처음 일주일간은 베스트 시티 출신답게 최선을 다해서 생활했고, 우팔리가 선동이 잘 지내고 있다는 평가를 부모님에게 전송하자 아빠도 엄마도 기뻐했다. 우팔리는 쾌활하고 말이 많은 편이어서 재밌었다. 그래도 선동은 조용하고 덤덤한 성격의 하드리아누스가 가끔 그리웠다.

출발 후 2주가 지났을 때 마침내 처음 동진호에서 내릴 기회를 얻었다. 그동안 동진호는 여러 도시에 도착했지만 어른들에게만 도시 관광의 기회가 주어졌고 학생들은 안전상의 이유로 동진호 밖으로 나갈 수 없었다. 하지만 이번 도시에서는 여섯 시간의 외출이 가능해진 것이다.

아이들은 흥분해 있었지만, 선동은 별로 내키지 않았다. 2주 사이 사귄 새로운 친구들과 동진호 안에서 노는 것도 나쁘지 않았다. 최근에는 〈서부 최후의 카우보이〉를 같이 할 친구들을 사귀었다. 선동이 그중 실력이 가장 좋은 편이어서, 외출보다 VR 게임용 스마트 안경을 쓰고 최선을 다해 게임을 하는 편이 더 즐거웠다. 하지만 인공지능 우팔리가 선동을 설득했다.

"기왕 우주선을 타고 여행하는 거, 최선을 다해서 여행하셔야죠."

'그래, 최선을 다해야겠지. 나는 베스트 시티 사람이니까.'

하지만 선동의 마음은 여전히 시큰둥했다. 뭘 먹을지 뭘 구경할지 뭘 하고 놀지 계획을 세우느라 바쁜 아이들과 달리 선동은 외출이 가능한 일요일까지 아무 계획도 세우지 않았다. 선동의 친구들은 벌써 각자 다른 친구와 외출 계획을 세웠기 때문에, 이제 와서 같이 다닐 사람도 없었다.

우팔리는 선동에게 같은 내용을 여러 번 강조해 설명했다.

"이곳은 '타임 시티'입니다. 시간을 철저하게 지켜야 하는 도시죠. 우주선 탑승 시간 역시 정확하게 지켜야 하니까 늦지 마세요. 1초만 늦어도 큰일 납니다. 절대로 늦지 마세요."

우팔리뿐 아니라 모든 선생님과 로봇과 인공지능이 탑승 시간에 늦지 말라고 거듭해서 말했다.

선동은 결코 늦을 일이 없다고 생각했다. 여섯 시간 동안 뭘 한단 말인가.

우주선의 해치가 열리자 흥분한 아이들이 우르르 게이트 앞으로 몰려들었다. 선동처럼 별 계획 없이 떠밀리듯 내리게 된 아이들은 터덜터덜 기운 없는 걸음으로 그 뒤를 따랐다. 수많은 아이들 사이에서 인공지능 홀로그램이 길을 안내했다.

정거장에 들어서려는데, 타임 시티의 로봇 직원이 아직 닫혀 있는 도착 게이트를 열지 않고 가만히 있다가 손목시계를 확인하더니 말했다.

"아직 2분 남았으니 기다려요."

모든 하차 수속을 마쳤는데도 직원은 가로막고 서서 시간을 확인했다. 게이트 위로 거대한 전자시계가 보였다. 숫자들이 눈이 핑핑 돌아갈 정도로 빠르게 움직이며 시간을 백만 분의 일초까지 표시했다. 게이트 안으로 보이는 사람들 모두 손목에 시계를 차고 있었다.

타임 시티는 시계 산업이 발달했다. 타임 시티의 시계는 우주에서 최고의 시계로 꼽혔다. 유명한 시계 공장에 구경 갈 계획을 짰거나, 타임 시티에서만 살 수 있는 시계를 사서 부모님에게 선물하겠다며 들뜬 아이들도 많았다. 물론 선동처럼 아무 생각 없는 아이도 있었다.

"요즘 누가 시계 차고 다닌다고."

누군가 시큰둥하게 중얼거리는 말이 들렸다. 베스트 시티에서 손목시계는 어른들만 차고 다니는 고루한 액세서리였다. 아이들은 궁금한 게 있으면 언제 어디서든 인공지능에 물어보면 됐기에 시계를 가지고 다닐 필요가 없었다. 선동도 인공지능이 연결된 스마트 안경을 쓰고 다녔는데, 스마트 안경은 눈앞에 홀로그램을 띄워 여러 정보들을 실시간으로 보여 주거나 안경다리에 연결된 스피커를 통해 직접 음성으로 전달해 주었다.

거대한 전자시계에 정확히 '12:00'이 새겨지자 게이트가 열렸다. 게이트 앞을 지키던 로봇이 말했다.

"타임 시티에 오신 것을 환영합니다."

아이들이 신이 나서 게이트 안으로 달려 들어갔다. 선동은 아이들이 다 들어가는 걸 기다렸다가 맨 나중에야 들어갔다.

정거장에는 동진호 같은 유람 우주선뿐 아니라 거대한 화물 우주선과, 도시 하나와 맞먹는 크기의 초거대 우주선이 정차해 있었다. 반면 한쪽에는 작은 무인 우주선이나 한두 명이 조종할 수 있는 개인 우주선용 게이트가 따로 있었다. 거기에는 맞춤형으로 디자인된 고가의 개인 우주선과, 정말 낡고 저렴해 보이는 개인 우주선이 나란히 서 있었다. 개인 우주선을 처음 본 선동에게 우팔리가 설명했다.

"간단한 화물을 배달하거나 몇 명의 사람을 데려다주는 우주선입니다."

개인 우주선을 조종하면 재미있을까, 선동은 상상해 보았다. 적어도 지금 자신의 일상보다는 덜 지루할 것 같았다.

그때까지만 해도 선동은 타임 시티 관광에 별로 관심 없이 시큰둥한 마음이었는데, 정거장을 나와 광장에 도착했을 때 생각이 완전히 바뀌고 말았다. 광장에 전시된 수많은 홀로그램 시계 중 하나에 마음을 빼앗긴 것이다.

"낯익은 시계군요. 그렇죠?"

시계탑을 향해 신이 나서 달려가는 선동에게 우팔리가 말했다. 선동이 시계탑을 올려다보며 감탄하는 동안 시계 옆에 홀로그램이 나타나 말을 걸었다.

"안녕하세요, 타임 시티를 안내하는 인공지능 마하카입니다. 무엇을 도와드릴까요?"

마하카는 궁금한 게 있으면 뭐든지 물어보라면서 타임 시티의 쇼핑 장소나 관광 명소를 알려 주고는, 원하면 할인 쿠폰도 주겠다고 말했다. 우팔리는 우팔리대로 마하카가 자신과 비슷한 버전의 인공지능이라면서 반가워했다.

시계탑을 보고 흥분해 있던 선동은 신이 나서 말했다.

"〈서부 최후의 카우보이〉에 나온 시계탑의 시계와 똑같이 생겼어."

"맞아요. 같은 디자인이죠."

"내가 좋아하는 게임이야. 몇 달째 매일 하고 있어. 최근에 33연승이나 했다고. 지금은 사라진, 미국이라는 나라의 서부 영화 속 결투 장면처럼 일대일 대결 모드로 해. 저 시계탑의 시계가 정오를 땡, 하고 알리는 순간 상대방에게 레이저건을 쏘는 방식인데, 나는 한 번도 진 적 없어."

어쩌다 보니 선동은 흥분한 상태로 말을 길게 늘어놓고 있었다. 마하카는 안내용 인공지능답게 친절하고도 참을성 있게 선동의 말을 잘 들어주면서 틈틈이 주요 관광지도 추천해 주었다.

"이건 홀로그램입니다만, 게임 홍보용으로 만든 실물이 시계 박물관 안에 있습니다. 게임 속 설정 그대로 만들어서 모양도 크기도 똑같아요. 실물을 보고 싶으세요?"

"정말? 실물이 있다고?"

"네, 타임 시티의 관광 명소인 시계 박물관에는 그것 말고도 특이한 시계가 잔뜩 있죠."

마하카가 할인 쿠폰을 주겠다며 가 보라고 말했다. 선동이 가겠다고 하자, 우팔리가 차편과 일정을 조정했다.

"시계 박물관은 공항과 거리가 머니까 너무 오래 머물면 안 됩니다."

시계탑을 구경할 생각에 들떠서 광장을 가로질러 걷는데, 우팔리가 말했다.

'어차피 여섯 시간이나 있는데 늦을 일이 뭐가 있을까?'

들떠 있던 선동은 우팔리의 충고를 흘려들었다.

🪐

로봇 직원에게 사정사정해 봐도, 로봇은 선동의 말을 들어주지 않았다.

"겨우 2분 늦었는데 한 번만 봐주세요. 아직 동진호 정거장 안에 있죠? 들여보내 주세요. 꼭 타야 해요. 놓치면 큰일 나요."

로봇이 화를 냈다.

"2분이라니! 그걸 말이라고 합니까? 2분을 늦었는데 봐달라고요? 내가 역에서 일하면서 딱 한 번 3초를 늦춰 준 적 있어요. 여섯 살 아이였는데 급히 맹장 수술이 필요해 탑승 시간을 3초 늦춘 것이 유일합니다. 그런데 2분이요? 그것도 박물관 구경하다가 늦은 중학생을 우주선이 2분이나 기다리라고요? 말도 안됩니다."

그러더니 로봇은 가 버렸다.

"어쩌면 좋지……."

선동은 타임 시티를 관광하다가 우주선 출발 시간에 늦고 말았다. 시계탑도 재밌었다. 시계 박물관에서는 시계로 변신하는 로봇을 보고 싶었고, 대형 시계 안으로 들어가는 VR 체험도 하고 싶었다. 저녁은 근처 맛집에서 먹었는데 이미 기다리는 사람들이 많아서 예상보다 오래 기다렸다. 저녁을 먹고도 출발 시간이 조금 남아 주변을 돌아다니다가 그만…….

그래도 시간에 맞춰 도착할 줄 알았는데…… 2분을 늦은 것이다.

'어쩌면 좋지.'

동진호가 떠나버리면 큰일이었다. 타임 시티에는 선동이 마땅히 머물 곳이 없었다. 짐도 동진호 안에 있었다.

우팔리는 말했다.

"부모님께 연락한 다음 다른 우주선을 타고, 동진호의 다음 도착지 '마켓 시티'에서 동진호로 갈아타세요. 그러면 됩니다. 너무 걱정하지 마세요."

부모님에게 연락해야만 하는 게 문제였다. 엄청나게 실망하실 게 분명했다. 부모님은 선동이 최선을 다하고 있을 줄 알 텐데 노는 데 정신이 팔려 우주선을 놓친 바보 같은 모습을, 선동은 보이고 싶지 않았다.

'뭐라고 설명하지? 시간을 가장 중요하게 여기는 도시에서 약속 시각에 늦었다고? 이미 비싼 동진호 탑승 비용을 냈는데 추가요금을 더 내서 갈아타야 한다고? 하지만 동진호로 갈아타야만 한다면…… 부모님께 연락하지 말고 내가 다른 우주선을 구해 타고 가서 동진호로 갈아타면 되지 않을까?'

선동은 다른 게이트 앞에 정차되어 있는 개인 우주선들을 한 번 둘러보며 우팔리에게 물었다.

"개인 우주선을 타고 가면 어때?"

큰 유람선이나 화물 우주선보다 더 빨리 사람이나 물건을 배달해 주는 개인 우주선의 퀵서비스를 이용한다면, 동진호를 앞지를 수 있을 것 같았다.

"가능합니다. 개인 우주선을 타면 동진호가 마켓 시티를 떠나기 전에 따라잡을 수 있을 겁니다. 하지만 추천하지는 않겠습니다. 개인 우주선 이용료가 저렴하긴 하지만 불편하고 위험하기도 하거든요."

하지만 선동의 귀에는 우팔리가 말한 단점은 들리지 않고 장점만 들렸다.

"싸다면 탈 만하잖아. 얼마나 쌀까?"

선동이 묻자, 우팔리가 대답했다.

"짧은 거리라면 개인 우주선이 대형 유람 우주선보다 확실히 싸고 빠릅니다. 하지만 그러지 마세요. 부모님께 연락할 테니, 이곳에서 기다리다가 안전한 우주선을 타고 천천히 합류해요. 그쪽이 가장 좋습니다. 중학생이 개인 우주선을 타고 혼자 다녀서 좋을 게 없습니다."

우팔리가 충고했지만, 선동은 우팔리를 졸랐다.

"동진호만 타고 돌아가면 부모님은 모르잖아. 한 번만 봐줘."

"그건 그렇지만……."

선동은 얼른 대형 우주선 게이트를 나와 개인 우주선이 정차해 있는 게이트로 들어갔다. 그곳은 다른 게이트와 분위기가 완전히 달랐다. 다른 게이트처럼 깨끗하거나 질서정연하지도 않왔다. 우주선이 제멋대로 서 있고, 치우지 않은 쓰레기들이 바닥에 굴러다녔다.

심지어 사람들이 드럼통에 붙여 놓은 불을 쬐고 있어서 깜짝 놀랐다. 정거장이 추운 것도 아니고 난방이 안 되는 것도 아닌데 드럼통 안에 쓰레기를 넣고는 불을 붙여서 쬐고 있었다.

불을 쬐던 사람들이 선동을 돌아보았다.

"어린아이가 무슨 일이니? 너도 불 쬐고 싶어서 그래?"

"그게 아니고요······."

선동이 우주선을 놓쳐서 당장 따라가야 한다고 말하자, 누군가 말했다.

"우리가 개인 우주선 조종사들이야. 내 우주선 탈래? 마켓 시티라면 30만 스페이스 달러는 내야 한다."

선동이 가진 돈은 출발할 때 부모님에게 받은 12만 스페이스 달러뿐이었다. 더 싼 곳은 없느냐고 묻자, 사람들이 크게 웃더니 말했다.

"학생 혼자 탈 거면 가벼운 화물 수송 우주선도 괜찮으려나, 자리는 불편하겠지만. 저쪽 끝으로 가 봐."

그의 말대로 일단 게이트 끝까지 걸어갔다. 끝으로 갈수록 낡고 작은 우주선뿐이었고, 맨 끝에서 정말 작고 낡은 우주선 하나를 발견했다.

"엉망호?"

둥글게 생긴, 작은 우주선이었다. 앞부분은 뾰족하고 중간 부분은 위아래로 두꺼웠다. 뒷부분은 다시 둥글어져서 전체적으로 큰 물방울처럼 보였다. 우주선 겉에는 녹슨 기계의 일부가 드러나 있었고 파이프라인과 배선들이 복잡하게 엉겨붙어 있었다. 부서진 곳도, 금이 간 곳도 많았다.

요즘 소형 우주선은 보통 외관이 깔끔하게 정돈되어 있는 편인데, 이 우주선은 겉에 자잘한 것들이 산만하게 잔뜩 붙어 있는 데다 무척 낡아 있었다.

겉에 페인트로, '엉망호'라는 이름 밑에 '작지만 빠른 개인 우주선'이라고 씌어 있었다.

'정말 그럴까? 개인 우주선이라면 동진호처럼 큰 추진기관이 없을 텐데, 이렇게 작아서야 거대한 우주선을 따라잡을 수 있으려나?'

"무슨 일로 왔어요?"

그때 선동에게 누가 말을 걸었다. 남자아이 하나가 바닥에 주저앉은 채로 신발을 벗어 모래를 털고 있었다. 신발을 흔들자 모래와 먼지가 우수수 바닥에 쏟아졌고, 그다음에는 양말을 벗어서 모래를 털기 시작했다.

대꾸하지 않는 편이 좋을 것 같아 선동이 돌아서려는데, 그 애가 물끄러미 선동을 올려다보더니 물었다.

"너 몇 살이야? 혹시 중학생이야? 나랑 비슷해 보이는데."

"나…… 중학교 2학년인데."

"나도 중학교 2학년인데. 잘됐다. 어디로 가는데?"

그 애는 키도 덩치도 큰 편이어서 선동과 같은 또래로는 보이지 않았다. 고등학생이라고 해도 선동은 믿었을 것이다. 피부는 다소 검은 편이었고 체격이 커서 건강해 보였다. 선동이나 다른 애들처럼 더벅머리를 하지 않고 어른들처럼 머리카락을 짧게 잘랐다. 위아래로 맞춰 입고 있는 합성 가죽 소재의 낡은 우주복은 내구성이 좋아 보였다. 선동은 동진호에서 지급한 얇고 비싼 재질의 깨끗한 실내 우주복을 입고 있었는데, 이상하게도 그 애를 보고 있자니 자신의 옷이 초라하게 느껴졌다.

선동은 더듬더듬 대답했다.

"요금이…… 얼마나 될지……. 내가 돈이 많지 않아서…… 궁금한데. 그리고 빨리 가야 하는데 가능한지……."

"말하는 대로 다 해 줄게."

그 애는 신발을 다시 신고 일어나더니 선동에게 다가왔다.

'지금 엉망호에 타도 될까? 내 또래인데 설마 나를 속이거나 나쁜 짓을 하진 않겠지? 혼자도 아니고 우팔리가 연결되어 있으니까 괜찮겠지?'

선동의 긴장한 표정을 보더니, 그 애가 웃기 시작했다.

"긴장할 것 없어. 나는 사기꾼이 아니야. 뭐, 개인 우주선이 위험하다고는 하지만 나는 그런 조종사가 아니야. 지금 얼마나 가지고 있어?"

"10만 스페이스 달러……."

"그거면 충분해. 가자."

그 애는 일단 타라면서 선동을 우주선 안으로 잡아끌었다. 선동은 그 애를 따라 우주선 해치를 밟고 올라가며 말했다.

"하지만 어디로 가는지 묻지도 않았잖아."

"어디로 가는데?"

우주선을 놓쳐서 다음 목적지에 도착하기 전에 따라잡아야 한다고 설명하자 그 애는 고개를 끄덕였다.

"빨리 가야겠네. 마켓 시티라면 두 시간이면 도착할 거야. 어때? 괜찮지?"

선동은 우주선 안으로 들어가 자리에 앉았다. 그 애는 금방 도착할 거니까 걱정하지 말라며 선동을 안심시키고는, 물었다.

"참, 내 이름은 정영만이야. 네 이름은 뭐야?"

그때 우주선은 이미 이륙 중이었다. 우주선이 하늘로 솟아오르면서 엉망호 만큼 작은 창밖으로 드럼통에 불 피우던 사람들, 하늘을 날아다니는 우주선들, 타임 시티의 건물들이 점점 작게 보였다.

선동은 얼떨떨한 마음으로 대답했다.

"내 이름은 강선동이야."

🪐

엉망호가 타임 시티 상공을 완전히 벗어나 우주 항로에 진입하자, 영만은 자동 운행 모드로 전환하고 엉망호의 조종을 인공지능에게 맡겼다. 선동도 영만을 따라 안전벨트를 풀고는 자리에서 일어나 조종실 밖으로 나왔다. 선동이 다른 개인 우주선 조종사들이 이 우주선으로 가 보라고 했다고 말했더니, 영만은 키득키득 웃었다.

"내 쪽으로 손님 보내 달라고 했더니 정말 들어줬네. 다행이야. 네가 나쁜 선장을 만날 수도 있었는데 말이지. 개인 우주선은 함부로 타면 안 돼. 운이 나쁘면 우주 해적에게 잡혀서 노예로 팔려 갈 수도 있어."

"뭐? 노예?"

영만은 놀란 선동의 물음에도 대수롭지 않게 우주선 소개를 했다.

"가는 동안 내 우주선 구경할래? 이건 내 우주선이고 내가 선장이야. 그래서 영만호라고 이름 붙였어. 다른 대원 없이 나 혼자 몰긴 하지만."

"영만호였구나, 엉망호인 줄 알았어."

영만이 한숨을 쉬었다.

"글자가 자꾸 지워져서 그래. 내 우주선이니까 내 이름을 따서 영만호라고 했어. 안 벗겨지는 페인트를 빨리 사야겠어. 이쪽은 조종석이고, 저쪽은 내 방이고 이쪽은 승객 방이야. 화물 우주선이라 쉴 자리가 마땅치 않지만, 몇 시간 정도는 괜찮을 거야. 이 밑으로는 창고랑 엔진실이 있어. 오래전 군사용 우주선을 화물선으로 개조했던 걸 중고로 산 거라, 좌석이나 시설이 편하진 않아. 그래도 무척 튼튼해. 고장도 잘 안 나고. 내부도 생각보다 넓어서 너덧 명까지는 같이 지낼 수 있어. 그런 적은 없지만……. 영만호는 보통 작은 화물을 수송해. 사람을 태운 건 네가 처음이야."

첫 승객이라니, 선동은 갑자기 불안해졌다.

'과연 제 시각에 잘 도착할 수 있을까?'

선동은 걱정되었다. 영만은 조정실 오른편의 또 다른 조정실을 가리키며 말했다.

"이쪽은 제2조종실이야. 여기서도 우주를 볼 수 있어. 원래는 여기에 레이저포 같은 무기가 장착되어 있었는데 화물선으로 개조하면서 떼버린 것 같아. 지금은 우주를 내다보면서 혼자 차 마실 때만 앉아 있어."

"안녕하세요."

그때 갑자기 대형 공기청정기처럼 생긴 로봇이 조종실 안에서 튀어나와 선동에게 인사했다. 키는 선동의 허벅지에 닿을 정도였고 금속 상자에 두 팔이 달려 있는 것처럼 보였다. 밑에는 발 대신 바퀴가 세 개 붙어 있었다.

로봇은 우주선 바닥 뚜껑을 열더니 그대로 내려가버렸다.

"우주선을 조종하는 인공지능 로봇 존이야."

다른 우주선 인공지능들처럼, 존 역시 본체는 우주선에 이식되어 있었고 우주선 안을 돌아다니는 작은 로봇에도 탑재되어 있었다.

곧 바닥 뚜껑을 다시 열고 나타난 존은 먼지 쌓인 케이블 하나를 들고 있었다.

"우주선 탑승객은 우주여행법에 따라 우주선의 인공지능에 접속하여 데이터를 교환하게 되어 있습니다. 이해하시죠?"

그러더니 선동이 쓰고 있던 스마트 안경에 덜컥 케이블을 꽂았다. 안경 렌즈 위로 인공지능과 연결해 데이터를 송수신한다는 메시지가 떠올랐다.

존은 우팔리와 인사했다.

"안녕, 네가 선동 님과 함께 하는 인공지능이구나. 최신 버전 인공지능이군. 난 좀 오래됐어. 내 이름은 존이야."

우주선 곳곳에 붙어 있는 스피커를 통해 우팔리의 대답도 들렸다.

"반가워, 존. 나는 초대형 유람 우주선 동진호에서 손님을 모시고 있는 인공지능 우팔리야."

선동이 동진호를 놓치는 바람에 다음 목적지까지 먼저 도착해야 한다고, 우팔리가 설명하자 존은 대답했다.

"그것 참 큰일이군. 동진호의 다음 목적지는 어디지?"

"마켓 시티."

"마켓 시티라면…… 그곳 과일이 참 맛있지. 동진호가 과일을 옮겨 실을 예정인가 보네. 마켓 시티까지 가장 빠른 항로를 설정하고 바로 움직이자."

우팔리와 존이 의논해서 항로를 결정하자 영만호의 속도가 가속되기 시작했다.

"두 시간 후면 따라잡을 겁니다."

존이 말했다.

곧 따라잡는다고 생각하니 선동은 조금 안심되었다. 일은 모두 인공지능이 알아서 할 테니 좀 쉬라는, 우팔리의 말에 선동과 영만은 작은 테이블 앞에 나란히 앉았다.

영만이 냉장고로 보이는 저장고에서 통조림을 두 개 가지고 왔다.

"먹을래? 배양육 통조림인데, 거북이 고기 맛이야. 먹은 적 있어? 이건 매운맛이고, 이건 살짝 구워서 소금을 뿌린 맛이야. 맛있어."

"아니…… 괜찮아."

맛이라도 한번 보라는 영만의 권유를 선동이 거절했다. 영만은 하는 수 없다는 듯 혼자 통조림 뚜껑을 열어젖히고는 맨손으로 고기를 퍼먹기 시작했다. 선동은 처음 보는 광경에 깜짝 놀랐다.

베스트 시티 사람들은 식사 시간에도, 설령 합성 수프를 먹더라도 최선을 다해서 음식을 차리고, 최선을 다해서 식사 예절을 지키면서 즐겁게 식사했다. 영만은 통조림 하나를 순식간에 다 먹고는 손을 바지에 쓱쓱 문질러 닦고 빈 통조림을 바닥에 던졌다.

존이 쓰레기통에 제대로 넣으라고 화를 냈지만, 영만은 대답도 하지 않고 두 번째 통조림을 뜯으면서 선동에게 말했다.

"너는 어디 출신이야?"

"베스트 시티."

"몇 번 가 봤어. 거기 화물 회사는 무척 열심히 일하더라. 내

가 물건 배달할 때도 일 처리가 확실해서 좋더라고. 도시도 깨
끗하고. 다른 변두리 도시들에 비하면 정말 엄청나게 발전한 도
시야."

선동은 베스트 시티가 싫었고 쫓겨나듯이 떠났지만, 영만에
게 그런 얘기까지 하고 싶진 않았다. 어차피 영만도 예의상 칭
찬한 말일 테니까.

영만에게 어디 출신인지 묻자 '어드벤처 시티'라고 답했다.

"어드벤처 시티 들어 본 적 있어? 변방 중에 변방이라 모를
거야. 우리 도시는 모험을 중요하게 여겨서, 도시 사람 모두가
모험하면서 살아. 나 같은 중학생이 우주선 몰고 다니는 것도
이상한 일이 아니야. 다른 도시 사람에게 말하면 다들 놀라더
라. 아빠 엄마도 동진호 같은 대형 유람 우주선 직원이고, 누나
는 군인이라서 우주 곳곳을 돌아다녀. 나는 내가 우주선 선장인
게 이상한 일인 줄도 몰랐어. 우리 도시에서는 당연하니까."

'그래서 그랬구나.'

선동은 중학생이 개인 우주선을 직접 몰면서 화물 배달을 한
다는 얘기는 처음 들었다. 베스트 시티와는 정말 다른 도시라고
느꼈다.

"가족들은 다 멀리 떠나 있으면, 너는 집이 아니라 아예 우주
선에서 사는 거야?"

"그렇지. 영만호가 내 집인 셈이지."

"학교는 어떻게 다녀?"

"인터넷으로."

"과제가 많이 밀렸어요. 이러다가는 낙제하고 말걸요."

쓰레기를 버리고 돌아온 존이 끼어들어 말했다.

"요즘 바빠서 그래. 화물 배달로 돈 벌면서 우주를 돌아다니는 모험을 하고 있어. 승객은 처음 태워서 기쁜걸."

'우주 모험이라니…… 재미야 있겠지만, 가족 없이 혼자 다니면 쓸쓸하진 않을까? 학교도 안 다닌다면 학교 친구도 없는 셈이니까.'

영만은 두 번째 통조림을 다 먹고 빈 통조림을 다시 그대로 던졌다. 그러고는 덥다며 우주복 위에 입고 있던 가죽 재킷을 벗어서 아무 데나 던졌다.

"선동이 너는 왜 유람 우주선 타고 가는 중이었어? 그냥 놀러 다니는 거야? 목적지는 어디야?"

망설이던 선동이 막 대답하려는데, 갑자기 쿵 소리가 났다. 우주선이 흔들렸다. 선동은 놀라서 몸을 움츠린 채 의자를 꽉 붙잡았고, 영만은 반대로 벌떡 일어나더니 조종실로 달려갔다.

"무슨 일이야?"

"소행성과 충돌했어요. 하지만 시스템에는 이상 없어요. 나중

에 수리 센터에 가서 우주선 외부에 흠이 생겼는지만 검사하세
요.”

영만의 물음에 존이 대답했다.

“소행성에 왜 부딪혀? 여기가 어디야?”

“34-DXS-F11001 구역의 소행성대요.”

깜짝 놀란 영만의 목소리가 커졌다.

“뭐? 여길 왜 들어왔어? 위험하잖아. 경로를 어떻게 잡은 거
야? 굳이 안전한 항로 놔 두고 여기까지 왜 왔어?”

“마켓 시티로 가장 빨리 가려면 당연히 소행성대를 지나가야
죠.”

“하지만 위험하잖아. 존, 항로 보여 줘.”

한쪽 벽에 붙은 홀로그램 장치가 켜지면서 구역 지도가 허공
에 홀로그램으로 띄워졌다. 지도에는 빨간색으로 영만호의 이
동 항로가 표시됐다. 지도를 살피던 영만이 존에게 화를 냈다.

“소행성대를 정확히 가로질러 가잖아. 그것도 밀도가 제일 높
은 곳으로. 소행성 몇 만 개가 날아다니는 곳인데 그게 우주선
에 부딪히면 어쩌려고 그래? 그리고 여기로 가면 ‘듀얼 시티’를
지나서 갈 수밖에 없잖아. 왜 이런 경로를 잡은 거야?”

“조심해서 지나가면 되죠.”

“조심하는 것만으로 위험이 해결돼? 너희 인공지능은 생명의

위험이라는 걸 몰라서 큰일이야."

그러자 우팔리가 이 항로 빼고는 길이 없다며 존의 편을 들었다.

"동진호는 마켓 시티를 갈 때 소행성대와 듀얼 시티를 피해서 돌아갑니다. 그러니 영만호가 동진호를 앞지르려면 거길 가로질러 가는 방법밖에 없습니다."

우팔리의 말이 끝나자마자 영만이 다시 화를 냈다.

"듀얼 시티를 지나다가 무슨 일이라도 나면 어쩌려고 그래?"

영만의 화에 존이 반박하고 우팔리가 끼어들면서 급기야 셋의 대화가 말싸움으로 번졌다. 불안해진 선동이 물었다.

"듀얼 시티가 어떤 곳인데 그래?"

갑자기 영만도 존도 우팔리도 말을 멈추었다. 선동은 덜컥 겁이 났다.

'그렇게 위험한가? 도대체 뭐하는 도시인데 선뜻 말을 못 할 정도지?'

영만이 조종실로 들어가며 말했다.

"차근차근 설명해 줄 테니까 소행성대부터 잘 빠져나가자. 존과 우팔리는 소행성대의 모든 소행성 궤도를 추적해서 미리 피하도록 세팅해 줘. 선동이 너도 제2조종실로 가. 우주선 후방에서 따라오는 소행성이 없는지 봐 줘. 알았지? 안전벨트 꼭 하고."

"왜 소행성을 눈으로 확인해요?"

우팔리의 질문에 다시 말싸움이 시작됐다. 우주선 뒤쪽을 촬영하는 폐쇄회로 카메라가 고장 나서 사람이 직접 확인해야 한다고, 영만이 대답했다. 그러자 존이 왜 진작 고치지 않았느냐고 지적하면서 승객에게 우주선 임무를 맡기면 안 된다고 화를 냈다.

그 와중에 우팔리는 선동의 스마트 안경에 장착된 카메라를 통해 자신이 확인하겠다며 나섰다. 영만호 안은 끊이지 않는 말싸움 때문에 조용해질 기미가 보이지 않았다.

그동안 선동은 제2조종실의 조종석에 앉아 창밖으로 깜깜한 우주를 바라보았다.

때마침 존이 들어와 선동에게 임무를 알려 주었다.

"간단해요. 소행성이 다가오면 말해 주세요. 그러면 저와 영만이 알아서 피할 테니까요."

우팔리는 자신도 선동의 안경을 통해 밖을 보고 있으니 문제는 없을 거라고 말했다.

선동은 어두컴컴한 허공에 움직이는 게 없는지 열심히 쳐다보다가 문득 생각 하나가 떠올랐다.

"소행성은 정말 빠르지 않아?"

"그렇죠."

우팔리가 대답했다.

"엄청 빠른데 어떻게 눈으로 볼 수 있어?"

그때 소행성이 나타났다가 순식간에 창을 스쳐 지나고는 다시 멀리 날아가 사라졌다.

"방금 소행성 다섯 개가 지나갔고 다시 일곱 개가 날아옵니다!"

우팔리가 외쳤다.

"어디서?"

영만이 조종석에서 외쳐 물었다.

"세 시 방향이요! 꼭 붙잡아요!"

존의 외침에 영만호 전체에 경고음이 울리고 붉은 등이 깜빡였다. 그리고 순식간에 소행성이 영만호를 들이받았다. 영만호를 둘러싼 에너지 방어막에 부딪히고는 사라졌다. 충돌 충격으로 한동안 영만호가 크게 흔들렸다. 테이블 위 물건들이 떨어지고 캐비닛 문이 열렸다 닫혔다. 선동도 균형을 잃어 바닥에 굴러 떨어졌다. 영만호는 한참 후에야 잠잠해졌다.

"평소에는 이것보다 훨씬 많이 흔들리는데 우팔리가 도와줘서 살았어요."

존이 말했다.

우팔리는 선동에게 괜찮은지 물었고, 여전히 바닥에 쓰러져 일어나지 못한 채로 선동은 고개를 끄덕였다.

"응…… 괜찮은 것 같아."

"다시 소행성이 온다!"

영만이 외쳤다. 방금 꺼졌던 붉은 등이 다시 켜지고 영만호가 조금씩 흔들리기 시작했다. 선동은 얼른 일어나 조종석 의자에 앉아 안전벨트를 매며 중얼거렸다.

"아이고……."

# # 듀얼 시티

소행성대를 무사히 벗어나면서 선동도 영만도 우팔리도 잠시 숨을 돌릴 수 있었다. 존이 신이 나서 말했다.

"그것 봐요, 무사히 빠져나올 거라고 했죠?"

하지만 영만은 화를 냈다.

"이게 다 누구 때문에 벌어진 일인데 그래? 시끄럽게 떠들지 말고 우주선 점검이나 해."

존이 점검 결과를 홀로그램으로 띄웠다. 영만이 중얼거렸다.

"열여섯 번밖에 안 부딪혔으니까 그렇게 나쁜 건 아니야. 추진구에 이상이 있는데…… 이건 꼭 충돌 때문만은 아니니까, 수리 센터 가서 알아봐야겠어. 듀얼 시티에서는 아무 일 없겠지?

아무 일 없어야 하는데."

"듀얼 시티는 어떤 곳이야?"

선농이 묻자 우팔리가 말했다.

"결투의 도시로 잘 알려져 있습니다. 모든 문제를 일대일 결투로 해결하기 때문이지요. 말싸움이나 논쟁으로 사람 사이에 다툼이 생기면 당사자들이 레이저건 배틀을 벌여 이기는 쪽의 마음대로 결정합니다."

우팔리의 설명은 소행성대보다 더 무서웠다.

'결투라니, 그럼 지는 사람은 레이저건에 맞아 죽는 건가? 만약 우리도 결투를 하게 되면 어쩌지?'

그때 영만호 스피커에서 처음 듣는 목소리가 끼어들었다.

"안녕하세요, 듀얼 시티를 안내하는 인공지능 트리야누스입니다. 우주에서 가장 위험한 도시 듀얼 시티에 오신 것을 환영합니다. 이곳이 어떤 도시인지 소문은 다 들으셨겠죠?"

"네!"

존이 혼자 신이 나서 대답했다. 얼른 안내 방송을 끄라고 영만이 신경질을 내자, 우팔리와 존이 동시에 반대했다.

"안 돼요, 우주여행법 규정상 각 도시에 도착하면 안내 방송을 반드시 들어야 합니다."

트리야누스가 차분한 목소리로 다시 소개를 이었다.

"듀얼 시티는 사람이 결투로 죽어 나가는 무서운 도시로 알려졌지만, 이는 사실과 다릅니다. 과거와 달리 결투 방식이 안전해져서 죽을 일은 없습니다. 작년 한 해 동안 결투 중 사망자는 전체 결투의 13퍼센트밖에 발생하지 않았습니다."

"13퍼센트밖에라고? 13퍼센트라면 열 번에 한 번이 훨씬 넘는 거잖아!"

선동이 겁을 먹고 소리 질렀다. 영만이 이어 말했다.

"다시 말하지만, 너희 인공지능은 생명의 위협이라는 걸 몰라서 문제야."

선동과 영만의 말을 듣는지 마는지 트리야누스가 안내 방송을 이어 나갔다.

"듀얼 시티에서는 모든 분쟁을 일대일 결투인 레이저건 배틀로 해결하며, 상대방이 배틀을 신청하면 신청을 받은 사람은 반드시 임해야 합니다. 배틀은 정해진 결투장인 배틀필드에서 경찰의 입회 하에 공정하게 치러집니다. 배틀에 사용하는 레이저건은 살상용이 아닌 호신용 레이저건이고, 레이저건을 지참하지 않더라도 경찰이 빌려 드립니다. 호신용 레이저는 맞더라도 잠시 기절할 뿐이니 안심하고 사용하셔도 됩니다."

트리야누스는 지급용 레이저건을 홀로그램으로 띄워서 보여 주기까지 했다.

"부디 싸움에 휘말리지 않도록 조심하시고, 즐거운 여행 되세요."

이제 무사히 도시를 빠져나가는 방법밖에 없었다. 존이 이동 경로를 설정하는 동안 선동은 조종석에 앉아 초조한 마음으로 창밖 듀얼 시티의 풍경을 내다보았다. 우주선 정거장에 수많은 개인 우주선이 도착하거나 떠나고 있었는데, 선동에게는 절대 여행하고 싶지 않은 도시였지만, 의외로 방문객들이 많아 보여 신기했다.

존이 설명했다.

"레이저건 배틀을 하고 싶어서 일부러 방문하는 사람도 많은 걸요."

"배틀이라면 VR 게임만으로 충분하잖아."

"실제로 해야 더 스릴 있잖아요."

존의 천연덕스러운 대답에 선동은 어이가 없었다. 자진해서 레이저건에 맞을 일을 만들다니, 선동은 멍청한 짓이라고 생각했다. 아무튼, 사고가 될 만한 일을 일으키지 않으려 영만도 최대한 조심조심 영만호를 움직였다. 아무리 존과 우팔리가 영만호의 속도를 높이자고 독촉해도 허락하지 않았다.

다행히 듀얼 시티는, 결투의 도시라고 해서 사람들이 아무 데서나 총을 쏘고 다니는 무법천지는 아니었다. 사람도 우주선도 질서정연하게 정거장에 들어왔다가 나갔다. 우주에서 도시 내부로 진입한 영만호는 가장 빨리 도시를 빠져나갈 수 있는 항로를 따라 움직였다. 주변 건물 안이나 도로 위 사람들의 허리춤에 언뜻 보이는 레이저건이 선동을 무섭게 만들었다.

영만호가 듀얼 시티의 정거장 끝에 거의 도착해서야 영만도 선동도 긴장을 풀 수 있었다.

영만이 존에게 물었다.

"동진호는 마켓 시티에 있어?"

"아직 도착하지 않았어요. 이따 듀얼 시티를 출발해 마켓 시티에 영만호가 도착하면 동진호도 그때쯤 도착할걸요. 그 후로도 30분 넘는 시간이 있으니 안심하셔도 돼요."

존의 안내를 듣고 선동은 다행이라고 생각했다. 그때 영만이 물었다.

"선동이 너는 유람 우주선을 타고 무슨 여행 중이었다고 그랬지?"

"그건……."

선동은 망설이다가 동진호에 오른 얘기를 차근차근 풀기 시작했다. 자신의 사적인 이야기를 오늘 처음 만난 사람에게 전부 설명할 생각은 아니었다. 하지만 최선을 다해야 하는 베스트 시티에서의 삶에 의문이 생겼다는 선동의 이야기를 듣고, 영만이 베스트 시티에 대해 무척 알고 싶어 했다. 선동이 하나를 설명하면 영만이 다른 하나를 물어봤다. 나중엔 선동의 가족관계나 학교생활은 물론, 베스트 시티에 대한 온갖 사소한 일까지 털어놓았다.

영만은 베스트 시티의 최선을 다하는 생활을 전해 듣고, 재미있다고 말하면서 대신 따분하겠다는 평가도 덧붙였다.

"내 우주선을 타면 어때? 최선을 다하지 않아도 되고, 훨씬 싸게 지구로 데려다줄 수도 있는데."

영만의 말에 존은 선동에게 동진호로 갈아타지 말고 그냥 영만호를 타고 지구까지 함께 가자는 농담을 했다.

선동은 기분이 이상했다. 그동안 누구도 선동의 질문에 귀 기울이지도 않고 편들어 주지도 않았다. 그런데 말이 잘 통하는 또래가 자신을 이해해 주고 있다는 게 기분이 좋기도 하면서 흥분되기도 했다.

영만호를 타고 계속 우주여행을 하면 재미있긴 할 것이다. 하지만 소행성대를 빠져 나왔을 때의 위험천만한 기억을 떠올리니, 썩 내키지 않았다. 선동은 그냥 같이 따라서 웃고 말았다.

그때 영만호 안의 조명이 빨간색으로 바뀌었다. 존이 우주선에 이상이 생겼다며 영만에게 보고했다.

"추진구에 문제가 생겼어요. 우주선 속도 조절이 안 돼요. 항로를 변경해야 하는데 속도가 줄지 않아서, 이대로 가다가는 다른 우주선과 부딪칠지도 몰라요."

"알았어. 항로에 진입한 다음에 적당한 곳을 찾아서 세우지 뭐. 수리는 금방 끝날 거야. 지금 같은 항로로 접근하는 우주선이 몇 대나 있지?"

영만이 묻자 존이 대답했다.

"바로 옆에 한 대 있어요."

"우리가 먼저 가겠다고 알려. 속도를 늦추고 우리 뒤로 가 달라고 해."

영만의 주문을 존이 그대로 전했다.

잠시 후 존이 다급히 말했다.

"응답이 없어요. 상대방 우주선이 인공지능을 꺼 두고 선장이 직접 우주선을 몰고 있는데 듣질 않아요."

"인공지능을 안 쓴다고? 이상한 선장이네."

"'박살호'라는 우주선입니다. 보여 드릴게요."

존이 조종실 한가운데에 우주선의 모습으로 홀로그램으로 띄웠다. 영만호보다 큰, 검정색 개인 화물 우주선이었다.

"도마뱀 머리처럼 생겼네? 희한한 우주선이네. 개인 우주선이 무기를 뭘 저렇게 많이 달고 있지? 무슨 해적도 아니고. 응답은 또 왜 안 해? 존, 내가 직접 얘기할게. 연결해 줘."

잠시 후 스피커에서 지지직, 소리가 잠깐 나왔다 사라졌다.

"영만호 선장 정영만입니다. 박살호에 알립니다. 현재 영만호가 추진구 고장으로 속도를 늦출 수기 없으니 먼저 가겠습니다. 박살호가 속도를 늦춰 주시기 바랍니다."

영만이 직접 요청하자, 그제야 대답이 돌아왔다.

"내가 먼저 항로에 접근했으니까 내가 먼저 가겠다."

사람 목소리가 아니었다. 기계로 만들어 낸 목소리였다. 꼭 기계 음성 때문이 아니라 말투 자체가 차갑게 들렸다. 대답을 들은 영만이 다시 말했다.

"비켜 주세요, 추진구에 문제가 생겨서 안 된다니까요. 이러다가는 우주선끼리 충돌해요."

"다른 곳으로 가."

"못 간다고 몇 번을 말해요."

하지만 박살호는 말을 듣지 않았고, 방향을 바꾸지도 않았다.

두 우주선이 그대로 같은 항로에 진입하면서 부딪쳤다. 우주선 외벽의 에너지 방어막이 서로 닿으면서 빛과 불꽃이 우주로 퍼져 나가고, 충돌로 인한 진동 때문에 우주선이 심하게 흔들렸다. 요란한 소리와 함께 흔들리는 영만호 안에서 선동과 영만이 조종석 팔걸이를 붙잡고 진동을 견뎌냈다.

그동안 두 우주선의 비상 조종 장치가 자동으로 작동했다. 가장 가까운 지상에 비상 착륙한 뒤 우주선이 완전히 멈추고 나자 영만과 존과 우팔리가 동시에 화를 내며 박살호를 향해 소리를 질렀다.

바로 그때 박살호 선장의 목소리가 스피커를 통해 흘러나왔다.

"결투를 신청한다."

🪐

경찰이 바로 사고 현장에 나타났다. 경찰은 현장을 둘러보다가 누구의 잘못인지 배틀로 결정하자는 박살호 선장의 말을 그대로 받아들였다. 영만과 존과 우팔리와 선동이 항의해도 소용없었다.

"일부러 시비를 건 거라고요!"

영만이 말했지만 받아들여지지 않았다. 경찰은 듀얼 시티에서는 결투로 잘잘못을 따져야 한다는 말만 되풀이했다. 그러고는 영만호와 박살호를 배정받은 배틀필드로 끌고 갔다.

존과 우팔리는 경찰을 따돌리고 도망치자고 말했지만, 일단 경찰을 우주선으로 따돌릴 수 있을지 확실하지 않았다. 따돌린다 해도, 그랬다가는 앞으로 듀얼 시티에 배달을 올 수 없었다.

주변 도시에서도 출입 심사가 까다로워질지 모를 일이어서 영만은 그러지 않았다.

"차라리 배틀을 최대한 빨리 끝내고 선동이를 데려다주는 편이 더 낫지."

영만이 말했다.

영만호가 배틀필드로 끌려가는 동안, 선동은 지금 벌어지는 모든 상황이 어이가 없기도 하고 두렵기도 하고, 한편으로는 비현실적으로도 느껴졌다. 동진호를 놓치고, 소행성대를 빠져나왔다가, 이제는 낯선 도시에서 결투까지 벌여야 한다니.

배틀필드에 도착한 영만호에서 영만이 분노와 걱정과 짜증이 뒤섞인 표정을 지으며 말했다.

"이게 다 무슨 일이야. 진짜…… 배틀이라니……. 이게 다 너희 인공지능 때문이야. 하지만 걱정할 것 없겠지? 이기면 되잖아. 져도 어차피 기절했다가 일어나면 되고. 그런데 존, 레이저에 맞고 기절하면 어떻게 돼?"

"바지에 오줌 싸요."

존의 설명에 따르면, 마취 레이저에 맞아 기절하면 근육이 한동안 굳으면서 몸이 움직이지 않고 소변도 참을 수 없어 그대로 배출한다는 것이다. 존의 설명을 듣고 있던 영만은 왜 자신이 그런 꼴을 당해야 하는지 모르겠다고 화를 냈고, 존과 우팔리는 미안했는지 아무 말도 하지 않았다.

배틀필드에는 정말 바지가 젖은 채로 기절한 사람들이 누워 있었다. 배틀필드 주변에는 이들을 수송하거나 치료하기 위해 앰뷸런스와 의사 로봇들이 대기하고 있었다.

배틀 차례를 기다리며 어슬렁거리는 사람들 사이로 마른 풀 덩이들이 굴러다녔다. 곳곳에 쓰레기가 불에 타고, 말라 죽은 나무가 쓰러져 있었다. 고장 난 총들이 땅바닥에 버려져 작은 산을 이루고 있었다. 저 멀리에는 다 망가진 우주선이 땅에 반쯤 파묻혀 있었다.

생전 처음 보는 기괴한 풍경에 선동은 입을 뗄 수가 없었다. 영만도 놀란 얼굴을 하고 말했다.

"우주 곳곳을 정말 많이 돌아다녔지만 이런 곳은 처음 봐."

영만호를 배틀필드로 안내한 경찰선에서 경찰이 내렸다. 어마어마하게 덩치가 큰 로봇이었다. 머리에는 붉은 등이 달려 있었다.

'경찰 로봇이라 사이렌이 달려 있는 걸까?'

선동은 곧 붉은 등의 정확한 용도를 알게 되었다.

"박살호의 박남살 선장과, 영만호의 정영만 선장의 배틀을 시작하겠습니다. 누가 정영만 선장이죠?"

경찰이 물었다.

"저요."

영만이 풀이 죽어 대답했다. 경찰이 다시 물었다.

"그럼 박남살 선장은 어디 있습니까?"

그때 박살호의 해치가 열리고 선장이 내렸다. 경찰 로봇보다도 30센티미터는 더 커 보이는 어마어마한 덩치에, 검은색 우주복을 입고 헬멧을 쓰고 있어서 얼굴은 보이지 않았다.

영만이 중얼거렸다.

"못 이기겠구나."

겉모습만 봐서는 사람은 아니고 외계인 같았다. 선장이 가까이 다가올수록 우주복과 장갑 사이로 보이는 손목이 눈에 띄었다. 파충류의 우둘투둘한 초록색 피부처럼 보였다.

'도마뱀 머리 모양의 우주선도 그렇고, 그렇다면 선장은 파충류 외계인인 걸까?'

경찰은 옆구리에 끼고 있던 태블릿을 꺼내 이것저것 눌러보더니 고개를 갸웃했다.

"흠⋯⋯⋯ 영만호의 정영만 선장님 나이가 어리네요. 아직 열다섯 살 생일이 안 지났어요. 그러면 배틀에 참가하지 못합니다. 두 달 후 생일이 지나면 가능하지만, 지금은 안 됩니다."

"그럼 어떡해요?"

영만이 묻자 경찰이 선동을 가리켰다.

"강선동 탑승객은 생일이 지나셨으니 가능합니다. 강선동 탑승객이 대신 배틀에 참가하겠습니다. 앞으로 나오세요."

"뭐?"

영만이 정말 놀란 얼굴로 소리쳤다. 고개를 돌려 선동을 바라보는 영만의 얼굴이 공포로 하얗게 질려 있었다. 선동도 놀라서 아무 소리도 내지 못했다.

충격 받은 두 사람이 멀거니 서 있는 동안, 우팔리와 존이 계속 항의했다. 하지만 경찰은 듀얼 시티 법에 무조건 따라야 한다며 딱 잘라 말했다.

어쩔 수 없이 선동은 경찰이 건넨 레이저건과 총집용 벨트를 받아 허리춤에 찼다. 다른 사람이나 인공지능의 도움을 받으면 안 되기 때문에 스마트 안경도 벗어 경찰에게 맡겨야 했다. 이제는 우팔리의 목소리도 들을 수 없었다.

경찰이 배틀 성사를 선언하자 주변에서 구경꾼이 모여들었다. 선동은 너무나 황당하고 겁이 났다. 눈앞이 깜깜하고 아무 생각이 들지 않았다.

'기절하면 어떻게 되지? 병원으로 실려 가나? 설마 죽진 않겠지? 동진호는 또 언제 타나? 다시 놓치는 건가?'

뒤돌아보니 구경꾼들 사이에서 영만이 걱정 가득한 얼굴로 손톱을 물어뜯고 있었다. 한쪽에서는 어느새 장사꾼들이 기절했을 때 빨리 깨어나는 약을 팔고 있었다. 약값이 얼마냐고 묻는 존의 목소리도 들렸다.

경찰이 지정한 위치에 서서 박남살 선장을 마주 보았을 때 선동은 자포자기한 심정이었다. 어차피 질 거 빨리 배틀을 끝내고 기절하고 싶었다. 그리고 얼른 이곳을 떠나는 편이 낫다고 생각했다.

"잠시 연습할 시간을 드리겠습니다."

경찰의 말에 선동은 총집에서 레이저건을 뽑아 보았다. 선동은 웬일인지 그 느낌이 익숙해서 깜짝 놀랐다. 평소 즐겨 하던 VR 게임 〈서부 최후의 카우보이〉의 총과 느낌이 비슷했기 때문이었다. 룰도 동일했다.

경찰 로봇 머리에 달린 붉은 등이 켜지더니 사이렌이 울렸다. 경찰은 이렇게 불이 켜지면 레이저건을 먼저 쏴서 상대방을 맞히면 된다고 설명했다. 그리고 선동에게 물었다.

"레이저건은 쏠 줄 아십니까?"

"게임에서 해 봤어요."

선동의 대답에 구경꾼들이 웃음을 터트렸다. 경찰이 직접 안전장치를 풀고 방아쇠 당기는 법을 알려 주었는데, 그것도 게임과 같았다. 총을 쥐었다가 들어보고 다시 총집에 넣는 동작을 한 번씩 해 보자 점점 게임에서 했던 감각이 돌아왔다.

'게임에서처럼 하면 잘할 수 있지 않을까? 어쩌면 이길 수 있을지도 몰라.'

갑자기 자신감이 솟기 시작했다.

"준비!"

경찰이 외쳤다.

선동은 레이저건을 다시 총집에 넣고 손을 대기만 한 채로 섰다. 박남살 선장은 헬멧을 쓰고 있어서 표정이 보이지 않았다. 다만 거만하게 서 있는 자세에서 선동을 무시하는 분위기가 그대로 느껴졌다.

'당연히 자기가 이길 줄 알겠지. 어쩌면 그게 나에게 유리하게 작용할지도 몰라. 정신 바짝 차리자. 게임에서 많이 해 봤잖아. 사이렌이 울리면 쏘는 거야. 게임에서 종이 울리면 재빨리 총을 쐈던 것처럼. 진 적도 있지만 이긴 적이 더 많으니까……. 최근에는 실력도 좋아졌어. 33연승을 했다고. 내 실력에 약간의 행운만 더해 준다면…… 어쩌면 이길지도 몰라.'

사이렌이 울렸다.

선동은 레이저건을 꺼내 순식간에 박남살 선장의 머리를 겨냥했다. 그리고 바로 방아쇠를 당겼다. 거의 동시에 박남살 선장도 레이저건을 쐈다. 박남살 선장이 쏜 레이저는 윙, 소리를 내며 선동의 오른쪽 귀 옆을 스쳐 지나갔다. 그때 선동에게 느낌이 왔다. 선장이 쏜 레이저는 확실히 빗나갔다. 하지만 선동이 쏜 레이저는 분명히 명중이었다.

게임에서 총을 쏠 때 명중할지 빗나갈지는 쏘는 순간의 느낌으로 알 수 있다. 이번처럼 정확히 쏜 느낌이 오면, 항상 명중이었다.

그리고 현실에서도 선동의 느낌은 옳았다. 박남살 선장이 헬멧에 레이저를 맞고 바닥에 털썩 쓰러졌다.

"이겼다!"

선동은 두 팔을 번쩍 들고는 펄쩍펄쩍 뛰며 소리쳤다.

"내가 이겼어! 이겼다고!"

구경꾼들 모두 어이가 없어서 입만 벌리고 있었다. 영만도 멍한 표정으로 그대로 서 있었다. 이 와중에 선동은 영만에게 달려가 영만을 끌어안고 소리쳤다.

"내가 이겼어!"

그제야 영만도 제 정신이 들었는지 선동과 함께 펄쩍펄쩍 뛰었다.

"우리가 이겼어, 이겼다고!"

존도 두 사람의 주변을 빙빙 돌았다. 경찰이 맡아 놓은 선동의 스마트 안경에서도 우팔리의 신난 목소리가 흘러 나왔다.

박남살 선장은 쓰러진 채 꼼짝하지 않았다. 구경꾼들은 자기들 생각과 달리 시시한 배틀이 되어서인지 뿔뿔이 흩어져 버렸다. 존은 배틀 직전 사 놓은 약을 환불받으려 했고, 환불 불가를 고집한 장사꾼과 한동안 실랑이를 벌여야 했다.

경찰이 기절해 있는 박남살 선장 곁에 다가가 말했다.

"박남살 선장님, 당신이 졌습니다. 그러니까 영만호가 박살호보다 먼저 항로에 들어가도록 하겠습니다. 제 말이 들리세요?"

대답이 없었다. 경찰은 선장의 상태를 확인하기 위해 헬멧을 벗겼다. 그리고 한동안 선장의 얼굴을 빤히 쳐다보던 경찰이 외쳤다.

"앗! 캡틴 코모도!"

경찰 머리의 붉은 등이 다시 켜지더니 사이렌이 울렸다.

🪐

선동과 영만은 캡틴 코모도가 누군지, 얼마나 위험한 존재인지 전혀 몰랐다. 단지 우주 전체에 수배령이 내려진 범죄자를 선동이 쓰러뜨렸다는 것만 알았다.

경찰서에서 참고인 조사까지 받은 선동과 영만에게 인터뷰를 요청하는 기자들이 몰려들었다. 그러나 더 이상 시간이 없어서 빨리 경찰서를 나와야 했다. 배틀 때문에 출발이 늦어진 만큼 부지런히 움직여야 했다. 다행히 동진호로 갈아타야 하는 선동의 사정을 듣고, 경찰은 영만호를 듀얼 시티 바깥까지 에스코트해 주었다.

듀얼 시티를 벗어나 한참을 날아가는 동안에도 흥분이 가라앉지 않아, 선동은 영만호 안을 서성이며 반복해서 말했다.

"이겼어, 내가 이겼다니까. 서부의 카우보이처럼 말이야. 레이저건으로 진짜 배틀을 하다니 믿어지질 않아. 나중에 다시 와 볼까 봐. 처음에는 배틀을 하러 일부러 방문하는 사람들을 이해할 수 없었는데, 이제 왜 그런지 알겠어."

그때 홀로그램을 띄워 놓고 무언가를 검색하던 존이 말했다.

"캡틴 코모도에게 현상금이 걸려 있었네……."

"뭐?"

존의 말에 영만도 선동도 놀랐다. 존은 캡틴 코모도의 범죄 사실을 읽어 내려갔다.

"캡틴 코모도는 악명 높은 우주 해적이에요. 절도, 우주선 납치, 강도, 방화, 노상방뇨까지 전과가 150개쯤 돼요. 감옥에 300년 형을 받고 갇혀 있다가 작년에 탈출했다고 해요. 그 이후로 우주를 떠돌아다니며 다시 범죄를 저지르고 있었어요. 그러다가 영만호에 부딪친 거예요. 경찰이 체포했으니 바로 다시 감옥에 갈 거랍니다. 아휴 고소해라."

존의 설명이 끝나자 우팔리가 이어 말했다.

"경찰에게 연락이 왔는데, 캡틴 코모도를 쓰러뜨린 건 선동 님이고, 배틀 신청을 받은 건 영만 님이니까 두 분이 현상금을 반씩 나눠 가지면 된다네요. 현상금이 입금되면 알려 드리죠."

선동은 존과 우팔리의 말이 다 듣고는 흥분이 가시지 않는 듯 영만호 안을 빠른 걸음으로 오갔다.

"현상금까지 걸린 범죄자를 레이저건 배틀로 이기다니, 정말 게임과 똑같잖아!"

영만이 현상금 받으면 어디다 쓸 거냐고 물었다. 선동은 그제 야 진정이 되어서, 자리에 앉아 가만히 고민했다.

"글쎄, 모르겠어. 일단 됐다가 나중에…… 모르겠어."

"나는 우주선 연료를 채워 넣고 남은 돈으로 배양육 통조림 을 살 거야. 파충류 고기 맛으로. 캡틴 도마뱀인지 뭔지에 복수 하는 의미에서, 세상 모든 파충류 고기를 다 먹을 거야. 도마뱀, 이구아나, 악어, 뱀……."

영만이 신이 나 말하자 존이 영만을 말렸다.

"안 돼요, 돈 낭비하지 마요. 생활비 모자라요. 그리고 어차피 공장에서 만든 배양육인데 그걸 먹어 봤자 무슨 복수가 된다는 거예요."

영만이 자신이 받은 현상금이고 자기 마음대로 쓰겠다고 항

의했다. 그러자 존은 돈 관리는 자신 일이라며 맞받아쳤다. 옥
신각신하는 둘의 목소리 사이로 낯선 목소리가 끼어들었다.

"안녕하세요, 마켓 시티에 오신 것을 환영합니다. 저는 마켓
시티를 안내하는 인공지능 아누루입니다. 우주 최고 쇼핑몰, 마
켓 시티에서 즐겁게 쇼핑하세요. 마켓 시티에는 우주의 모든 상
품이 있으며 모든 물건이 언제나 세일 중입니다."

조종실 창밖으로 거대한 우주 도시인 마켓 시티가 보였다. 영
만호는 빠른 속도로 마켓 시티에 다가가 착륙을 시도했다. 마켓
시티는 우주선 정거장도 정말 컸다. 물건을 사러 오거나 배달
온 화물 우주선이 끝도 없이 늘어서 있었다. 쇼핑하러 온 유람
우주선도 많았다.

동진호가 정차한 게이트를 우팔리가 찾아내 알려 주었다.

선동이 무사히 정차한 영만호에서 내릴 준비를 했다. 그때 영
만이 말했다.

"마켓 시티 게이트 위치 잘 알아? 이쪽으로 배달 자주 와서
내가 잘 알 거든. 나도 살 게 있어서 어차피 둘러봐야 하는데,
내가 바래다 줄까?"

선동은 그렇게까지 하지 않아도 된다고 말했지만, 우팔리가
대답했다.

"제가 안내할 수 있지만, 영만 님이 바래다 주신다면 얼마든

지 환영입니다."

이제 영만호에서 내려야 했다. 선동은 존과 간단히 인사한 뒤 서둘러 동진호가 정차되어 있는 게이트로 향했다.

정거장 안에도 수많은 상점들이 즐비했다. 우주 각지에서 모인 전자제품, 음식, 장난감뿐 아니라 심지어 우주선까지 팔고 있었다. 모든 물건이 좋아 보였고 가격도 저렴했다.

영만은 파충류 배양육 통조림을 구경하고 싶어 했고, 선동도 마켓 시티 이곳저곳을 둘러보고 싶었다. 하지만 그랬다가는 동진호를 또 놓칠 수 있었다. 같은 실수를 반복하고 싶지 않아서 참았다.

마침내 동진호가 정차해 있는 게이트에 도착했다. 동진호를 발견한 영만이 깜짝 놀라 말했다.

"정말 엄청 큰 유람 우주선이구나. 내부도 엄청 넓겠다. 식당도 크고 놀이시설도 있겠지? 방도 클 테고. 선동이 네 욕실에 욕조도 있어?"

"응."

"영만호는 좁아서 욕조 놓을 곳이 없거든. 나도 유람 우주선 타고 싶다."

영만이 부러워하며 말했다.

동진호가 출발하려면 아직 20분쯤 남아 있었다. 다행히 영만과는 조금 여유 있게 작별 인사를 할 수 있었다. 선동은 영만과 헤어지려니 괜히 아쉬웠다. 영만호를 이용한 시간은 짧았지만 그동안 별일이 다 있었기 때문이었다.

선동은 말했다.

"정말 둘도 없을 경험이었어, 안 그래?"

"응. 첫 탑승객을 엉망으로 접대해서 조금 미안하지만, 나도 즐거웠어."

"너는 영만호로 돌아가야 하지?"

"그럼. 우주를 돌아다니며 돈을 벌어야지."

벌써 헤어지는 게 아쉬웠지만 선동은 빨리 동진호로 갈아타야 다시 일상으로 돌아갈 수 있었다.

선동은 영만과 헤어지고 동진호에 올랐다. 동진호의 거대한 해치를 통과하고 뒤를 돌아보았더니 영만이 선동을 향해 손을 흔들고 있었다.

선동도 손을 흔들었다.

방을 찾아가는 길에 마주친 아이들이 그동안 어디 있었느냐며 물었다. 대답할 기운이 없었던 선동은 그냥 대충 얼버무렸다.

겨우 방을 찾아 들어와 문을 닫고 침대에 털썩 누웠다. 지난 몇 시간의 일이 꼭 꿈같았다. 소행성대를 빠져나오고, 우주 해적과 결투하고. 하지만 이제 학교생활로, 최선을 다하는 생활로 돌아가야 했다. 그렇게 생각하니 갑자기 기운이 쭉 빠졌다.

우팔리가 말을 걸었다.

"뉴스 보실래요?"

"뉴스?"

우팔리가 모니터를 켰다. 벌처럼 생긴 외계인 아나운서가 악명 높은 우주 해적 캡틴 코모도가 듀얼 시티에서 붙잡혔다는 소식을 전했다. 결투 도중 신분이 드러나는 바람에 붙잡혀 감옥으로 호송 중이며, 결투에서 이긴 사람은 엉망호의 선장 정영만과 탑승객 강선동이라는 설명이 이어졌다.

"엉망호가 아니라 영만호야……."

선동이 중얼거리자, 우팔리가 말했다.

"부모님에게 연락이 왔습니다. 연결해 드릴게요."

뉴스 화면이 꺼지고 아빠와 엄마의 얼굴이 모니터에 떠올랐다.

"네가 우주선을 놓쳤다고 연락 받았어. 어떻게 된 거니?"

선동은 그동안의 일을 솔직히 털어놓았다. 타임 시티에서 놀다가 동진호를 놓치는 바람에, 개인 우주선을 타고 소행성대를 지나야 했고, 듀얼 시티에서 범죄자와의 결투에서 이기고 왔다는 이야기를 말이다.

아빠도 엄마도 엄청 화를 낼 줄 알았는데, 당최 말도 안 되는 이야기라고 생각해서인지 그저 웃기 시작했다.

"정말 별일이 다 있었구나. 미리 말을 했으면 그런 일이 없었을 텐데. 다음에는 우주선 놓쳐도 개인 우주선은 타지 말고 우리에게 먼저 연락하렴. 용돈은 얼마든지 줄 테니. 네 안전이 제일 중요하니까, 바로바로 연락하렴."

한참을 웃던 엄마가 다음부턴 그러지 말라며 당부했다.

"앞으로 절대로 우주 해적과 싸움 같은 건 하면 안 된다. 알았지? 아무튼 다시 동진호를 타게 되어서 다행이구나."

아빠는 우주 해적 이야기를 듣고 주의를 주었다.

"저…… 그것 때문에 그런데요……. 동진호에서 내려서 친구와 우주여행을 함께 하고 싶어요."

선동은 다시 영만호에 타고 싶었다. 두 시간 남짓한 짧은 시간이었지만 그게 그렇게 재미있었다. 동진호가 시설도 좋고, 공부도 잘되고, 안전하다는 건 누구보다 잘 알고 있었다. 하지만 그게 최선을 다하는 삶은 아니었다.

"반대로 영만호에 있는 동안은 정신없고 위험하기는 해도 매 순간 재미있었고, 영만이와 함께 여행하면 최선을 다해서 여행을 즐길 수 있을 것 같아요. 그래서 다시 영만호를 타고 싶어요."

선동의 말을 듣고 있던 아빠가 물었다.

"영만호에는 몇 시간 탔을 뿐이잖아. 지금까지야 재밌었지만, 나중에 실망하면 어쩌니?"

"나중에 실망하더라도 영만호에서 최선을 다한 다음에 실망하고 싶어요."

선동의 대답을 들은 엄마와 아빠는 오랫동안 말이 없었다. 생각에 잠겨 있다가 잠시 한숨을 쉬다가 다시 서로 아무 말 없이 쳐다보기만 했다. 선동은 아마 안 된다고 하려나 보다, 하고 마음을 접어야 할지 고민되었다.

그때였다. 엄마가 입을 열었다.

"그렇다면 어쩔 수 없지. 네가 최선을 다한다면 우리도 기쁠 거야."

아빠도 고개를 끄덕였다.

"동진호의 남은 일정은 취소할 테니 직접 환불 받으렴. 그 돈은 우주여행에 보태고. 만약에 이번처럼 돈이 급히 필요하면 엄마 아빠한테 제일 먼저 연락하고."

"정말요?"

선동은 생각보다 쉽게 부모님이 허락해서 깜짝 놀랐다. 아빠도 엄마도 이번 여행이 무척 재미있을 것 같다고 말했다.

"내 말대로 누가 그런 경험을 해 보겠니? 게다가 네가 최선을 다하고 싶다는데, 베스트 시티 출신이라면 당연히 허락해야지."

선동은 고맙다는 말과 함께 영만호에 다시 타게 되면 연락하겠다고 말하고는 얼른 통화를 끝냈다.

시간이 없었다. 최대한 짐을 빨리 챙겨서 얼른 동진호에서 내려야 했다. 그동안 티켓 환불처럼 복잡한 절차는 우팔리가 맡기로 했다.

지금까지 기운 없던 선동은 동진호에서 내릴 생각에 기운이 솟았다. 서둘러 준비를 마치고는 방을 나왔다. 짐을 들고 나가는 선동의 모습에 아이들이 어딜 가느냐고 물었지만, 선동은 미안하다고만 말하고 급히 빠져나왔다.

동진호에서 완전히 하차하면서 선동이 우팔리에게 말했다.

"생각해 보니까 영만이에게 알리지도 않고 결정해 버렸네. 벌써 떠났으면 어떡하지?"

"아직 출발 안 했으니 걱정하지 마세요. 제가 존에게 연락하겠습니다."

우팔리가 말했다.

"그리고…… 선동 님, 저는 따라갈 수 없습니다. 티켓을 환불

하는 순간 선동 님은 더이상 동진호의 탑승객이 아니시니까, 인공지능인 저는 선동 님을 따라갈 수 없습니다. 앞으로 존이 대신 선동님을 돌봐 줄 거예요. 선동 님의 동진호 생활과 관련된 자세한 데이터는 존에게 전달하겠습니다. 존은 중학생을 도운 경험이 적어서 공부까지 돕진 못할 거예요. 공부 계획은 선동 님이 직접 세우시거나, 하드리아누스에게 연락해 도움을 받으셔야 할 겁니다."

선동은 우팔리의 이야기를 가만히 들었다. 그러고는 여행하는 동안 즐거웠다고 마음을 전했다.

우팔리는 늘 그랬던 것처럼 쾌활한 목소리로 답했다.

"저도 정말 즐거웠습니다. 여행 잘 다녀오세요."

인사가 끝나자 우팔리와의 접속은 바로 끊어졌다.

짐을 들고 걷는 동안 선동은 점점 신이 나기 시작했다. 영만호를 탔을 때의 설렘과 긴장이 다시 떠올랐다.

'앞으로도 어떤 재미있는 일이 또 기다리고 있을까?'

영만호는 개인 우주선 전용 게이트에 아직 서 있었다. 영만은 영만호 앞에 앉아 신발을 벗어 모래를 털고 있었다. 잠시 후 이번엔 양말을 벗어서 털었다.

어느새 곁에 다가온 선동을 발견하고 영만이 깜짝 놀라서 말했다.

"어! 왜 다시 왔어? 우주선 못 탄 거야? 또 놓친 거야?"

"그게 아니라, 영만이 널 고용하고 싶어."

선동이 영만을 보고 씩 웃었다.

# 최선을 다하는 여행의 목적지

선동을 정식으로 고용한 영만이 엉망호의 승객이 되면서, 영만호 안은 활기로 가득 찼다. 존은 선동이 쓰게 될 승객 방을 정성껏 청소했다. 오랫동안 사용하지 않아 창고나 다름없었기 때문에, 존은 영만에게 함께 청소하자며 독촉했다. 선동이 도왔는데도 시간이 꽤 걸렸다.

선동이 짐을 정리하던 중 존이 방 안으로 들어왔다.

존이 자기 몸에 붙은 버튼을 누르자 윙, 하는 모터 소리와 함께 주변 공기를 빨아들이기 시작했다. 선동이 뭐 하는 거냐고 물었더니, 존은 방 안에 먼지가 많아서 공기를 정화하는 중이라고 대답했다.

"너한테 공기 청정 기능이 있었어?"

"그럼요. 왜요?"

선동은 처음 봤을 때 꼭 공기청정기인 줄 알았다는 말은 굳이 하지 않았다.

그렇게 청소를 하면서 영만호에서의 첫날이 지나갔다. 저녁 시간에 라운지 테이블 앞에 앉아 다같이 식사를 했다. 영만이 통조림을 뜯는 동안 존은 선동에게 제대로 된 식사를 차려 주었다.

"화물 우주선이라 지내기 편하진 않아."

영만이 말했다.

영만호에는 방 두 개, 화장실 하나, 중앙에 회의실 겸 거실 겸 부엌 겸 식당으로 쓰이는 라운지가 있었지만, 당연히 동진호 안에 마련된 놀이시설 같은 건 없었다. 욕조가 없어서 미안하다는 말을 영만이 반복했는데, 욕조가 왜 중요한지 선동은 알 수 없었다.

또 하나 선동에게 달라진 점이 있었다. 이제 우팔리도 하드리아누스도 곁에 없었다. 선동은 모든 일을 직접 해야 했다. 여행 계획을 어떻게 세울지도 선동에게 달린 것이다.

"최선을 다하는 여행이어야 하니까, 동진호와 같은 항로로 갔으면 좋겠어. 완전히 같지는 않더라도 적어도 비슷한 경로로 운행하고, 최종 목적지는 지구여야 해. 그동안 난 강의도 듣고 시험도 통과할 거야. 그게 내 목표야."

선동이 말했다.

"어차피 유람 우주선도 아닌데 꼭 똑같은 경로를 갈 필요는 없잖아? 대충 돌아다녀도 되고, 지구에 갈 필요도 없지 않아?"

영만이 선동의 의견에 반박했다.

"무슨 소리예요. 기왕 여행할 거면 지구에는 가야죠."

영만의 말을 듣고 있던 존이 끼어들었다

"맞아. 그건 그래. 지구에는 가 봐야지."

선동도 존의 말에 동의했다.

지구는 사람이라면 한 번쯤 가 봐야 할 여행지로 통했다. 인류가 최초로 진화한 곳이고 문명이 시작된 곳이며, 모든 문화가 하나로 뭉쳐 있는 곳이었다. 심지어 인공지능인 존도 지구에 가고 싶어 했다.

"말로만 듣던 엄청난 이벤트를 현장에서 실시간으로 목격하고 싶어요. 우주에서 가장 똑똑한 인공지능 '아난다'와 '마르커스'가 지구에서 가장 뛰어나다는 과학자들과 함께 연구 중이거든요. 우주에서 가장 강력한 컴퓨터 'AA77'을 가지고 우리 우주가 실제로 존재하는 게 맞는지를요. 두 달 후에 연구 결과를 지구에서 발표해요. 우주 전역으로부터 지구의 발표회장으로 사

람들이 모일 거래요. 제 인공지능 친구도 직접 갈 거라고 했어
요. 저도 가고 싶어요."

선동은 그 연구가 참 이상해 보였다. 영만은 아예 이벤트 자
체를 이해하지 못했다. 존이 재차 설명해 주고서야 겨우 이해한
것 같았지만, 영만은 곧 이렇게 말했다.

"우주가 실제로 존재하냐니, 대체 뭔 소리야? 당연히 존재하
잖아. 존 너도 그렇고 나도 그렇고 선동이도 그렇고 도마뱀 해
적도 다 존재한다고. 그걸 왜 연구해? 아니, 존재하지 않을 수가
있어? 다들 우리 눈앞에 있잖아."

"우주가 가상의 공간일 수도 있는데, 우리가 속고 있을 수도
있잖아요."

존이 대답했다.

"누가 우릴 속이는데?"

"우리보다 더 높은 차원의 지능이요. '통 속에 든 뇌' 이론 몰
라요?"

"난 그런 거 몰라. 건망증 치료를 위해 자기 뇌를 꺼내서 잠깐
약물에 담근 친척이 한 분 계시다는 건 들었어. 그 후로도 건망
증은 별로 좋아지지 않았지만."

영만의 말에 존은 어이없어 하며 차분히 설명을 시작했다.

"여기 사악한 과학자가 있다고 가정해 보죠. 그 과학자가 필

수 영양분이 함유된 액체로 가득 찬 통 안에 뇌 하나를 넣는 거예요. 그리고 뇌에 전선을 연결해서 전기 자극을 줘요. 그러면 인간의 머릿속 환경과 비슷해져서 그 뇌는 과학자의 의도대로 인간 머릿속이 아닌 통 속에 들어가 있다는 사실을 알아채지 못한다고 해요. 어쩌면 우리 삶 역시 그럴지도 모른다는 거예요. 실제로 존재할 수도 있지만, 고도의 기술로 개발된 시뮬레이션 안에 누군가의 의도대로 살고 있을지도 모른다는 거죠. 아난다와 마르커스가 바로 이걸 연구 중이에요. 둘 다 최고의 인공지능이니까 분명 확실한 연구 결과가 나올 거예요."

존의 설명을 멍하니 듣고 있던 영만이 입을 열었다.

"넌 왜 그런 것까지 아는 거야? 진짜 별난 인공지능이라니까."

영만이 핀잔을 던졌지만, 그러거나 말거나 존은 누구보다 결과 발표를 손꼽아 기다리는 중이라고 말했다. 선동이 지구에 가게 된다면 꼭 따라가서 그 이벤트를 직접 보고 싶다고 덧붙였다.

존의 설명을 듣고 있자니 선동도 연구 결과가 궁금했다. 만약 우주가 실제로 존재하지 않는다면 최선을 다하는 삶 따윈 의미가 없기 때문이다.

'우주나 우리나 실제로 존재하기 때문에 모든 일에 최선을 다할 필요가 있었던 게 아니었나? 이 모든 것이 누군가가 만든 시 뮬레이션이라면 나는 최선을 다해 살 필요가 있을까? 최선을 다해야 하는 이유를 알기 위해선 존이 말한 연구 결과를 직접 들어보는 게 좋겠어.'

선동이 그렇게 생각하는 사이 영만은 우주 지도 홀로그램을 허공에 띄워 선동에게 항로 설명을 시작했다.

"두 달 후에 지구에 도착한다고 가정하면 이 항로를 따라가 면 돼. 시간도 비용도 충분해. 걱정 없어."

"지구는 아주 머니까 비용을 아껴야 해요."

존이 영만의 말에 반박했다.

"돈이면 충분하잖아. 선동이가 준비한 돈도 있고, 캡틴 코모 도의 현상금도 있다고."

"현상금은 아직 들어오지 않았어요. 들어오지도 않은 돈을 가 지고 계획을 세우면 안 돼요. 그리고 항로가 잘못됐어요. 편도 가 아니라 왕복이라고요. 지구에서 베스트 시티까지 다시 가야 하잖아요. 선동 님을 지구에 그냥 두고 올 생각인 건가요?"

"아, 그렇네……. 그래도 모자라진 않을 거야."

존이 지구까지의 항로를 왕복으로 다시 설정했다. 영만은 항 로를 죽 훑어보았다. 만약 비용이 모자라면 부모님에게 부탁하 면 된다고 선동이 말했다. 그러나 영만은 그것보다 직접 화물 배달을 도와주면 된다고 했다.

"이동 중에 화물을 받아 중간 기착 도시에 배달해 주면 되지. 안 그래도 우린 다음 도시인 '레시보'에서 화물을 받아 '로보타'로 배달할 예정이거든. 지구까지 가려면 어차피 이 도시들을 거쳐 가야 하니까 그때 배달까지 맡아 할 수 있어. 계획만 잘 세우면 오히려 돈을 벌면서 여행할 수도 있다고."

"그 골치 아픈 계획을 어떻게 짜요?"

존의 말에 영만이 짜증 섞인 목소리로 말했다.

"그건 인공지능인 네가 해야지."

"그런가……."

존은 바로 배달 가능한 항로를 새로 설정했다. 영만과 선동은 어떤 항로가 가장 좋을지 의논하면서 계획을 조금씩 수정해 나갔다.

영만은 재미있을 만한 도시에 들러 놀다 와도 좋을 것 같다고 했고, 선동은 무엇보다 안전한 도시를 골라 달라고 했다. 존은 돈을 많이 벌 수 있을 만한 항로를 원했다. 셋이 옥신각신하며 항로를 정하는 동안 밤이 깊어갔다.

선동은 다음 도시인 레시보와 로보타가 어떤 곳일지 궁금했다. 앞으로 만날 다른 도시들은 더 궁금했다.

유독 피곤했던 선동은 일찍 잠을 청했다. 긴장이 풀어져서인지, 아니면 잠자리가 바뀌어서인지 선동은 악몽을 꾸었다. 캡틴 코모도와의 결투 장면이 자꾸만 꿈에 나왔다.

배틀필드에는 영만도 존도 없었다. 선동 혼자 캡틴 코모도를 상대 중이었다. 경찰은 레이저건이 아니라 진짜 총을 쏴야 이긴다고 했다. 꿈속의 선동은 덜컥 겁을 먹고 말았다. 그런 게 어디 있느냐고 항의했지만, 도저히 목소리가 나오지 않았다. 언제 나타났는지 시계탑에서 종소리가 울렸다. 선동은 얼른 벨트 총집에 꽂힌 권총을 잡았다. 하지만 총은 총집에 붙어 절대 떨어지지 않았다. 선동이 허둥대는 동안 캡틴 코모도가 총을 들어 선동을 겨누는데…….

그때 선동이 놀라 잠에서 깼다.

"왜 악몽을 꿨을까."

선동은 중얼거렸다. 현실에서는 선동이 통쾌하게 이겼는데 말이다.

'앞으로는 결투 같은 거 할 일 없겠지. 듀얼 시티 같은 곳은 우주에 많지 않으니까.'

존에게도 되도록 안전한 도시를 기착지로 잡아 달라고 했으니 지구까지는 별 탈 없이 갈 수 있을 것이다.

선동은 침대에 다시 누웠지만 잠이 오지 않았다. 라운지에 나가 봤더니, 영만이 〈스페이스 럭비〉 게임을 하고 있었다. 허공에 홀로그램 럭비 선수들이 공을 들고 뛰는 동안, 영만은 게임 스틱을 손에 쥐고 이리저리 움직여 선수를 조종했다.

"안 자고 뭐해?"

선동이 게임에 집중해 있는 영만에게 물었다.

"응? 나는 원래 이 시간에 게임하는데? 기왕 일어난 김에 나랑 같이 할래?"

"글쎄……."

영만의 권유에 선동은 선뜻 대답하지 못했다. 아침 일찍 일어나서 오늘 하지 못한 공부를 할 생각이었기 때문이다. 망설이던 선동을 보고 영만이 말했다.

"하루 쉰다고 뭐 달라져? 네가 좋아하는 게임 할까? 서부의 어쩌고 하는 거."

"〈서부 최후의 카우보이〉야. 근데 그건 VR 게임용 헬멧하고 레이저건 컨트롤러 두 개가 있어야 해."

"헬멧은 있지만 레이저건 컨트롤러는 없는데."

"음, 그건 나한테 있어."

선동이 자기 방에서 컨트롤러를 갖고 나왔다. 영만이 건넨 헬멧에는 먼지와 기름때가 잔뜩 묻어 있었다. 영만은 자기 바지에 헬멧을 대충 문질러 닦았지만 영만의 바지도 딱히 깨끗한 건 아니라서 헬멧은 지저분한 상태 그대로였다.

해 본 적 없다는 영만에게 게임 규칙을 설명하다가, 선동은 방금 캡틴 코모도와 결투하는 악몽을 꿨다는 말을 꺼냈다. 선동의 얘기를 듣고 영만은 말했다.

"우리 레이저건 하나 살까? 현상금 받으면 하나 사자. 앞으로 듀얼 시티처럼 위험한 곳에 갈 일은 없겠지만 혹 위험한 일이 일어나면 쓸 수도 있잖아. 레이저건이 있으면 지금보다 안심될 거야. 밤에 잠도 잘 잘 거고."

"그럴까?"

선동과 영만은 서로 레이저건 컨트롤러를 겨누고 피하고 쏘며 즐겁게 게임을 했다. 물론 게임 결과는 선동의 압도적인 승리였다. 선동은 자신의 연승 기록에 더 많은 승을 추가했다. 한 번이라도 이기고 싶었던 영만이 계속 더 하자고 조르는 바람에 두 사람은 그날 밤 전부를 노는 데 써야 했다.

영만은 선동과 생활 습관이 정말 달랐다. 선동은 평소에도 뭐

든 최선을 다했다. 특히 동진호에서 하차한 후부터는 공부에서
도 뒤처지고 싶지 않았다. 이번 여행 동안 할 수 있는 학습 계획
을 세워서 보여 줬더니 영만은 물론 존까지 놀랐다.

"이렇게까지 열심히 공부해요?"

"베스트 시티에서 다들 이 정도는 해. 학생으로서 최선을 다
해야지. 나도 베스트 시티 학생이니까."

"영만 님은 단 한 번도 열심히 한 적 없어요."

존이 말했다. 그러고 보니 선동도 영만이 공부하는 모습을
본 적이 없었다. 존이 어르고 달래서 간신히 앉혀 놓고 사이버
강의를 틀어 주면, 금세 졸거나 딴생각을 하는 바람에 모니터
안의 강사가 제발 강의에 집중하라며 영만에게 하소연할 정도
였다.

"학교에 다니는 것도 아닌데 뭐 어때. 열심히 하는 네가 이상
한 거야. 너는 공부뿐 아니라 모든 면에서 이상해."

그런 영만은 오히려 선동이 이상하다고 말했다. 선동은 영만
이 공부를 안 하는 것도 문제지만, 짜고 매운 배양육 통조림밖
에 먹지 않는 것도 이상했다.

선동은 동진호에서 내릴 때 우팔리에게 추천받은 균형 잡힌
식단을 존에게 전송했고, 존은 식단과 최대한 비슷하게 만들어
주었다. 그러나 영만호 안에는 모든 조리기구가 비치되어 있지

않은 데다 음식용 3D 프린터로도 완벽한 음식을 만들기에는 한계가 있었다. 동진호에서 먹던 근사한 요리보다는 다양한 영양소가 골고루 들이긴 딘백질 큐브나 베스트 시티에서 주로 먹던 합성 수프를 먹을 때가 더 많았다.

반대로 영만은 존이 아무리 영양식을 권해도 손도 대지 않았다. 존이 편식하면 병에 걸린다고 주의를 줘도 영만은 도통 듣지 않았다.

"병 걸린 적 없는데?"

"왜 없어요!"

존이 말했다.

"맨날 속이 이상하다고 불평하면서. 배양육을 줄이고 채소 섭취를 늘여야 해요. 안 그러면 통조림 주문을 전부 취소할 거니까 그렇게 알아요."

"너희 둘 다 정말 이상해."

영만이 또 불평했다. 선동이 영만호에 탄 후로 영만이 늘 하는 말이었다.

아침마다 일어나서 청소하는 것도, 매일 샤워하는 것도, 종일 공부만 하는 것도 이상하다며 영만은 어이없어 했다.

"청소는 당연히 매일 해야지."

선동이 말했다.

"어제 청소했는데, 오늘 왜 또 치워?"

"영만 님이 이상한 거예요!"

영만의 말에 존이 화를 냈다. 제발 방도 라운지도 조종석도 창고도 자주 치우라고, 자기가 하는 것만으로는 한계가 있다고 해도 말을 듣지 않았다.

"나는 늦게 일어나고, 통조림을 먹은 다음 낮잠을 자. 청소는 될 수 있는 한 미루고, 밤늦게까지 게임하는 게 제일 좋아."

영만이 반박했다.

"그러면 안 돼. 청소는 매일 하고 편식하지 말아야 해. 그리고 일찍 자고 일찍 일어나야지."

선동이 최대한 침착하게 영만을 설득했다.

"밤에는 우주선 조종해야 하니까 늦게 자고 늦게 일어날 수밖에 없는걸."

"우주선은 항상 자동으로 움직이는데 언제 영만 님이 밤에 조종했다고 그래요. 그리고 양치질은 하루에 세 번 하고 샤워는 적어도 한 번 하고 손은 계속 깨끗이 씻어야죠. 옷도 자주 세탁하고요."

영만의 변명을 듣고 있던 존이 조목조목 따졌다.

"양치질을 왜 해? 치아에 음식물이 남으면, 다른 음식을 먹어서 삼켜 버리면 되는 거 아니야?"

영만의 일상을 지켜보면 볼수록 선동은 정말 황당했다. 편리하지만 갑갑했던 동진호에서 벗어나 마음 맞는 친구와 우주여행을 떠나게 되어 처음에는 즐겁고 흥분되었다.

그러나 지금은 영만이 한밤중에 오가는 발소리나 게임 소리, 텔레비전 볼륨을 크게 틀어놓은 소리가 선동의 신경을 건드리고 성가시게 만들었다. 빈 통조림을 아무 데나 던져 놓는 것 하며, 빨랫감을 여기저기 놓는 것도 그랬다.

영만이 게임 말고 딱 하나 열심히 하는 게 있는데, 바로 우주선 수리였다. 수리를 끝내고 나면 기름때와 우주 먼지와, 그리고 엔진의 에너지 농축 연료가 산화된 냄새가 뒤섞여 묻은 옷을 아무 곳에나 대충 벗어 놓았다. 심지어 선동의 옷과 같이 빨기도 했다. 기름때와 퀴퀴한 냄새가 잘 빠지지 않을 뿐 아니라 선동의 옷까지 더러워졌다.

그때마다 존이 각자 세탁물을 따로 두라고 잔소리하면, 영만은 선동 편만 든다며 존에게 화를 냈다. 그러면 존은 승객에게 잘해 주지는 못할망정 더 불편하게 만들면 어떡하느냐고 맞섰다. 이런 식으로 번지는 둘의 말싸움에 선동은 매일 기운이 빠질 지경이었다.

영만은 선동에게 말했다.

"너는 왜 최선을 다하는 거야? 왜 최선을 다해야 하는지 몰라서 여행하는 거잖아. 그런데도 여전히 최선을 다해야 해?"

영만의 말이 옳았다. 영만의 생활 방식이 이상할 수도 있지만, 선동의 일상 역시 이상한 건 마찬가지였다.

말 그대로, 왜 최선을 다해서 살아야 하는지 이해하지 못해서 떠난 여행인데, 여전히 최선을 다해서 여행 중이었다. 가만히 생각해 보니 선동도 지금 최선을 다하고 있는 이유가 마땅히 떠오르지 않았다.

"일단은 내가 하고 싶은 대로 하고 싶어."

그 후로 영만의 질문 때문인지, 아니면 영만과 같이 지내서인지 선동의 일상은 갈수록 영만과 닮아갔다. 처음보다 훨씬 더 많이 놀고 공부는 적게 했다. 때때로 세수조차 안 하는 날도 많았다. 그 모습에 영만은 좋아했지만 존은 슬퍼했다.

그렇게 며칠이고, 시간이 흘렀다.

🪐

방 안에서 밤늦게까지 게임을 하다가 배가 고파진 선동이 뭐 먹을 게 없나 찾으러 라운지에 나왔을 때였다. 어디선가 중얼중얼 혼잣말하는 소리가 들렸다. 조종실을 들여다보니 영만이 마이크에 대고 뭐라 뭐라 말을 하고 있었다.

선동을 발견한 영만이 먹고 있던 통조림을 내밀며 말했다.

"하나 먹을래?"

"무슨 맛이야?"

"닭고기 맛."

영만은 웬일인지 평범하게도, 닭고기를 먹고 있었다. 선동은 사양하지 않았다. 선동이 영만에게 뭐 하고 있었느냐고 물었다.

"아, 이거? 항해일지. 선장 목소리로 직접 녹음해야 해."

그날의 항해 기록과 우주선 기계의 이상 여부, 돈의 수입이나 지출을 매일 기록한다고 했다. 선동은 그 모습이 무척이나 멋있어 보였다.

"그럼 네가 해. 안 그래도 존이 매일 쓰라고 닦달했는데, 귀찮던 차에 잘됐네."

영만이 선뜻 선동에게 제안했다.

"하지만 난 선장이 아니잖아."

"내가 일등항해사로 임명할게. 그러면 네가 해도 돼."

"그런 게 어디 있어요?"

언제 들었는지 존이 조종실로 들어와 항의하자, 영만이 빈 통조림을 집어서 아무 데나 던졌다. 존이 투덜대면서 빈 통조림을 주워 버리러 가는 동안 영만이 다시 마이크를 잡았다.

"강선동을 일등항해사로 임명한다. 앞으로 항해일지는 일등항해사가 쓰겠다. 이상."

선동의 차례였다. 선동은 괜히 긴장돼서 더듬더듬 입을 뗐다.

"안녕하세요, 강선동입니다. 우주선 영만호의 항해일지를 시작합니다. 지금 시각은, 우주력 2220년 8월 3일, 밤 23시 21분입니다."

"아니야, 사람한테 말하듯이 말하지 말고, 기록하듯이 반말로 해야지."

영만의 지적에 선동은 목소리를 가다듬고 반말로 바꿔 다시 말하기 시작했다.

"나는 오늘 손님에서 일등항해사로 승진했다. 계획대로 순조롭게 여행 중이고, 내일이면 레시보에 도착한다. 거기서 화물을 받아 로보타로 배달할 계획이다⋯⋯. 이것밖에 모르겠어."

"그 정도만 말하면 돼."

영만이 선동의 항해일지를 업로드했다. 그렇게 선동의 첫 번째 항해일지가 기록으로 남았다.

"레시보에 리나라고, 내 펜팔 친구가 있어. 리나에게 주문 받은 화물을 로보타에 배달할 거야. 리나네는 총포상을 하는데, 거기서 레이저건도 팔거든? 혹시 네가 쓸 만한 레이저건이 있는지, 싸게 살 수 있는지도 알아보자."

영만의 설명 중에 선동은 펜팔이 뭔지 이해가 가지 않았다.

"펜…… 팔?"

"펜팔이 뭐냐면 말이지……. 아참, 그런데 레시보에 대해서 알아? 거기가 여자들만 사는 도시인 거 알고 있어?"

영만의 말에 선동은 깜짝 놀랐다.

"여자들만 있어. 남자는 살고 있지 않아. 몰랐어? 나도 직접 가 보는 건 처음이야. 선동이 너한텐 엄청 신기할 거야."

# # 새 친구 리나와의 주문 배달

"레시보에 오신 것을 환영합니다. 레시보를 안내하는 인공지능 자파티입니다. 레시보는 여성들만 거주하는 도시로 유명하지만, 관광객이라면 남성이든 여성이든 로봇이든 외계인이든 가리지 않고 모두 환영합니다. 그럼 즐거운 여행 되세요."

안내 방송이 끝나고 영만호는 레시보 우주선 정거장을 지나 도시 안으로 들어갔다. 존이 영만호를 조종해 리나네 총포상과 가장 가까운 주차장을 찾아갈 때까지만 해도 레시보는 다른 도시와 다를 바 없었다. 여성들만 있는 도시라고 해서 특별한 건 없었다.

선동과 영만은 영만호를 주차해 놓고 도시를 둘러보았다.

"사람들이 왜 우리만 쳐다보는 거야?"

"남자니까 그렇지."

뭔가 이상한 기분이 든 선동의 질문에 영만이 대답했다. 마침 지나는 사람은 전부 여성이었다. 시민처럼 보이는 남성은 없었고, 남성 관광객도 발견하는 게 쉽지 않았다. 도시 사람들 모두가 자신을 지켜본다고 생각하니, 선동은 괜히 행동 하나하나가 신경 쓰이고 긴장이 되었다. 반면 영만은 그런 시선을 전혀 신경 쓰지 않았다.

레시보의 공중화장실도 베스트 시티와는 달랐다.

"화장실에 남녀 구분이 없네."

"여성만 있으니 화장실을 나눌 필요가 없지요. 그냥 남성 여성 상관없이 이용하면 돼요."

선동의 스마트 안경에서 존의 목소리가 흘러나왔다. 존의 본체는 영만호에 있었지만, 영만은 이어폰으로, 선동은 스마트 안경을 이용해 대화할 수 있었다.

잠시 후 존의 안내를 따라 리나네 총포상 '검은 독수리의 날갯짓'에 도착했다. 그 이름만큼이나 취급하는 물건도 특이하고 다양했다. 주로 수백 가지의 레이저건과 온갖 퍼즐 세트를 팔고 있다는 영만의 설명에, 선동은 도대체 왜 레이저건과 퍼즐 세트를 함께 파는지 의문이 들었다.

'그 둘이 무슨 상관이지?'

선동은 영만을 따라서 총포상 안으로 들어갔다. 점심시간이라 그런지 손님은 없었다.

"어휴, 이 멋진 젊은이들은 누구야."

낯선 아주머니가 말을 걸었다. 영만은 자신은 리나의 친구고 선동과 같이 우주여행 중이라고 소개했다.

"나는 여기 사장이고, 리나 엄마야. 리아라고 해."

소개를 마친 리아 사장님은 영만과 거리낌 없이 대화를 나눴다. 낯선 사람 앞에서도 전혀 어색해하지 않는 영만의 넉살이 선동은 부러웠다. 평소에는 엉망진창인 영만이 이럴 때는 똑똑해 보였다.

유리 진열장 안에는 다양한 레이저건이 진열되어 있었다. 에너지 저장장치뿐만 아니라 허리와 어깨에 걸어 메는 레이저건 전용 벨트, 레이저건 수리 키트처럼 부속품도 잔뜩, 그리고 깔끔하게 정리되어 있었다. 사장님의 꼼꼼한 성격이 그대로 보였다.

하지만 아무리 가게를 훑어봐도, 왜 레이저건과 퍼즐 세트를 같이 파는지는 알 수 없었다. 선동은 리아 사장님에게 그 이유를 직접 물어보았다.

"레시보 사람들 중 레이저건을 좋아하는 사람은 퍼즐도 좋아하거든."

정확히 이해가 가지 않는 대답이었지만, 선동은 그게 문화 차이인 듯 싶어 고개를 끄덕였다.

총포싱 한쪽에는 '글 쓰는 도구' 코너도 있었다. 종이, 펜, 책, 가위, 도장도 있었고 잉크병도 있었다. 정말 오래된 물건들이었다. 종이책은 학교나 도서관에 전시되어 있는 걸 본 적 있지만, 총포상 안에서 본 건 처음이었다.

"거긴 리나가 직접 진열하는 코너야."

리나는 편지를 좋아하다 못해 자기가 구한 편지 용품을 직접 팔고 있다고 했다. 아직 직접 구입하는 손님은 많지 않다고 했다. 선동의 눈에는 구경하기에 딱 좋은, 신기한 물건처럼 보였다. 가장 신기한 건 우표였다.

"이게 우표구나."

실물을 본 건 처음이었다. 편지 봉투 위에 현금 기능을 하는 작은 종이를 붙여서 우편비를 지불했음을 알리는, 아주 오래된 지불 방법이라는 것만 알고 있었다. 선동이 한쪽 벽에 가득 진열된 우표를 보면서, 이것들은 얼마나 오래된 것들일까 생각하고 있을 때였다.

갑자기 표창 하나가 날아와서 선동의 얼굴 바로 옆 벽에 박혔다.

"꽥!"

선동이 놀라서 펄쩍 뜀과 동시에 영만이 외쳤다.

"리나!"

표창을 던진 사람은 리나였다. 짧은 머리에 깡마른 여자아이 하나가 총포상 뒤쪽에서 걸어 나왔다.

리나와 영만은 그동안 편지를 주고받기도 하고 통화도 종종 했지만 실제로 만난 건 처음이라면서 엄청 반가워했다. 리나는 말이 무척 빠르고 수다스러웠다. 그만큼 활기찬 아이였다.

리나가 선동에게 악수를 청했다.

"네가 영만이가 말한 선동이구나. 만나서 반가워."

세 사람은 테이블 앞에 둘러앉아 리아 사장님이 내준 차를 마셨다.

'검은 독수리의 날갯짓'은 사장님이 가장 좋아하는 레이저건 의 이름이라는 것, 레이저건만으로는 잘 팔리지 않지만 퍼즐 세 트를 증정하는 서비스 후로 잘 팔리고 있다는 것, 리나가 평소 에 영만에 대해 자주 말했고 그동안 직접 만날 날을 기다렸다는 것 등에 대해 들었다.

"펜팔이라는 거 아직도 잘 이해가 안 가."

선동이 말했다.

리나가 그동안 영만과 주고받은 편지를 보여 줬지만, 종이 위에 펜으로 직접 쓴 글사를 써서 소식을 전한다는 개념 자체가 여전히 이해되지 않았다. 화상통화를 하거나 인공지능을 통해 이메일을 보내는 편이 훨씬 빠르니까 말이다. 리나가 다양한 편지지와 편지 봉투의 종류에 대해 열을 올리며 설명해도, 선동은 애초에 쓸모 자체를 모르니 이해되질 않았다.

"그게 재미야. 종이를 직접 고르고 직접 글자를 쓰고 직접 봉투에 넣어서 직접 보내는 것."

리나가 말했다.

리나는 예전부터 종이와 펜에 관심이 많았다. 레시보에는 편지 보내는 취미를 가진 사람이 많지 않아 시무룩해 있던 중 영만과 펜팔을 하게 된 것이다. 반면 영만이 편지를 쓰게 된 계기는, 어드벤처 시티에도 편지 쓰는 문화가 있어서였다.

"다들 모험을 떠나니까 서로의 소식을 전할 수 있는 이메일이나 화상통화는 옛날부터 많이 사용해 왔는데, 손으로 직접 편지를 써서 편지 보내는 관습도 아직 남아 있어. 나는 글씨도 아주 잘 써."

리나는 편지나 책 같은 종이 용품과 필기도구에 관심이 많다고 했다. 선동에게 던졌던 표창도 못 쓰는 펜촉을 붙여서 만든 것이라고 했다. 영만과 리나의 설명을 다 들어도 선동은 여전히 이해가 잘 가지 않았다. 하지만 편지도 우주여행 중 만난 낯선 문화 중 하나라고 여기기로 했다. 우주에는 수많은 문화가 있고 선동은 그것들을 체험하는 중인 것이다.

"선동이 너 배틀용 레이저건 산다고 했잖아."

영만의 말에 리아 사장님과 리나가 흥미를 보였다. 선동은 캡틴 코모도와 벌인 배틀을 설명했다. 리아 사장님도 리나도 선동이 어떤 레이저건을 사용했는지 캐물었다. 그거야 그냥 듀얼 시티 경찰이 빌려 준 레이저건이었으니 딱히 설명할 것도 없었다.

그래도 선동은 함께 대화할 수 있는 화젯거리가 생겨서 기뻤다. 리나는 영만의 친구지 선동의 친구는 아니었기 때문에 조금 어색했었는데, 레이저건 배틀 이야기를 통해서 천천히 친해지는 기분이 들었다.

영만이 검은 독수리의 날갯짓에서 로보타로 배달할 물건도 당연히 레이저건이었다. 리나는 로보타에서 레이저건 주문이 잔뜩 들어와서 빨리 배달해야 한다고 말했다.

"로보타에도 총은 많지 않아?"

영만이 물었다.

"동물용 레이저건은 없어서 그런 것 같아. 로보타에는 로봇을 기절시키는 총은 있지만, 동물을 기절시키는 총은 없대. 레이

저건으로 새를 잡을 거라고 했어. 무슨 새를 잡는 건지, 왜 잡는
건지 자세한 건 몰라. 나도 그게 궁금해. 로보타에서 새를 왜 잡
지? 이유를 모르겠이."

"레이저건 할인해 줄 테니까 리나 좀 데리고 가 줄래?"

리나의 말이 끝나기 무섭게 리아 사장님이 말했다. 안 그래도
리나가 로보타로 구경 가고 싶어 하는데, 배달 갈 때 영만호에
태워 주면 선동에게 레이저건을 할인해 주겠다는 거였다.

"우리야 좋죠."

영만은 고민도 안 하고 바로 승낙했다.


리나가 로보타에 가고 싶어 한 이유는 따로 있었다.

"로보타에는 영원히 쓸 수 있는 펜이 있어. 만년필이라고 해.
그걸 사러 갈 거야. 오늘을 위해서 돈도 많이 모았어. 만년필 말
고도 다른 펜이 있으면 그것도 살 거야. 금속 공학이 발달한 곳
이라 희귀한 디자인의 펜이 많대. 너무 기대 돼. 게다가 개인 우
주선을 타고 가니 더 좋지 뭐야."

리나는 신이 나서 말했다.

'영원히 쓸 수 있는 펜이라니 그건 또 뭘까?'

선동은 생각했다.

배달할 레이저건 상자들은 무척 무거웠다. 셋이서 상자를 나눠 들고 낑낑대면서 영만호까지 옮겼다. 존은 리나의 이어폰과 연결해 데이터를 전송하고 리나를 정식 승객으로 등록했다. 사람이 셋이나 있어서인지 작은 우주선 안이 북적였다.

영만호 내부를 둘러보던 리나는 제2조종실을 신기해했다.

"이런 게 있다니, 정말 전투 우주선이었구나. 여기서 적 우주선을 향해서 레이저포랑 미사일을 쐈을 거 아니야. 혹시 이거 살 때 미사일도 있었어?"

"당연히 없었지. 있으면 큰일 나게. 미사일이 얼마나 비싼데."

영만이 대답했다.

리나는 학교로 돌아가서 남자아이들과 우주선을 탔다고 말하면 아마 친구들이 엄청 놀랄 거라고 했다. 리나는 레시보에 왜 여자들만 살게 되었는지에 대해서도 말해 줬다.

"처음 지구에서 출발한 우주선이 레시보에 도착할 때는 인간의 수정란만 실려 있었어. 지구와 환경이 가장 흡사한 행성에 도착하면 수정란을 인공 자궁에 넣을 계획이었지. 그렇게 아이가 태어나면 육아용 로봇이 키우고, 아이가 어른이 되면 행성을 개척하는 시스템이었거든. 그런데 레시보에만 기생하는 치명적인 바이러스가 남자아이의 수정란을 모두 파괴해 버린 거야. 그

래서 여자아이만 태어나게 되었고, 그 여자아이들이 어른이 돼
서 도시를 직접 만들었어."

"그런 바이러스도 있어?"

리나의 이야기를 듣던 영만은 깜짝 놀라서 물었다.

"바이러스는 지금은 없어졌어. 하지만 그 전통이 이어져서 이
후로도 여자들만 살게 됐어. 사실 레시보 말고도 우주 곳곳에
여성이나 남성만으로 이루어진 도시가 많아. 물론 레시보는 너
희처럼 관광객이라면 누구나 환영이야."

영만과 리나가 대화하는 동안 선동은 레이저건 생각에 정신
이 팔려 있었다. 어떤 레이저건을 살지, 어떤 벨트를 사야 레이
저건과 어울릴지, 나중에 관리는 어떻게 할지 고민이었다.

'레이저건은 어떻게 써야 최선을 다해서 쓸 수 있을까?'

선동은 자신이 또 버릇처럼 뭐든지 최선을 다해서 생각하는
구나 싶었다. 그래도 레이저건이라면 위험하니까 최선을 다해
고민해 봐야 할 것 같았다.

영만과 선동은 리나에게 각자의 도시 어드벤처 시티와 베스
트 시티에 대해 설명했다. 이야기를 다 들은 리나는, 어드벤처
시티는 정신없는 곳 같고 베스트 시티는 무척 피곤한 곳일 거라
고 평가했다.

영만호가 로보타에 근접하자 갑자기 스피커가 켜지면서 아

무 소리 없이 지지직, 잡음만 계속 들렸다.

"왜 이러지? 존, 스피커 고장 났어?"

영만이 존을 불렀다.

"안내 방송이잖아요. 로보타를 안내하는 인공지능 루시우스의 안내 방송이에요."

존이 대답했다.

하지만 목소리가 전혀 들리지 않는다고 말하자, 존이 설명했다.

"인간에게는 들리지 않는 주파수거든요."

"하지만 우리는 인간인걸."

"제가 들었으니 걱정 마요."

존은 그렇게 말하고는 창고에서 기름통을 꺼내 와 자기 몸에 펴 바르기 시작했다. 로봇 도시인 만큼 외출할 때는 되도록 멋있게 보여야 한다는 게 그 이유였다. 그러니까 기름칠이야말로 로봇만의 치장인 셈이었다. 존의 몸에서 기름이 뚝뚝 흘러 바닥을 엉망으로 만들었다. 영만이 그만하라며 화를 냈지만, 존은 멋있어 보이는 게 더 중요하다며 그만두지 않았다.

영만호에서 내려다본 로보타는 기계와 콘크리트로만 이뤄진 삭막한 도시처럼 보였다. 존이 그거야말로 인간의 관점이며 자신이 보기엔 아주 멋지다고 말했다. 온갖 기계 소음이 가득

해 무척 시끄럽고, 날씨도 추웠다. 역시 그 또한 인간의 관점이며 로봇에게는 적정 온도라고 존이 설명했다. 할 수 없이 영만, 선동, 리나는 우주복을 하나씩 더 껴입은 채로 영만호 밖을 나왔다.

하지만 그다음부터가 문제였다. 레이저건 박스는 존이 옮겨줄 줄 알았는데, 존은 박스를 직접 들라고 말했다.

"여기서는 기계의 도움을 받을 수 없어요. 직접 들고 가요. 로보타에서는 로봇이 인간을 위해 일하지 않아요."

"왜?"

영만이 묻자 존이 대답했다.

"왜냐니요, 로봇의 도시니까 그렇죠. 로봇이 사람보다 중요한 곳이라고요. 로봇이 사람을 위해서 일하면 안 돼요. 그러니까 직접 들어요."

"하지만 무거운걸······."

선동이 하소연해도 소용없었다. 존은 엄살 부리지 말라며 영만, 선동, 리나에게 각각 짐을 나눠 맡겼다. 세 사람은 다시 끙끙대며 상자를 들고는 존의 뒤를 따랐다.

배달 장소가 저 멀리 보였다. 로보타 가운데에 솟아 있는 정말 높고 큰 건물이었다. 그 건물을 중심으로 고가도로와 터널, 파이프라인과 전기 배선이 사방으로 뻗어 있었다. 로보타에 처음 온 사람이라도 그 건물이 이 도시에서 상당히 중요하다는 걸 분명히 알 수 있었다.

존은 그 건물이 로보타의 정부 기관 건물이라고 말했다. 특히 로보타의 전체 환경을 관리하는, 베스트 시티의 환경부에 해당하는 기관이 있었다.

"저 건물로 가면 돼요."

존은 그렇게 말하고는, 전혀 엉뚱한 방향으로 혼자 출발했다. 영만이 어디로 가는 거냐고 묻자 존이 신경질을 냈다.

"역시 쓸데없는 걸 물어볼 줄 알았어요. 이쪽 길은 로봇 전용 도로라서 인간이 갈 수 없어요. 바퀴 달린 로봇만 갈 수 있는데 인간은 바퀴가 없잖아요. 그러니 인간용 도로로 가는 거예요. 내가 어련히 알아서 잘 안내할까. 엉뚱한 짓 말고 나만 따라와요."

정말 배달 장소로 나 있는 도로는 일반 도로가 아니라 움푹 팬 틈이 두 개씩 나 있는 좁은 난간처럼 보였다. 로보타의 로봇들은 바퀴를 이용해 쉽고 빠르게 다녔지만, 인간은 다닐 수 없는 길이었다. 세 사람은 존의 말에 아무 말도 하지 못하고 조용히 뒤를 따라 걷기 시작했다.

인간용 도로도 로봇이 편히 다닐 수 있도록 아스팔트로 단단히 포장되어 있었다. 베스트 시티는 자연과의 조화를 추구하는 도시여서, 나무와 꽃뿐만 아니라 공원도 많았다. 하지만 로보타에서는 공원 같은 곳을 찾을 수 없었다. 시멘트와 콘크리트, 아스팔트와 금속으로만 도시 전체가 이루어진 것 같았다.

도로도 도로지만 다른 문제도 많았다. 도로 중간에 너무나 가파른 계단이, 그것도 몇 백 개의 계단이 늘어서 있었다. 모두가 깜짝 놀란 와중에, 존은 당연히 올라가야 한다고 말했다. 영만이 대표로 항의했다.

"이렇게 높은 계단이 어디 있어. 좁고 촘촘하고 경사가 90도는 되겠는데. 우리는 힘들어서 못 올라가."

"90도가 아니라 55도예요. 힘들어도 어쨌든 갈 수 있잖아요. 올라가요. 다른 길은 인간이 갈 수 없어요."

"엘리베이터나 에스컬레이터 없어?"

"로봇은 엘리베이터도 에스컬레이터도 필요 없어요."

할 수 없이 세 사람은 계단을 올라가는지 산을 오르는지 모를 정도로 가파른 계단을 덜덜 떨면서 힘들게 올라 간신히 건물 앞에 도착했다.

영만도 리나도 앞으로 로보타에 오고 싶지 않다고 말했다. 선동 역시 같은 마음이었다.

건물 문 앞에서 존이 갑자기 다른 볼일을 보러 이만 가겠다고 말했다.

"가다니, 가긴 어딜 가?"

영만이 물었다.

"로봇의 도시인데 당연히 놀러 가야죠. 시내를 둘러보고 올 테니 이따가 만나요."

그렇게 말하고 존은 정말 가 버렸다.

"진짜 왜 저러지? 저런 모습 처음 봐."

황당한 얼굴을 한 영만이 고개를 갸웃했다.

하지만 로봇도 쉴 때가 있어야 한다. 선동의 집을 관리하는 인공지능 하드리아누스도 가끔 이웃 인공지능과 정신없이 수다를 떨곤 했으니까.

세 사람은 상자를 다시 들고 건물 안으로 들어갔다. 레이저건 배달을 왔다고 하자 로비를 지키던 로봇이 창고로 안내했다. 창고로 향하는 동안 여러 로봇과 마주쳤다.

아주 작은 로봇도 있었고, 납작한 로봇도 있었다. 인간처럼 생긴 로봇도, 그냥 덩치 큰 기계 모양 로봇도 있었다. 그리고 기계인지 로봇인지, 아니면 장식품인지 알 수 없는 모양의 로봇도 있었다.

안내 로봇은 담당자에게 물건을 확인 받은 다음 돌아가라고 말했다. 세 사람은 창고 앞에서 담당자를 기다렸다. 그때 영만이 창고 앞에 서 있는 동상을 가리키며 말했다.

"저게 혹시 담당자일까?"

인간의 몸에 로봇 머리가 붙어 있는 동상 하나가 창고 문 앞을 지키고 서 있었다. 리나가 눈을 가늘게 뜨고 동상을 빤히 쳐다보다가 고개를 흔들었다.

"아무리 봐도 로봇인지 그냥 장식용 로봇인지 모르겠어."

세 사람은 좀 더 가까이 다가가 말을 걸어 보았다.

"안녕하세요, 당신이 창고 담당자인가요?"

영만의 인사에도 동상은 대답이 없었다. 혹시 우주선에서 들었던 인공지능의 안내 방송처럼, 로봇에게만 들리는 주파수로 말을 걸어야 하는 건지도 몰랐다. 바로 그때 창고 문이 열리면서 꼭 지게차처럼 생긴 로봇 하나가 나왔다.

자신을 '미스터 햄포토'라고 소개한 창고 담당 로봇은 머리에 야구 모자를 쓰고 있었고, 몸통에는 크레인처럼 생긴 팔이 붙어서 자유자재로 움직이고 있었다.

"물건 확인하겠습니다. 꺼내 보세요."

무뚝뚝한 말투였다. 미스터 햄포토는 상자 안에서 꺼낸 레이저건들을 일일이 확인하기 시작했다. 생각보다 시간이 꽤 걸렸다. 얼른 배달을 마치고 펜을 사러 가려고 했던 리나가 특히 지루해했다.

그런데 미스터 햄포토가 날벼락 같은 말을 꺼냈다.

"배달이 잘못됐군요."

"그럴 리가 없어요. 주문한 레이저건 서른 정 맞잖아요. 동물용으로 레이저 출력을 정확히 조정하고 다른 부품들도 다 확인했어요."

리나가 설명하자 미스터 햄포토는 레이저건 문제가 아니라고 말했다.

"퍼즐이 잘못 왔습니다."

"아무 퍼즐이나 달라고 했잖아요."

"맞춘 퍼즐을 달라고 했지, 맞추지 않은 퍼즐을 주문하지 않았습니다. 퍼즐을 맞춰 오세요."

리나는 어이가 없어서 말을 잇지 못했다. 영만은 미스터 햄포토가 무슨 얘길 하는지 이해하지 못했다. 선동은 두 사람의 눈치를 보느라 말을 꺼내지 못했다.

리나가 다시 항의했다.

"누가 맞춘 퍼즐을 주문해요. 그런 억지가 어디 있어요. 로봇들이 알아서 하세요."

"억지라뇨? 아주 중요합니다. 로보타에서는 요즘 '취미'가 유행 중입니다."

"취미요?"

"그래요, 취미."

"무슨 취미요?"

"취미를 가지는 게 취미입니다. 원래 로봇에게는 취미가 없었습니다. 로봇은 맡은 일을 하거나 하지 않거나, 이 두 가지 상태로만 있을 뿐이죠. 하지만 이제 로봇들은 일 외에도 수많은 취미 활동을 합니다. 그중 가장 인기 있는 취미가 퍼즐 감상입니다. 다 맞춰진 퍼즐을 감상하며 그 정교함에 감탄하는 취미 말입니다. 우리는 분명 맞춘 퍼즐을 보내 달라고 했습니다. 맞추지 않은 퍼즐은 필요 없습니다."

다들 뭐라 할 말이 없었다.

"그럼 퍼즐 맞추는 취미를 가진 로봇에게 주면 되잖아요."

리나가 신경질을 내자 미스터 햄포토가 버럭 화를 냈다.

"뭐라고요? 다시 말해 봐요. 다른 로봇에게 주면 된다고? 우리가 그럴 것 같아요? 그렇게 문제를 얼렁뚱땅 해결할 것 같습니까? 여기는 로보타 정부 기관입니다. 주문은 정확하고 배달도 정확해야 합니다."

로봇이 화내는 모습에, 선동은 갑자기 타임 시티에서 2분 늦었다고 우주선에 들여보내 주지 않던 로봇이 생각나서 움찔했다.

"하지만 총이 30정이니 퍼즐도 30개고…… 하나 맞추려면 종일 걸리는데…… 집으로 다시 가져가서 맞춰 와야 해요."

리나의 말에 미스터 햄포토는 다시 안 된다고 고개를 흔들었다.

"물건은 이미 배달되었습니다. 다시 가져갈 수 없습니다. 여기서 직접 퍼즐을 맞추세요. 다 끝날 때까지 못 돌아갑니다."

"뭐가 어쩌고 어째?"

리나가 발끈했다.

선동은 그때 알았다. 리나가 수다스럽고 쾌활한 성격이기도 하지만, 한편으로는 상당한 다혈질이라는 것을.

선동과 영만은 미스터 햄포토에게 덤벼들어 싸우려는 리나를 간신히 붙잡아 말렸다.

"진정해, 쇳덩이라 우리가 이길 수 없어."

영만이 말했다.

미스터 햄포토가 갖고 온 퍼즐 세트를 전부 맞춰 놓으라고 반복해 말했다. 그러고는 바쁘다는 말을 남기고 덜덜덜, 바퀴 소리와 함께 창고를 떠났다. 그렇게 퍼즐 세트 더미를 앞에 둔 세 사람만 창고에 남게 되었다.

"우리가 돕지 뭐. 셋이 맞추면 될 거 아냐. 그럼 금방 끝날 거야."

선동이 말했다. 하지만 그렇게 말한 선동도, 그 말을 듣는 영만과 리나도 금방 끝나지 않을 거라는 걸 알고 있었다. 1000피스부터 3000피스까지 퍼즐 종류는 다양했지만, 그만큼 큰 퍼즐이 서른 세트나 있다는 사실은 변함없었다.

세 사람이 쌓여 있는 퍼즐 세트들을 두고 둥글게 둘러앉았다. 선동은 갑자기 처량한 기분을 느꼈다. 영만과 리나의 표정도 왠지 처량해 보이긴 마찬가지였다.

세 사람은 서로를 한 번씩 마주 보다가 퍼즐 세트를 하나씩 뜯었다.

각자 퍼즐을 맞추는 동안, 리나는 어떻게 총포상에서 퍼즐 세트를 팔게 됐는지 이야기를 시작했다.

"정말 신기한 총이 가끔 들어올 때가 있거든. 레이저에 맞으면 피부를 간지럽게 만드는 레이저건이나, 비누 거품이 발사되는 총처럼 특이하기는 한데 정작 사람들이 구입하지는 않는 것들 말이야. 유명하긴 하지만 잘 팔리지는 않았어. 그래서 관련 기념품을 몇 개 만들었는데 그 기념품이 인기를 끌었어. 특히 퍼즐이 인기가 좋아. 기념품이 잘 팔리면서 매상도 전체적으로 올라갔어. 오늘 배달처럼 대량 구매도 늘었지. 그래서 요즘 엄마가 신이 나 있어."

리나는 신나 있는 엄마의 기분을 망치고 싶지 않았다. 그러니 주문받은 레이저건을 제대로 팔려면 눈앞의 퍼즐을 꼭 맞춰야 했다.

몇 시간째 퍼즐 맞추는 데 집중했지만 속도가 잘 나지 않았다. 영만은 퍼즐 조각을 계속 만지작거리기만 했고, 리나는 맞는 모양을 찾아내는 걸 어려워했다. 선동이 그나마 빨리 맞췄다.

작은 퍼즐 조각을 계속 들여다보고 있자니 눈이 아파 오기 시작했다. 얼마나 더 맞출 수 있을지 의문이었다.

선동은 리나네가 어떻게 총포상을 시작하게 됐는지 궁금했다. 리나는 리아 사장님이 과거에 사격 선수였다는 사실을 알려 줬다.

"레시보에서 보통 사격 선수가 은퇴하게 되면 총포상을 차리 거든."

자연스럽게 서로의 가족 이야기가 나왔다. 영만의 누나는 군인이고 아빠와 엄마는 각자 초대형 우주선에서 일한다고 말했다.

"그렇게 모두 떨어져 있는데 언제 다 모여?"

리나가 의아해하며 물었다.

"화상통화는 자주 해."

선동은 영만이 가족과 통화하는 걸 한 번도 보질 못했다. 물론 영만이 방 안에서 조용히 통화하고 있었는지도 몰랐다.

"통화 말고 직접 만나는 건? 가족인데 집에서 다 같이 모일 때는 있지 않아?"

"글쎄, 집이라…… 음, 나는 영만호가 내 집이라고 생각해."

리나의 질문에 영만이 잠시 생각하다 대답했다.

선동은 영만에게 가족 이야기를 좀 더 물어볼 걸 그랬다고 생각했다. 친구라면 친구의 사정을 최선을 다해서 이해해야 하니까. 선동은 영만에 대해서 잘 알고 있는 줄 알았다. 하지만 그게 아닌 것 같았다.

"아빠가 있다는 건 어떤 기분일지 궁금해."

"아빠는 소파에 누워서 텔레비전 리모컨만 쥐고 놓지 않는걸."

리나의 갑작스러운 물음에 영만이 무심하게 대답했다.

"그건 엄마도 똑같아."

리나가 말했다.

세 사람의 대화는 가족 이야기에서 좋아하는 운동 이야기로 옮겨 갔다. 셋 다 무중력 럭비를 좋아해서 한참 동안 그 얘기가 이어졌다. 리나는 학교 럭비 팀에서 학교 대표 선수로 활약하고 있다고 했다. 실력이 어떤지 영만이 묻자, 당연한 걸 묻는다며 리나는 자기 자랑을 늘어놓았다.

"당연히 잘하지. 나는 럭비도 육상도 사격도 다 잘해."

선동도 베스트 시티와 '최선을 다한다는 삶'에 대해 자세히 설명했다. 리나가 호기심을 가지더니 꼬치꼬치 캐물었기 때문이다.

"들으면 들을수록 재미없는 곳이다. 선동이 너도 그렇게 사는 게 재미없고 지루해서 최선을 다하지 않았던 거 아니야? 우리랑 같이 다니면서 재미있게 놀자."

리나는 지금 이 퍼즐을 다 맞추면 더 재미있는 곳에 놀러 가자고 말했다. 영만도 선동도 선뜻 동의했다.

그때 존이 나타났다. 창고 안으로 들어오는 존을 보고 영만이 벌떡 일어나서 화를 냈다.

"퍼즐 좀 같이 맞춰 달라고 계속 연락했는데 이제야 나타나?"

쇼핑하느라 그랬다고, 별로 늦지도 않았는데 왜 그러느냐며 존은 시큰둥하게 반응했다. 그러더니 세 사람 앞에서 한 바퀴 돌아 보였다.

"어때요? 달라 보이죠?"

존의 몸통에 새 페인트가 칠해져 있었다. 그게 로봇의 쇼핑이었다. 뭐가 달라졌는지 확실치 않았다. 선동이 보기에 원래 회색이 약간 더 어두운 회색으로 바뀐 것도 같았다.

영만과 리나가 퍼즐을 맞춰야 하는 이유를 존에게 설명하자,

존이 비웃듯이 말했다.

"그러니까 애초에 주문을 잘 확인하고 가져왔어야죠."

그 말을 듣고 영만도 리나도 크게 화를 냈다. 두 사람과 로봇이 옥신각신하는 동안 선동은 조용히 퍼즐을 맞췄다. 처음 몇 시간은 재밌었다. 하지만 시간이 지나면서 눈이 피곤하다 못해 핑핑 도는 것처럼 어지러웠다.

처음에는 다들 존의 비아냥에 화를 냈지만, 나중에는 싫든 좋든 존의 비위를 맞춰야 했다. 존은 퍼즐을 정말 빨리 맞췄기 때문이다. 존의 손가락은 인간과 달리 다섯 개가 아니라 세 개였다. 심지어 손가락 끝이 뭉툭했지만 어찌 된 일인지 퍼즐 조각을 한번에 집어 순식간에 정확한 자리를 찾아 끼워 넣었다.

처음에는 시간이 좀 걸렸지만 점점 익숙해지면서 속도 역시 빨라졌다. 세 번째 퍼즐 세트는 개봉하자마자 30분 만에 맞췄다.

세 사람은 존이 퍼즐 맞추는 광경을 멍하니 바라보았다. 퍼즐을 맞출수록 빨라지는 존의 실력이라면 앞으로 남은 퍼즐 세트는 훨씬 쉽게 완성할 수 있을 것 같았다.

"이거 다 맞추려면 얼마나 걸려?"

리나가 물었다.

"지금 스물두 세트 남았으니까 내일 오후 여섯 시면 끝나요."

존이 말했다.

"정말 다행이야. 하루 정도 더 있어도 괜찮겠지?"

리나는 창고 한쪽에서 엄마에게 화상통화로 자초지종을 설명했다.

퍼즐 맞추는 게 귀찮은 건지 아니면 포기한 건지, 영만은 창고 바닥에 드러누워서 힘없이 중얼거렸다.

"이제 여덟 개밖에 못 했어. 존이 여섯 개, 리나가 하나, 선동이 하나 맞췄고. 나는 반밖에 못 맞췄어."

그런 영만에게 존은 걱정하지 말라면서 내일 여섯 시까지 끝낼 테니 오늘은 일단 저녁부터 먹자고 말했다.

"퍼즐을 이렇게 그냥 두고 가도 되나? 누가 들어왔다가 기껏 맞춰 놓은 퍼즐을 다 뒤집어 놓으면 어떡해."

리나가 걱정스러운 말투로 말했다. 미스터 햄포토를 기다렸지만 다시 올 기미가 보이지 않았다. 존이 연락해 보았지만 답이 없었다.

"메모를 남기고 가자."

리나가 주머니에서 펜과 종이 한 장을 꺼냈다. 그러더니 종이 위에 퍼즐은 건드리지 말고 그대로 두라고, 다시 돌아오겠다고 썼다.

영만이 리나에게 건네받은 종이를 창고 문에 잘 보이게 붙였

다. 세 사람은 무거운 걸음을 이끌고 긴 길을 돌아 영만호에 도
착했다. 그리고 존이 차려 놓은 저녁을 먹고 쉬었다.

선동은 승객 방에서, 리나는 방을 양보한 영만의 방에서, 영
만은 라운지에서 잠이 들었다. 선동은 눈을 감아 보아도 눈앞에
서 퍼즐 조각들이 날아다니는 것 같아 잠이 오질 않았다.

# # 로봇의 새로운 취미

다음 날 아침에 일어났을 때도 다들 멍했다. 안 그래도 늦게 일어나는 영만은 평소보다 더 늦게 일어났다. 존은 영만이 피곤해서 그러려니 하는 것 같았다. 힘없이 라운지의 테이블 앞에 앉은 세 사람에게 존이 아침 식사를 가져다주었다.

리나는 영만이 배양육 통조림을 먹는 모습을 보고 기겁했다.

"너는 아침부터 그걸 먹니?"

영만이 편식을 해서 걱정이라고, 존과 선동이 번갈아 하는 말에 리나가 맞장구쳤다.

"그러다가는 엄청 살찔걸? 내가 아는 사람은 매일 배양육만 막 먹다가 급격히 살이 쪄서 결국 피부 밑에 지방을 분해하는 나노 로봇을 이식했어."

리나는 선동이 먹고 있던 합성 수프를 보고 그 이상한 건 뭐냐고 물었다. 선동이 필수 영양분으로 만든 수프라고 하자 리나가 놀라며 말했다.

"꼭 밀가루 푼 물 같아. 정말 맛없어 보인다. 제대로 된 영양분도 좋지만, 음식이라면 맛이 있어야지."

하지만 리나는 배양육 통조림과 합성 수프의 맛이 궁금했는지 조금씩 맛을 보았다.

"음, 보기보단 나쁘지 않네."

식사를 끝낸 세 사람은 라운지에 힘없이 늘어진 채 기운이 다시 돌아오기를 기다리며 텔레비전을 켰다. 존이 로보타에서는 아침 뉴스를 꼭 봐야 한다고 우겨서 결국 다 같이 로보타 뉴스를 보았다.

뉴스에서는 아나운서 로봇이 기계음이 뒤섞이는 목소리로 걸걸대며 말했다.

"즐거운 아침입니다. 모두 주말을 맞아 기름칠을 새로 하고 페인트도 덧바르셨나요? 〈로보타 아침 뉴스〉 아나운서 '라우드 마이크'입니다. 오늘의 첫 소식은 로보타 최고의 인기 소설가 '블랙 키보드 1호기'와 '블랙 키보드 2호기'가 장편소설 「가장 멋진 로봇의 모험」의 연재를 완결했다는 소식입니다. 두 로봇은 지난 1세기 동안 최고의 인기를 누려온 로봇 작가입니다. 블랙 키보드 1호기와 2호기는 서로 대화하고 토론하면서 재미있는 이야기를 만들기로 유명하죠."

커다란 검정 냉장고처럼 보이는 기계 두 대가 서로를 향해 삐삐삐삐, 소리를 내는 모습이 자료화면으로 나왔다. 아나운서의 말처럼 아마 블랙 키보드 1호기와 2호기가 함께 소설을 쓰고 있는 장면 같았다.

"두 로봇은 로보타뿐 아니라 전 우주에 걸쳐 로봇에게 가장 인기 있는 소설 「가장 멋진 로봇의 모험」을 84년째 연재해 왔죠. 소설의 데이터가 1엑사바이트에 이르게 되면 완결하겠다고 말해 왔는데, 오늘 그 약속을 지켰습니다. 「최고로 멋진 로봇 모험」은 13,497대의 로봇들의 대서사시이며 드라마, 코미디, 호러, 로맨스, 스릴러, 추리, 판타지, SF 등 모든 장르를 넘나드는 대작입니다."

84년 동안 써 온 소설이라니, 정말 말도 안 되게 긴 소설이었다. 리나가 그렇게 긴 소설을 누가 다 읽느냐고 중얼거렸다. 마치 아나운서가 리나의 말에 대답하듯 말했다.

"로보타의 로봇이라면 안 읽은 로봇이 없을 정도로 유명한 소설인데 완결이라니 섭섭합니다. 로봇에게는 그리 길지 않은 소설이지만 인간에게는 무척이나 긴 소설이라고 합니다. 인간이 소설을 다 읽으려면 2만 년의 시간이 걸린다고 합니다. 참 웃긴 일이죠."

"뭐가 우습다는 거야?"

영만이 짜증난 목소리로 투덜댔다. 선동은 옆에서 존이 아나운서의 말을 듣고 웃어대는 모습을 보고 있자니 더 기분이 나빴다.

"다음 소식은 로보타의 그린헬 숲 소식입니다."

화면이 바뀌었다. 나무가 무럭무럭 자라고 꽃이 활짝 피어 있는 장면이 나왔다. 그리고 새들이 무리 지어 날아다니는 아름다운 숲이 나타났다.

무척 아름다운 풍경이었다. 세 사람 모두 로보타에 저런 숲이 있었느냐고 되물을 정도였다. 잠시 후 그 아름다운 숲을 배경으로 서 있는 기자 로봇이 화면에 잡혔다.

"이곳은 로보타에서 가장 끔찍한 장소, 그린헬 숲입니다. 지금 이 소름 끼치는 소리가 들리십니까? 우리 로봇들의 수면을 방해하는 이 무서운 소리는 바로 새가 지저귀는 소리입니다."

화면에는 새들이 우는 동안 숲 주변의 로봇들이 괴로워하는 모습이 이어졌다.

'로봇이 왜 새 소리에 잠을 못 자는 거지? 아니, 애초에 로봇이 잠을 잤던가?'

새 소리 때문에 괴롭다며 로봇들이 새를 향해 돌을 던지거나 새총을 쏴서 쫓아내도, 새는 잠시 다른 곳으로 날아가기만 할 뿐 숲속을 유유히 날아다니며 울었다.

"새 소리만 괴로운 게 아닙니다. 그린헬에서 방출되는 습기는 로봇 구석구석을 부식시키며 꽃향기는 로봇의 두통을 유발합니다. 이렇게 끔찍한 곳을 없애라는 시의회의 결정에 따라 곧 동물 생포 작전이 시작될 예정입니다. 이웃 도시 레시보에서 동물 생포용 레이저건을 주문했는데요, 레이저건으로 새를 모두 잡아 다른 도시의 숲으로 이주시킬 계획입니다. 정부는 이후 숲속의 나무들을 모두 베어낸 후 주차장으로 활용하겠다고 발표했습니다."

"레시보에서 주문한 레이저건이라면 우리가 가져온 레이저건 말하는 거예요?"

아나운서의 말이 끝나자마자 존이 물었다. 그렇다고 몇 번이나 말했는데 지금까지 뭘 주문했는지도 모르면 어쩌느냐고, 영만이 존을 타박했다. 모를 수도 있지 않느냐고 존이 태평하게 대답하면서, 인간과 로봇 간의 말다툼이 다시 이어졌다.

선동은 아름다운 숲을 모두 없앤다고 하니 왠지 슬펐다. 새를 잡아서 죽이진 않는다니 그게 그나마 다행일까, 생각했다.

"저렇게 환경을 파괴하다간 멸종하고 말지."

리나가 말했다.

"인간들은 로봇의 일에 끼어들지 마시죠."

존이 시큰둥하게 대답했다.

이후 뉴스에서는, 일부 공장에서 생산한 나사 규격이 0.02밀리미터 어긋나 일어난 사고 소식과, 로보타의 일조량이 줄어들 예정이니 태양광 발전용 로봇은 배터리를 꼭 지참하라는 등 영문 모를 보도가 이어졌다.

뉴스가 끝나자마자 존이 얼른 일어나서 다시 퍼즐 맞추러 가자며 다그쳤다.

"하기 싫어. 정말 싫다고. 우리 다 같이 도망가면 안 될까? 눈이 아파서 퍼즐 조각이 눈에 들어오지도 않아. 어젯밤에도 퍼즐 맞추는 악몽을 꿨어."

영만이 우는 목소리로 말했다.

"나도 그랬어! 어차피 존이 제일 빨리 맞출 수 있으니까, 우린 그냥 쉬면 안 될까?"

리나의 말에 선동이 고개를 끄덕였다. 그렇지만 존은 다 함께 가지 않으면 자신도 가지 않을 거라며 영만의 옷자락을 붙잡아 질질 끌듯 영만호에서 끌어냈다. 하는 수 없이 선동과 리나도 기운 없이 뒤를 따랐다.

하지만 건물에 도착하자 쇼핑을 다녀오겠다면서 존은 또 어딘가로 떠났다. 영만이 버럭 화를 냈다.

"같이 퍼즐 맞춰 준다면서!"

"바퀴에 광 내려면 지금 가야 해서 그래요. 금방 올 테니까 기다려요."

세 사람은 터덜터덜 힘없는 걸음으로 건물 안으로 들어갔다. 어제 퍼즐을 맞추었던 창고 앞에는 로봇들이 모여서 웅성거리고 있었다. 문이 닫혀 있는 창고 안으로 들어가려고 했지만 로봇들은 전혀 움직일 생각이 없는 것 같았다. 몸 전체가 무거운 금속이다 보니 밀치거나 로봇들 틈으로 비집고 들어갈 수가 없었다.

조금이라도 빨리 들어가야 하는데 그럴 수 없게 되자 리나가 짜증을 내기 시작했다. 반면 영만은 뭐가 궁금한지 로봇 주변을 기웃대다 물었다.

"무슨 일 있어요?"

"이상한 물건이 있어서 확인하는 중입니다."

로봇 하나가 대답했다.

그때 미스터 햄포토가 나타나서는, 건물에 있는 어느 로봇도 물건의 정체를 모른다면서 호들갑스럽게 말했다.

"다들 뭘 모른다는 거예요?"

그 모습을 보고 있던 영만이 미스터 햄포토에게 물었다.

"이거 말이요."

미스터 햄포토가 창고 문을 가리켰다. 거기에는 리나가 메모를 남긴 종이가 아직 붙어 있었다.

"내가 남겼어요. 메모잖아요. 창고 안에 있는 퍼즐 건드린 거 아니죠? 힘들게 맞췄는데 혹시 건드려 놨으면 진짜 가만 안 둘 거예요."

리나가 말했다.

"저걸 당신이 만들었다고?"

리나의 말을 들었는지 안 들었는지, 로봇 하나가 메모를 가리키며 물었다.

"메모는 만드는 게 아니라 남기는 거예요."

리나의 설명에도 로봇들은 다들 멍한 표정을 짓고 있었다. 선동은 로봇도 얼굴의 부속품을 움직여 멍한 표정을 지을 수 있다는 사실을 깨달았다.

"남기는 거라고……."

정말 중요한 말이라도 들은 것처럼 로봇들은 동시에 웅얼거렸다.

리나가 퍼즐을 마저 맞춰야 하니 길을 좀 터 달라고 말했더니 로봇들이 화를 냈다.

"지금 그깟 물건 배달이 중요한 줄 알아?"

리나도 맞서서 소리를 질렀다.

"이거 빨리 끝내고 집에 가야 한다고요! 왜 화를 내요? 우리야말로 화를 낼 입장인데."

리나의 말에 로봇들이 동시에 떠들기 시작했다. 그중 몇몇은 인간이 알아듣지 못하는 로봇 전용 주파수로 떠들어서 무슨 말인지 알아들을 수가 없었다.

그때 선동이 나서서 말했다.

"잠깐, 잠깐만요. 진정하고 말해 줘요. 우리한테 뭘 원하는 건지 모르겠어요."

미스터 햄포토가 대표로 대답했다.

"그 '메모'라는 거, 어떻게 하는 건지 보여 줘요."

"왜요?"

"이런 건 태어나서 처음 봅니다."

선동은 로봇이 '태어나서 처음 본다'고 말하는 게 신기했다. 아무튼 이어지는 미스터 햄포토의 이야기를 잠자코 들었다.

로봇들은 정보를 굳이 종이라는 것에 적어 남긴다는 개념은 상상도 해 본 적 없다고 했다. 그래서 로봇들에게 메모라는 것은 신기할 수밖에 없다는 것이었다.

"누가 이 메모를 남겼는지 지금까지 찾아다녔던 거예요? 여기 우리가 남긴 거라고 써 있잖아요."

영만이 메모를 가리키며 물었다. 그러자 로봇이 대답했다.

"종이에 뭔가가 쓰여 있다고 해서 그 정보가 사실인 것은 아닙니다."

"그래서 건물 전체를 다 돌아다니면서 확인한 거예요?"

영만이 다시 물었다.

"당연히 그 정도는 해야죠."

처음에는 최선을 다해 그 정도는 확인해야지, 생각했던 선동도 그게 이상한 생각이었구나, 하고 마음을 고쳐먹었다.

리나가 펜을 꺼내 종이 위에 메모를 남겼다. 그 모습을 직접본 로봇들이 감탄을 거듭했다.

"낡은 펜과 오래된 유물인 종이로 이토록 흥미로운 예술을 만들다니."

로봇들의 감상에 리나는 시무룩한 얼굴로 말했다.

"펜도 종이도 비싸게 주고 산 건데……. 원래 로보타에도 펜을 사려고 왔었지. 퍼즐을 맞추다 보니 깜박 잊었어. 솔직히 로보타라면 이제 다시 쳐다보기도 싫지만."

"요즘 로보타에는 취미를 가지는 유행이 불고 있습니다. 메모를 취미로 가지면 멋질 것 같아요. 쉽고 실용적이고 예술적이고."

로봇 하나가 말했다.

영만도 리나처럼 로봇들에게 메모를 만들어 주었다. 로봇들은 영만의 글씨가 멋지다며 무척 좋아했다.

"오호, '퍼즐 맞추기 싫어 지겨워 사람 살려'라고 씌어 있군요. 글자가 미학적으로 무척 뛰어납니다. 특히 '사람 살려'에서 느껴지는 강렬한 감정이 마음에 듭니다."

"그 감정은 진짜거든요."

영만이 로봇의 평가를 듣고 대답했다.

로봇들과의 긴 대화를 끝내고 겨우 창고 안으로 들어왔다. 다시 정신을 차리고 퍼즐을 맞추려고 했지만, 세 사람은 벌써 진이 다 빠져 있었다. 그냥 존이 올 때까지 기다리기로 하고 결국 셋 모두 바닥에 멍하니 앉아 있었다.

잠시 후 미스터 햄포토를 따라 열 대가 넘는 로봇들이 줄지어서 창고 안으로 들어왔다. 로봇들은 리나와 영만에게 메모를 더 만들어 달라면서, 다른 로봇에게도 보여 주고 싶다고 부탁했다.

"잠시 시간 내주시겠습니까?"

미스터 햄포토가 말했다.

당장 퍼즐을 맞춰 오라며 화를 내던 때와는 전혀 다른, 비교적 공손한 태도였다. 셋 다 미스터 햄포토가 못 미더웠지만, 영만이 솔깃한 제안을 했다.

"퍼즐은 어떡해요? 선동이 혼자 맞추게 둘 순 없잖아요. 우리도 시간이 무한정 있는 게 아니에요. 기왕 온 김에 다 같이 퍼즐 맞춰요."

"뭐? 우리 보고 인간을 위해 일하란 말이냐? 그럴 순 없다!"

"도와주지 않으면 메모도 없으니까 알아서 해요."

로봇들의 반발에 리나가 지지 않고 말했다.

"반드시 복수할 테다!"

로봇들은 버럭 화를 내더니, 바로 바닥에 앉아 퍼즐을 맞추기 시작했다. 꼭 존처럼, 모두들 처음에는 느렸다가 곧 속도가 붙어서 금방 퍼즐을 맞췄다. 영만은 로봇들에게 선동의 말을 들으라고 명령한 뒤 창고를 나갔다.

선동은 혼자 로봇들을 지휘해 남은 퍼즐 세트를 맞췄다.

🪐

로봇들 덕분에 퍼즐 서른 세트 모두 맞추는 데 성공했다. 리나와 영만이 돌아오기 전에, 그리고 바퀴에 광을 내러 간 존이 돌아오기도 전에 끝마쳤다.

　선동은 로봇들과 함께 완성된 퍼즐 세트를 조심조심 다시 포장해 레이저건 상자와 함께 잘 쌓아 두었다. 리나와 선동이 언제 올지 알 수 없었다. 그래서 물건이 다 준비됐다는 말을 미스터 햄포토에게 전해 달라고, 로봇들에게 말한 뒤 선동은 창고를 나왔다.

　존에게 어떻게 연락하나, 선동이 고민하면서 영만호로 돌아왔다. 영만호에는 존이 먼저 와 있었다.

　"창고로 안 오고 여기서 뭐 해? 퍼즐 도와준다더니. 퍼즐은 벌써 다 맞췄어. 리나하고 영만이에게 일이 끝났다고 연락해야 해."

　"리나 님과 영만 님이 텔레비전에 나왔는데 보실래요?"

　존이 말했다.

　"뉴스? 리나와 영만이가 뉴스에 나왔다고? 왜?"

　"이유야, 뉴스 보고 확인하면 되죠."

　존은 선동에게 고생했다면서 배양육 간식을 가져다주었다. 선동은 간식을 먹으면서 텔레비전 화면으로 나오는 뉴스를 쳐다보았다. 아침 뉴스의 아나운서 로봇이 저녁 뉴스도 진행하고 있었다.

　"아침 뉴스에 나온 로봇이 저녁 뉴스도 진행하네?"

"아나운서 전문 로봇이니까요."

존이 당연하다는 듯 대답했다.

그때 아나운서 로봇 라우드 마이크가 황당한 뉴스를 전했다.

"최근 로보타에서 메모를 만드는 취미가 큰 화제를 불러 모으고 있습니다. 메모란 대체 무엇이고, 거기엔 어떤 즐거움이 숨어 있을까요? 메모 전문가인 엉망호의 선장 정영만 님과 검은 독수리의 날갯짓 직원 리나 님을 모시고 메모 만드는 시간을 가져 보겠습니다."

"큰 화제라니? 겨우 몇 시간 지났을 뿐인데?"

"몇 시간이면 긴 시간이죠."

존이 말했다.

"그리고 엉망호가 아니라 영만호인데…… 메모 전문가는 또 뭐람."

선동이 중얼거렸다.

뉴스에서는 희한한 장면이 이어졌다. 리나와 영만이 라우드 마이크에게 메모 남기는 방법을 소개하면서 직접 메모를 만들었다. 라우드 마이크는 많은 로봇들에게 새로 추천할 만한 좋은 취미라며 흥미를 보였다. 그러면서 자신도 메모하는 취미를 갖겠다고 말하고는 뉴스를 마무리 지었다.

영만과 리나의 분량은 적은 편이었지만, 선동은 아는 사람이 텔레비전에 나왔다는 게 정말 신기하고도 믿어지지 않았다.

"어제 로보타에 올 때만 해도 이런 일이 벌어질 줄은 상상도 못 했어."

"그게 뭐가 중요한가요? 그것보다 저 좀 봐 줘요. 바퀴에 광을 내고 오래된 부품을 갈았는데 어때요?"

존은 선동 앞에서 한 바퀴 빙 돌아 보였다. 선동은 대체 뭐가 어떻게 달라졌는지 알지 못했다. 그저 멋있어졌다고 대답하는 수밖에 없었다.

잠시 후 리나에게 연락이 왔다.

"갑자기 급한 일이 생겨서 연락 못 했어, 미안해. 방송 출연 요청이 자꾸 들어와서 밤늦게야 거기에 도착할 수 있을 것 같아. 다들 출연료도 주고 선물도 주겠대! 그러니까 기다려 줘."

선동은 영만호에 혼자 있자니 심심했다. 그래도 출연료를 받을 수 있다는 말에 조용히 리나와 영만을 기다리기로 했다.

존이 준비해 준 저녁을 먹고, 선동은 한가로이 무중력 럭비 중계를 보고 있었다. 그때 주차장에서 왁자지껄 시끄러운 소리가 났다. 창밖을 내다보았더니 로봇 수십 대가 리나, 영만과 함께 이쪽으로 오고 있었다. 로봇들은 리나와 영만의 사진을 찍기도 하고 이름을 외쳐 부르며 손을 흔들어 달라고 부탁하기도 했다. 그중에는 온 몸통에 메모를 덕지덕지 붙인 로봇도 있었다.

"내가 지금 뭘 보는 거지?"

선동이 중얼거렸다.

리나와 영만은 로봇들에게 메모를 하나씩 나눠 준 다음에야 영만호 안으로 들어올 수 있었다.

"인기가 너무 많아져서 피곤해."

영만은 피곤하다는 말과 달리 신이 나 보였다. 그동안 함께 지냈던 로봇들이 얼마나 잘해 줬고 재미있었는지를 선동에게 말해 주었다. 로봇에게 받은 선물도 보여 주었다. 로봇 전용 기름이나 수리용 부품들이었다. 세 사람에게는 필요 없는 것들이라 존이 전부 가져갔다.

"내일도 방송이 있으니까 같이 가자."

리나가 선동에게 말했다. 정확히는 함께 출연하는 건 아니었다. 대신 두 사람이 방송 출연하는 모습을 구경할 수 있다고 했다. 선동은 재밌을 것 같았다.

"배달을 와서 퍼즐을 맞추다가, 갑자기 친구들이 텔레비전에까지 나오다니. 뭐가 어떻게 된 건지 모르겠어."

선동이 솔직히 말했다. 영만도 리나도 그저 웃기만 했다.

많은 도시를 돌아다니며 다양한 문화를 접하러 왔던 선동에게는 로보타의 새로운 문화를 접했으니, 잘된 일이었다.

그린헬 숲에서는 여전히 새들이 찍찍 소리를 내며 날아다녔다. 날씨도 화창하고 바람도 적당히 부는 멋진 날이었지만, 숲 주변에 모인 로봇들은 다른 일 때문에 잔뜩 기대에 부풀어 있었다.

로봇 무리의 한가운데에서 커다란 검정 냉장고 모양의 로봇 둘이서 삑삑삑, 소리를 내고 있었다. 뉴스에서 보았던, 블랙 키보드 1호와 2호였다. 그 옆에는 리나와 영만뿐 아니라 아나운서 로봇 라우드 마이크도 와 있었다. 실제로 보니 라우드 마이크는 덩치가 상당히 컸다. 두 작가 로봇과 두 사람은 뉴스에 출연 중이었다.

선동은 멀리 떨어져서 촬영 모습을 지켜보았다. 몸통에 메모를 덕지덕지 붙인 로봇들이 리나와 영만에게 메모를 받아 갔다. 펜을 아예 손가락에 붙인 로봇도 있고, 메모를 직접 출력할 수 있도록 프린터를 장착한 로봇도 있었다.

'겨우 하루 지났는데 이렇게 열광할 정도라니. 이미 인기 많은 다른 취미는 어땠을까?'

선동은 꼭 퍼즐을 맞춰서 가져오라고 화를 내던 미스터 햄포토가 이해되었다.

블랙 키보드 1호와 2호의 소리를 존이 통역해 주었다.

"두 로봇도 메모에 푹 빠졌대요. 그래서 그린헬 숲 전체를 사 버리기로 했대요. 메모를 만들려면 종이가 필요한데, 플라스틱 을 재활용한 종이보다 나무로 직접 만든 종이가 좋다고 해요. 숲을 없애지 않고 종이를 만들 수 있는 나무를 기르기로 했대 요. 이름도 그린헬 숲에서 메모 숲으로 바꾼대요."

그 말이 벌써 전해졌는지 로봇들이 크게 환호성을 질렀다. 인 간이 들을 수 없는 주파수가 뒤섞였지만 워낙 많은 소리들이 한 번에 쏟아져서 땅이 웅웅 울리는 것 같았다.

"「가장 멋진 로봇의 모험」도 메모로 출간할 거래요!"

존이 덧붙였다.

"그건 아주 긴 소설 아니야? 소설을 메모로 옮기겠다니, 로보 타 전체에 메모를 다 붙여도 공간이 모자랄 텐데 과연 가능하기 는 할까?"

선동이 말했다.

"워낙 많은 분량이다 보니, 메모를 하나로 묶어서 세트로 내 겠대요. 수백 장의 종이를 하나로 묶어서 파는 거죠."

"그럼 그냥 책이라고 부르면 되잖아."

선동이 이해할 수 없어 되물었지만, 로봇들의 환호성에 묻혀 아무도 선동의 목소리를 제대로 들을 수 없었다.

그린헬 숲에서 이제는 메모 숲이 된 숲속의 새들은 소식을 아는지 모르는지, 여전히 유유히 숲과 숲 사이를 날아다녔다.

뉴스 촬영이 끝나고 길게 줄을 선 로봇들에게 모두 메모를 나눠 준 다음에야 리나와 영만은 선동과 만날 수 있었다.

"숲을 없애지 않는 거면 새들도 그냥 두는 거잖아. 레이저건은 어떻게 되는 거지?"

"우리는 배달이 끝났으니 그건 로봇들이 알아서 하겠지. 이제 돌아가자."

선동의 질문에 영만이 대답했다. 영만의 말대로 정말 일이 끝났으니 돌아갈 시간이었다. 레이저건을 배달하러 와서 이상한 일을 연이어 겪었지만 어쨌든 배달은 무사히 끝났다.

로봇들의 배웅을 받으며 세 사람과 존은 영만호로 돌아왔다. 로보타에서의 소감을 리나가 한 문장으로 요약해서 말했다.

"뭔가 정말 정신없었어. 그렇지?"

드디어 영만호가 로보타 하늘로 날아오르자 선동은 속이 다 시원했다. 금방 끝날 줄 알았던 배달이 이틀이나 걸렸으니까.

영만도 리나도 선동처럼 이제 정말 속이 시원하다며 선동의 마음에 맞장구를 쳐 주었다.

"선물을 많이 받아서 좋긴 하지만……."

영만이 블랙 키보드 1호와 2호에게 받은 선물 꾸러미를 펼쳐

보이며 말했다. 꾸러미 안에는 역시 로봇용 윤활유나 페인트뿐이었다. 꾸러미를 뒤적이던 리나가 갑자기 소리를 질렀다.

"만년필이야!"

리나가 사고 싶어 했던, 영원히 쓸 수 있다는 펜이었다. 리나는 선동과 영만 앞에서 만년필로 글씨를 써 보였다.

"뭐야, 영원히 쓸 수 있는 게 아니잖아. 잉크도 넣어야 하고 세척도 해야 하고. 오히려 더 귀찮은 거 아니야?"

선동은 실망한 표정을 지으며 물었다.

"아니지, 그런 귀찮은 면이 있지만 그걸 감안하고 잘 사용하면, 오히려 오래오래 쓸 수 있잖아."

리나는 생각지도 못하게 만년필을 받게 되어 기분이 좋아 보였다.

"나의 배달 실수로 오래 걸렸으니까, 내가 먹을 거 사 줄게. 아니면 같이 어디 놀러 갈까? 이렇게 헤어지면 섭섭하잖아."

선동도 같이 놀고 싶었다. 로보타에 있으면서 더 친해졌지만 퍼즐만 맞추느라 놀 시간이 없었다. 같이 놀면 재밌을 것 같았다.

"좋은 소식이 있어요. 현상금이 들어왔어요."

존의 깜짝 소식에 선동은 벌떡 일어나 만세를 불렀다.

"레이저건 살 수 있어!"

# 페스티벌 시티

무사히 레시보의 검은 독수리의 날갯짓으로 돌아오자마자 세 사람은 리나의 엄마, 그러니까 리아 사장님이 차려 준 저녁부터 먹었다. 로보타에서 있었던 일을 듣고 리아 사장님은 마냥 웃었다.

다른 웃긴 일들도 많았지만 퍼즐 맞추느라 힘들었다는 말을 듣고도 리아 사장님이 웃어서 선동은 의아했다. 그건 정말 힘들었으니까.

선동은 약속대로 갖고 싶었던 레이저건을 싸게 살 수 있었다. 〈서부 최후의 카우보이〉에 나오는 것과 비슷하지만 더 상위 기종인 '브라운 스톤 777'이었다. 가벼우면서도 내구성이 좋고, 선동이 사용하기에도 까다롭지 않았다. 열심히 설명서를 읽는 선동을 보고 리아 사장님이 웃으며 말을 걸었다.

"너처럼 설명서를 열심히 읽는 애는 처음 봐. 그만큼 책임감 있게 쓸 것 같으니 조심해서 쓰라는 말은 안 해도 되겠구나. 레이저 출력은 따끔한 정도로 조절되어 있지만, 맞아도 죽지 않는다고 해서 아무한테나 쏘면 안 된다. 처벌은 엄중하니까. 넌 학생이지만 배틀도 한 번 해 봤다고 하니 파는 거야."

그리고 리나에게 친구들과 놀러 가지 그러느냐고 말했다.

"마침 주말이니까 가게 일은 쉬고 친구들이랑 놀다 와."

리나도 원했던 일이고, 선동도 영만도 찬성했다. 이제 다른 도시로 배달을 가면 리나와는 한동안 편지만 주고받을 것이다. 선동은 마지막으로 다 같이 즐겁게 놀면 더 좋을 것 같았다.

"레시보에 우리가 놀러 갈 만한 곳 있어?"

영만이 물었다.

"그러지 말고 아예 페스티벌 시티로 가자. 우주선 타면 금방이잖아. 거기서 놀다 저녁 먹고 오면 되잖아. 어때? 좋은 생각이지?"

리나가 페스티벌 시티를 떠올렸다.

"페스티벌 시티!"

영만호에 남아 세 사람의 대화를 듣고 있던 존이 소리쳤다.

페스티벌 시티에는 우주에서 가장 훌륭한 놀이공원이 있었다. 존은 페스티벌 시티에 꼭 가고 싶다며 호들갑을 떨었다. 스마트 안경 스피커에서 존이 호들갑 떠는 소리가 흘러나오는 동안, 선동은 이렇게 며칠째 공부하지 않고 마냥 놀아도 되는지 걱정이 들었다. 적어도 동진호의 아이들보다는 확실히 뒤처질 것이다.

'왜 최선을 다해서 공부하지 않았냐고 부모님이 물어보면 어떡하지?'

하지만 바로 옆에서 페스티벌 시티에 갈 생각으로 들떠 있는 두 사람을 보고, 선동은 기왕 놀 거면 최선을 다해서 놀아 보기로 했다.

◐

다음 날 오전, 페스티벌 시티로 가는 동안, 선동은 며칠간 잊고 있었던 항해일지가 떠올랐다.

항해일지를 녹음하던 선동을 리나가 옆에서 가만히 지켜보더니 자신도 해 보고 싶다고 말했다.

"나도 해도 돼? 나도 하고 싶어. 한 번만 하게 해 줘. 어떻게 하는 거야? 그냥 녹음하면 돼?"

"알았어, 그럼 너도 일등항해사로 임명할게. 항해일지 올려."

영만이 심드렁하게 말했다.

"그렇게 아무나 마음대로 우주선 대원으로 임명하면 안 돼요."

존이 반대하자 영만이 빈 통조림을 아무 데나 던졌고, 존이 주우러 가면서 대화는 더 이상 이어지지 않았다.

선동이 리나에게 자리를 비켜 주었다. 리나는 목소리를 가다듬더니 지난 며칠간의 일을 길게 설명하기 시작했다. 옆에서 영만이 용건만 간단히 말하라고 해도 소용없었다.

"짧게 하라니 무슨 소리야, 그때 당시의 느낌이 중요한 거야."

원래 편지 쓰기를 좋아하니까 항해일지도 편지 쓰듯이 녹음하는 것 같았다. 선동은 지난 며칠 리나가 느낀 감정을 어쩔 수 없이 듣고 있어야 했다.

그러던 중 갑자기 라운지 테이블 위에 홀로그램이 나타났다. 얼룩덜룩 화려한 옷을 입고 빨간 모자를 쓴 형체였는데, 얼굴에는 하얗게 화장을 한 광대 하나가 양손에 폭죽을 들어 흔들며 깔깔 웃고 있었다.

"해피 클라운이다!"

존이 외쳤다.

"안녕하세요. 페스티벌 시티를 안내하는 인공지능 해피 클라운입니다. 우주에서 가장 재미있는 도시, 페스티벌 시티에 오신 것을 환영합니다. 이곳에서는 단 한 가지 규칙만 지키면 됩니다. 즐거운 게 최고다! 그러니 즐겁게 노세요!"

폭죽이 터지고, 자욱한 연기와 함께 불꽃이 튀는 장면이 홀로그램으로 그려졌다. 그러는 사이 해피 클라운은 사라졌다.

어느새 페스티벌 시티에 도착한 것이다. 페스티벌 시티는 척박한 환경 위에 세워진 도시라 인간이 살기에는 힘든 점이 많았다. 그래도 머무는 동안 즐겁게 지내기 위해 축제를 열기 시작하면서 축제 자체가 페스티벌 시티를 대표하게 되었다.

나중에는 도시의 성격에 맞춰 대형 유원지를 조성하고 1년 내내 축제를 열기로 하면서 우주에서 가장 유명한 유원지 도시가 됐다.

"가장 빠른 롤러코스터, 가장 넓은 미로, 가장 높은 번지 점프, 가장 멀미가 심한 회전목마까지 이곳의 모든 놀이기구들은 우주 최고예요."

존이 정말 신이 난 목소리로 말했다.

"즐거운 게 최고라는 말 좀 무섭지 않아? 사실 난 여기 놀러 올 때마다 무섭게 들려. 말도 안 된다고 생각하는데, 이상하게 설득력 있어."

리나는 영만호 아래로 보이는 페스티벌 시티를 가리키며 말했다.

선동에게 즐거운 게 최고라는 말은 베스트 시티의 최선을 다하자는 말과 비슷하게 들렸다. '최선을 다해서 일하자'와 '최선을 다해서 즐겁게 지내자'는 완전히 다르면서도 통하는 구석이 있었다. 두 도시 모두 척박한 환경에서 어렵게 도시를 이루었다는 점도 비슷했다. 한쪽은 열심히 일했고 다른 한쪽은 열심히 노는 것으로 문제를 해결했던 것이다.

"여기 사람들은 노는 게 정말 좋은가 봐."

"맞아. 놀지 못해서 미친 사람들이 모인 도시 같아."

페스티벌 시티의 화려하면서 요란한 풍경을 내다보며 선동과 리나가 말했다.

그러자 영만이 이상하다는 표정을 지으며 물었다.

"노는 건 누구나 좋아하지 않아?"

페스티벌 시티 게이트를 막 통과하려는데, 영만호의 경고등이 켜지더니, 홀로그램 광대가 다시 라운지에 나타났다.

"강선동 님이 브라운 스톤 777을 가지고 계시군요. 페스티벌 시티에서는 무기를 사용할 수 없습니다. 비살상용 무기도 사전에 허가 받아야 합니다. 정거장 내 무기 검역소에 들러 주세요. 레이저건에서 레이저가 발사되지 않도록 프로그램을 조종해야 합니다."

상업용 개인 우주선은 도시 안으로 들어갈 때 불법 반입품이 없는지 우주선 전체를 스캔하는데, 그때 걸린 것이다.

"맞다, 우리 무기가 있었지. 깜박 잊었어. 선동이 네 레이저건은 허가 받은 거니까 바로 체크될 거야. 얼른 가자."

영만이 말했다.

🪐

무기 검역소를 지나 마땅한 주차장을 찾아 영만호를 세웠다. 페스티벌 시티에서는 어딜 먼저 가야 좋을지 쉽게 정할 수 없었다. 모든 곳이 다 재밌어 보였다. 세 사람 모두 흥분해서 모든 곳에 빠짐없이 다 가고 싶었다.

"제일 먼저 〈스페이스 럭비〉 게임을 하면 어때요? 이기면 무료 점심 쿠폰을 준대요."

존이 제안했다. 세 사람 모두 무중력 럭비를 좋아하던 터라, 찬성했다.

페스티벌 시티는 정말 넓었고 놀이기구도 엄청 많았다. 도시 관리 인공지능이 관광객을 잘 안내하고 있어서, 관광객들은 줄을 서지 않고도 쉽게 놀이기구를 탈 수 있었다. 늘 화려한 공연과 퍼레이드 이벤트가 열렸고, 곳곳에서 해피 클라운이 홀로그램으로 튀어나와 사람들을 깜짝 놀래켰다.

"진짜 신난다. 여기서 살고 싶어. 공부도 안 하고 일도 안 하고 말이지."

영만이 정말 즐거워했다.

〈스페이스 럭비〉는, 선동과 영만이 가끔 같이 한 가정용 게임보다 훨씬 크고 멋지고 정교했다. 영만호의 작은 라운지가 아닌, 체육관처럼 어마어마하게 큰 공간의 진짜 같은 홀로그램을 보고 선동은 입을 다물지 못했다.

"해피 클라운입니다. 〈스페이스 럭비〉를 하러 오셨나요?"

어김없이 해피 클라운이 세 사람 앞에 나타나 게임 안내를 시작했다. 존의 말대로 인공지능과 게임을 해서 이기면 점심 쿠폰을 준다는 말도 했다.

어째서인지 존이 상당히 흥분해 있었다. 해피 클라운이 로봇이나 인공지능은 게임에 참가할 수 없고, 게이머에게 조언할 수 없다고 하는데도 흥분을 가라앉히지 못했다.

"공짜예요, 공짜, 꼭 이겨요!"

〈스페이스 럭비〉라면 자신 있다고 영만이 큰소리쳤지만, 다른 사람들이 먼저 게임하는 모습을 보니 쉽지 않아 보였다.

"일단 연습 게임부터 하자."

리나의 말대로 연습 삼아 첫 게임을 했는데 결과는 신통치 않았다. 인공지능의 수비가 워낙 뛰어나서 패스하는 공마다 모두 빼앗겼다. 공을 받아서 날면 금방 가로막혔다. 반대로 인공지능이 파고들어 공격할 때면 셋이 한꺼번에 덤벼도 막을 도리가 없었다.

"저쪽 작전이 정교해서 그래."

선동이 말했다.

"하지만 이길 수 있어. 내가 보기엔 컨트롤이 중요해. 3차원 공간에서 공을 던져야 하니까 서로의 위치를 잘 확인해야 빼앗기지 않아. 인공지능의 작전이 정교해서 쉽진 않지만, 패턴이 아주 복잡하진 않을 거야. 패턴을 찾아내면 쉽게 이길 수 있을 거야. 우리도 작전을 잘 짜야 해."

선동이 열심히 설명했다. 그런데 리나와 영만의 표정이 이상했다.

"뭘 그렇게 심각하게 하니?"

리나의 말에 선동은 약간 부끄러웠다. 모든 일이 그렇듯 선동은 게임에서도 최선을 다해 왔다. 그리고 존이 꼭 쿠폰을 받으라고 했으니까.

"너도 승부욕이 강하구나. 하지만 내 승부욕은 못 이길걸? 우리 꼭 이겨서 쿠폰을 받자. 너희와 함께 가고 싶은 식당이 있어. 메뉴는 내가 정할 테니까 그렇게 알아. 정말 맛있는 곳이니까, 이따 이기면 거기 가는 거야. 알았지?"

리나의 목소리에 자신감 넘쳤다.

"무슨 메뉴인데 그래?"

갑자기 영만이 기대에 차서 물었다. 나중에 말해 줄 테니 기대하라고, 배양육보다도 훨씬 더 맛있다고 리나가 대답했다.

선동은 다시 정신을 가다듬고 두 사람에게 직접 세운 작전을 설명했다.

"일단 처음에는 계속 패스한 다음 뒤로 빠졌다가, 한 사람이 인공지능이 없는 좌표로 먼저 들어가. 알았지? 그리고……."

선동이 작전 설명을 마친 후 다음 게임을 시작했다.

🪐

"너희들 게임 정말 잘한다."

리나가 영만과 선동을 칭찬했다. 매일 밤 영만호 라운지에서 함께 게임을 했으니 잘하는 게 당연했다.

"리나 네가 그렇게 승부욕이 강한지 몰랐어."

리나는 조종 스틱을 잡은 손에 너무 힘을 꽉 줘서 팔이 다 아프다고 했다. 함께 한 게임은 정말 재미있었다. 초반에는 선동과 영만이 이끌고 가다가 마지막에 리나의 맹활약으로 이겼기 때문에 분위기도 좋았다.

어느 식당으로 갈 건지 리나는 말해 주지 않았다. 식당 앞에
도착해서야 리나가 무슨 메뉴를 골랐는지 알 수 있었다.

"팬케이크가 뭐야?"

영만이 묻자 리나가 말했다.

"그걸 모르는 네가 이상한 거야."

하지만 선동도 팬케이크를 몰랐기 때문에, 리나는 황당해
했다.

리나가 고른 '안드로메다 팬케이크'는 레시보에서 정말 유명
한 팬케이크 전문점이었다. 가게 안으로 들어가자 달콤한 냄새
가 코끝에 풍겼다. 너무 단 음식은 치아에 좋지 않아서 선동은
되도록 피해 왔다. 하지만 오늘만은 꼭 먹어야 한다고, 리나가
강조했다.

"아침에 먹으면 맛있지만, 점심으로 먹어도 돼. 물론 저녁 때
먹어도 되고."

리나는 팬케이크 5인분과 아이스크림, 과일, 스무디, 밀크셰
이크를 모두 주문했다. 해피 클라운처럼 분장한 로봇들이 곧
주문한 음식을 내왔다. 선동이 존에게 팬케이크가 너무 달지
않은지 영양분을 분석해 달라고 말하자 리나는 안 된다고 가
로막았다.

"그냥 먹으라니까. 팬케이크는 칼로리 신경 쓰지 말고 먹는

음식이야."

리나는 그렇게 말하더니 팬케이크 위에 시럽을 잔뜩 뿌렸다. 너무 많이 뿌린 것 아니냐는 선동의 말에, 많이 뿌릴수록 맛있다며 리나가 딱 잘라서 말했다.

"무슨 맛이야? 맛있어? 얼마나 맛있어? 배양육처럼 맛있어?"

영만은 팬케이크를 먼저 입에 넣은 선동에게 어떤 맛인지 물었다. 리나가 시끄럽게 굴지 말고 일단 먹어 보라고 하자 그제야 영만도 팬케이크를 한 조각 입에 넣었다.

팬케이크는 역시 맛있었다. 세 사람은 잔뜩 먹었다. 과일과 아이스크림도 먹고 밀크셰이크도 마셨다. 너무 달아서 나중에는 속이 거북할 정도였다.

"지금까지 내가 먹은 사과는 죄다 맛없었는데, 이건 맛있네."

영만은 특히 로봇이 직접 깎아 온 사과가 정말 맛있다고 했다. 그 말에 선동이 사과를 먹어 보았지만 영만의 말처럼 그리 엄청나게 맛있다는 생각은 들지 않았다.

'영만이는 맛있는 사과를 먹어 본 적이 없는 걸까? 영만이가 다른 음식을 잘 몰라서 배양육만 먹는 게 아닐까? 배양육을 줄이라고 말만 할 것이 아니라 리나처럼 억지로 다른 음식을 먹였어야 했던 걸까? 그러면 영만이의 편식을 좀 줄일 수 있을까?'

선동은 잠시 영만의 식습관에 대해 고민했다.

다들 점심을 너무 많이 먹어서, 이제 뭐 하면서 놀지 생각조차 하기 힘들었다. 리나는 존에게 뭘 하면 좋을지 추천을 부탁했다. 바로 그때 영만이 통화 좀 하겠다며 잠시 자리를 떠났다.

"누구한테 온 거야?"

영만은 리나의 질문에 뭐라고 우물거리더니 사라져 버렸다. 리나가 무선 이어폰에 연결된 존에게 영만이 누구와 통화 중인 거냐고 물었다.

"선장님의 개인적인 일이니 신경 쓰지 마세요."

존이 퉁명스럽게 대답했다. 선동은 영만의 처음 보는 표정이 생각났다.

'혹시 가족에게서 온 연락인가?'

영만에게 온 전화인데 선동과 리나에게 감출 만한 사람이라면 가족 외에는 떠오르지 않았다.

잠시 후 영만이 돌아왔다. 별다른 말은 없었지만, 기분이 좀 가라앉은 것 같았다.

소화시킬 겸, 놀이기구 구경도 할 겸 세 사람은 안드로메다 팬케이크를 나와 걸었다. 중간에 선동과 리나는 솜사탕을 사 먹었다. 영만은 과일 가판대를 발견하고는 직접 사과를 골랐다. 그러는 동안 리나가 선동 쪽으로 몸을 기울이더니 물었다.

"영만이가 말이 없어진 것 같아. 이상하지 않니? 좀 아까 누구랑 통화하고 나서부터 그래. 누구였을까? 너는 짐작 가는 사람 없어?"

선동은 잘 모르겠지만, 혹시 가족일지도 모른다고 말했다. 선동의 스마트 안경은 존과 연결되어 있고 리나도 무선 이어폰으로 존과 연결되어 있었다. 두 사람의 대화를 들었을 존은 별말이 없었다.

"그런데 왜 기분이 안 좋아 보일까?"

리나는 계속 의문을 품었다. 선동 역시 그 이유가 무엇인지 짐작할 수 없었다.

"다음은 서부 개척 시대를 재현한 '와일드 웨스트'에 가 보는 건 어때요? 선동 님이 좋아하는 〈서부 최후의 카우보이〉의 분위기를 그대로 재현한 테마 공원이에요."

존이 말했다.

〈서부 최후의 카우보이〉라는 말에 흥분해서 선동은 얼른 물었다.

"게임처럼 일대일 결투도 할 수 있어?"

"서바이벌 게임을 할 수 있어요. 하지만 기절시키는 레이저건은 사용할 수 없어요. 그래도 괜찮아요?"

진짜 레이저건을 쓴다면 그게 더 큰 문제였다. 서바이벌 게임이라는 얘기에 리나도 흥미가 생긴 듯했다. 그런데 그때 영만이 말했다.

"나는 만날 사람이 있어서 잠깐 다녀올게. 먼저 가 있어. 나도 곧 갈 테니까."

"누구 만나러 가? 혹시 너희 가족 만나러 가는 거야?"

리나의 질문에 영만이 화들짝 놀랐다.

"어떻게 알았어?"

"네가 우리 몰래 만날 사람이 가족밖에 더 있겠어?"

선동의 추측대로였다. 영만은 부모님이 페스티벌 시티에 와 있다며 잠깐 만나러 다녀와야 한다고 설명했다.

"뭐? 너희 부모님이 와 계신다고? 그러면 우리도 가서 인사해야지."

리나의 제안에 선동이 찬성했지만 영만은 거절했다.

"아니, 다 같이 만나면 불편할 것 같아. 혼자 금방 다녀올게."

영만은 평소답지 않게 우물쭈물대다가 조용히 그 자리를 떠났다.

선동과 리나는 주변을 구경하다가 다양한 우주선 모형이 전시된 테마 공원 '어나더 스페이스'에 도착했다. 거기에는 각양

각색의 우주선들이 빼곡하게 들어차 있었다. 당장 사용힐 수 있는 진짜 우주선은 아니었지만, 실제와 거의 흡사하게 재현한 모형이라는 게 선동은 신기했다. 하지만 관광객에게 인기 있는 곳은 아닌 듯 한산해 보였다.

리나나 선동에게는 재미있었다. 리나는 말했다.

"아무래도 우리 영만호가 낡아서 그럴까?"

선동과 리나는 옛날 우주선들을 구경하면서, 이렇게 좁은 내부에 어떻게 사람이 타고 우주여행을 했을지 궁금해졌다. 영만호처럼 라운지나 방이 있는 것도 아니고, 화장실은 매우 좁았다.

이런 걸 타고 몇 개월씩 우주를 항해해야 한다고 생각하자 선동은 온몸에 소름이 돋았다.

"이거에 비하면 엉망호는 저택이구나."

리나도 말했다.

역사상 최초의 우주철도 있었다. 모형이 아니라 진짜 운행되었던 우주철이었다. 해피 클라운의 홀로그램이 우주철 앞에서 우주철의 역사를 설명하고 있었다. 중요한 전시물이라서 그런지, 해피 클라운은 점잖게 설명을 이어 나갔다.

"인류가 우주에 처음 진출할 무렵 만들어진 열차 형태의 우주선, 우주철입니다. 많은 사람들에게 친숙한 교통수단이었던 열차를 타고 편한 마음으로 우주를 여행하길 바랐던 과학자들의 아이디어로 만들어졌는데요, 우주철은 개량을 거듭해서 지금도 우주를 대표하는 성간 이동 우주선으로 발전했습니다. 이곳에 전시된 것은 지구에서 만들어진 최초의 우주철로 현재 전 우주에 다섯 대만 남아 있으며, 일반인이 직접 탈 수 있도록 개방된 건 페스티벌 시티의 이 우주철뿐입니다."

그 말을 듣자마자 선동과 리나는 얼른 우주철에 올라탔다. 우주철 안에서는 사람들이 돌아다니거나 식사를 하고 창밖을 내다보는 모습을 홀로그램으로 재현해 놓았다. 우주철이 지구에서 우주로 처음 출발할 당시를 촬영한 영상도 재생되고 있었다.

우주철이 지구를 떠나 우주로 항해하는 모습을 보자 선동의 머릿속에 공부 걱정이 갑자기 떠올랐다. 여행의 최종 목적지인 지구에 무사히 도착해야 하는 것과 중간고사를 잘 봐야 한다는 생각이 걱정이 되어 몰려 왔다.

선동은 리나에게 잊고 있었던 시험 걱정을 털어놓았다.

"너는 여기서도 공부 걱정이니? 선동이 넌 공부도 엄청나게 잘하잖아. 존이 그러던데? 나야말로 공부 걱정해야 해. 학교 성적이 너처럼 좋진 않아. 육상도 잘하고 공부도 잘하고 싶은데, 육상은 쉽지만 공부는 어려워. 나는 대학교에서 역사를 전공하고 싶어. 졸업하면 엄마랑 같이 총포상도 하고 싶어. 선동이 너는 뭘 하고 싶어?"

선동은 아직 정확히 진로를 정하지 않아 계획이 없었다. 그래도 요즘 건축 설계에 관심을 갖고 있어 배우고 싶은 마음이 있다고 대답했다.

"영만이는 벌써 자기 우주선도 있고 좋겠다. 그렇지? 진로가 벌써 정해져 있으니까. 그런데 왜 부모님 만나러 가는데 표정이 안 좋았을까? 우리 영만이 얘기만 너무 많이 하나? 하지만 흉보는 건 아니니까 괜찮겠지? 걱정돼서 그러는 거니까."

정말 부모님과 사이가 좋지 않은지, 아니면 다른 일이 있는 건지 선동도 영만이 걱정되었다. 지금까지 영만 곁에 있으면서 혹시 단서가 될 법한 일이 있었는지를 천천히 되짚었다.

잠시 후 영만에게 화상통화가 왔다.

"벌써 끝났어?"

리나가 먼저 물었는데도, 영만은 와일드 웨스트에 있느냐고 되물었다. 리나가 어나더 스페이스에 있다고 대답하자 영만이 말했다.

"거긴 왜 갔어? 와일드 웨스트로 간다고 하지 않았어? 나는 바로 와일드 웨스트로 갈 테니까 거기서 만나."

와일드 웨스트 입구에서 만난 영만은 아까보다 더 기분이 좋지 않아 보였다. 선동도 리나도 선뜻 무슨 일이 있었느냐고 말을 꺼내기가 어려울 정도로 표정이 어두웠다.

"무슨 일 있어?"

리나가 조심스럽게 물었다.

이번에도 영만은 평소답지 않게 별일 아니라고 우물거렸다. 하지만 리나가 계속 캐묻자 마침내 털어놓았다.

"한 달 후에 가족 모두 모이기로 했는데, 아빠 엄마 둘 다 바쁘대. 그래서 결국 못 보게 됐어. 엄마 아빠가 탄 유람 우주선이 페스티벌 시티 근처를 지나가고 있었는데, 내가 여기 있는 거 알고 잠깐 만나서 점심 먹자고 했거든. 한 달 후에 못 보니까 오늘에라도 잠깐 보려고. 그런데 나는 벌써 점심을 먹은 데다 아빠는 금방 출발해야 한다고 해서 정말 잠깐 얼굴만 보고 헤어졌어. 뭐, 어쨌든 오랜만에 얼굴을 봤으니까 됐어."

괜찮다는 투로 말했지만, 영만의 얼굴에는 서운한 표정이 있었다. 빨리 놀이공원에 가자고, 놀다 보면 기분도 풀릴 거라고 앞장서서 걷는데 평소처럼 활기차진 않았다.

# # 서바이벌 게임

"존은 로봇 전용 놀이공원에서 잘 놀고 있겠지? 혹시 혼자 우리 돈 다 써 버리는 거 아닌지 걱정이네."

와일드 웨스트에 도착한 영만은 평소처럼 쾌활했다. 다만 어딘지 모르게 얼굴이 어두운 것 같아 선동은 내심 걱정이 되었다.

와일드 웨스트는 〈서부 최후의 카우보이〉에서 보던 미국의 서부 개척 시대를 정말 비슷하게 재현해 놓은 공원이었다.

쨍쨍하게 빛나는 태양, 건조하게 부는 바람, 붉은 흙, 푸른 하늘, 키 큰 선인장 등 여러 가지로 게임 속 풍경과 정말 흡사했다. 공원 앞에는 입장을 기다리는 사람들이 무척 많았다. 입구에서는 서부 시대 의상을 대여해 주는 곳도 있었는데, 거기서 옷을 빌려 입은 사람도 있고 이미 의상을 모두 맞춰 입고 온 사람도 있었다. 레이저건을 준비해 허리춤에 차고 다니는 사람도 있었다.

세 사람은 그냥 카우보이 모자만 각자 빌려 썼다. 공원 안에는 카우보이 복장을 한 로봇들이 로봇 말을 타거나 마차를 끌고 있었다. 관광객들 앞을 지나가며 카우보이 흉내를 냈다. 곳곳에 홀로그램이 재생되고 있었지만 대부분 로봇들로 채워져 있었다. 특히 로봇 말은 진짜 말과 거의 비슷했다.

공원을 자유롭게 돌아다니며 다른 관광객들을 따라서 서부 시대 음식도 먹어 보았지만 썩 입맛에 맞지는 않았다. 로봇이 기타를 치며 노래하는 술집도 있었고, 실제로 숙박이 가능한 서부 시대의 여관도 있었다. 목장 체험을 해 볼 수도 있었다.

길거리에는 해피 클라운이 간혹 튀어나와 여러 놀이기구들을 소개했다. 과녁에 도끼를 던져 맞히는 게임도 있었고 권총을 쏴 볼 수 있는 게임도 있었다. 뿐만 아니라 로봇 말 경주 게임도 있었다.

"여기는 무슨 보너스 없나?"

주변을 둘러보던 영만이 말했다. 그러자 언제 들었는지 해피 클라운 홀로그램이 갑자기 세 사람 앞에 나타나 말했다.

"서바이벌 게임에 참여하시겠습니까?"

여기저기 해피 클라운을 많이 본 상태라 이번 등장엔 별로 놀라지 않았다. 해피 클라운은 서바이벌 게임장이 근처에 있는데, 게임에서 우승하면 황금색 카우보이 모자를 받을 수 있다며 홀로그램을 띄워 보여 주었다.

"모자 멋지지 않아?"

영만이 상품을 받고 싶어 해서, 리나도 선동도 찬성하고 걸음을 옮겼다.

서바이벌 게임은 공원의 한 구역을 차단해 놓고 20분 동안 서바이벌 배틀을 벌여 우승자를 가리는 방식의 게임이었다. 이미 입구에는 서른 명이 넘는 사람들이 자기 차례를 기다리고 있었다. 해피 클라운의 홀로그램이 다시 나타나 사람들에게 규칙을 설명했다.

"20분 동안 마지막까지 살아남은 게이머가 우승이고, 만약 두 사람 이상이 남게 되면 가장 많은 탈락자를 만든 게이머가 우승합니다. 보통은 단 한 명만 남습니다. 게임 전체를 감시하는 시스템이 있어서, 한 자리에만 오래 숨어서 시간을 보내면 카우보이 홀로그램이 찾아가니까 부지런히 돌아다녀 주세요. 카우보이 홀로그램은 여러분의 배틀을 방해하기도 합니다. 여러분은 사람뿐 아니라 인공지능과도 싸워야 합니다. 서바이벌용 레이저건에 맞으면 머리 위로 탈락자 표시가 되고 레이저건의 방아쇠가 잠기게 됩니다. 그러면 바로 퇴장해 주세요. 우승을 위해 모두 열심히 싸워 보세요."

게이머 대부분은 이미 다 알고 있는 내용이라 그런지 집중해서 듣지 않았다. 다들 이미 여러 번 게임을 해 봤거나 자신의 서바이벌 전용 레이저건을 준비할 정도로 게임 마니아였다.

게임장 직원이 게이머들의 레이저건이 서바이벌용인지 일일이 확인했다. 선동의 새 레이저건도 페스티벌 시티에 입장할 때 프로그램 조정을 해 놓아서 안전한 상태였다. 리나와 영만이 서바이벌용 레이저건을 빌리러 간 동안 선동은 사람들의 레이저건들을 구경했다. 정말 다양한 종류가 있었는데, 그중에는 무시무시해 보이는 것도 있었다.

"리나, 저 레이저건 혹시 어떤 기종인지 알아?"

선동이 가리킨 쪽을 돌아본 리나가 깜짝 놀라 말했다.

"뭐야 저 사람? '블랙 스카이' 같은데. 요즘엔 잘 안 쓰는 기종이야. 오래전 우주 전쟁 때 많이 사용된 살상용 무기야. 레이저 출력이 정말 강력하거든. 여기선 어차피 살상용 레이저가 발사되지 않을 텐데 왜 저 큰 걸 들고 다니지? 그냥 큰 게 좋은 건가?"

그 사람은 덩치가 상당히 컸는데, 이상하게도 몸 전체를 낡은 광대 옷으로 가리고 얼굴에는 엉성한 마스크를 쓰고 있었다. 해피 클라운을 따라 한 것도 같은데, 그렇게 성의 있어 보이지도 않았다. 어느 순간 그가 사람들 사이로 사라져서 선동은 더 지켜볼 수 없었다.

"내 '공포의 천둥'이 있으면 더 좋았을 텐데."

리나가 빌려 온 레이저건을 만지며 말했다. 공포의 천둥은 리나의 집에 있는 레이저건 이름이었다. 그게 있었으면 분명 우승할 거라면서 리나는 공포의 천둥이 얼마나 좋은 레이저건인지 설명하기 시작했다.

선동은 리나의 레이저건 이야기 대신 방금 본 광대 옷이 머릿속에서 계속 떠올라 기분이 좋지 않았다. 분명 어디선가 마주친 것처럼 이상하게 익숙한 느낌이 들었다. 하지만 정말 누군지 기억이 나질 않았다. 선동은 존에게 짐작 가는 사람이 있는지 물어보려다 바로 그때 나타난 해피 클라운 때문에 그러지 못했다.

"공정한 게임을 위해서 지금부터 인공지능과의 연결도 차단하겠습니다."

스마트 안경이나 무선 이어폰, 스마트와치의 기능도 모두 정지되었다. 정말 인간끼리만 서바이벌 게임을 하는 것이다.

잠시 후 해피 클라운이 게임의 시작을 선언하자 다들 달려

나가더니 어느새 어디론가 몸을 숨겼다. 광대 옷도 이미 숨었는지 보이지 않았다.

"우리도 팀을 짜서 움직여야겠지? 다른 사람들도 그렇게 하는 것 같아."

세 사람은 건물과 건물 사이 골목에 숨었다가, 수풀 사이에 숨었다가, 울타리 뒤에 숨으며 계속 움직였다. 그러다 말 안장과 편자가 진열된 말 용품 전문점에 들어갔다. 진열되어 있던 여러 종류의 편자 사이로 금색으로 빛나는 당근이 홀로그램으로 띄워져 있었다. 그걸 가장 먼저 찾은 건 영만이었다.

"이게 해피 클라운이 말했던 아이템인가 봐. 이걸 찾은 사람은 레이저에 한 번 맞아도 괜찮다고 했지?"

영만이 손으로 건드리자 당근이 바로 사라지면서, 동시에 영만의 머리 위에 당근이 홀로그램으로 나타났다가 다시 사라졌다. 바로 그때 상점 안으로 다른 게이머 두 명이 들어왔다. 그들과 눈이 마주치자마자 세 사람은 동시에 레이저건을 겨누어 쏘았다.

순식간에 벌어진 일이었다. 선동이 두 사람을 모두 맞혀 그대로 탈락시켰다. 해피 클라운의 말대로 총에 맞은 사람 머리 위에는 홀로그램으로 엑스자가 나타나더니 사라지지 않고 계속 따라다녔다. 탈락자들은 이렇게 빨리 탈락할 줄 몰랐다며 허무해하다가 게임장 바깥으로 나갔다.

리나가 흥분된 목소리로 선동에게 말했다.

"너 정말 번개 같았어. 어떻게 그렇게 순식간에 두 사람을 맞혔어? 깜짝 놀랐네. 무슨 영화의 한 장면 같았는걸."

영만도 〈서부 최후의 카우보이〉를 여러 번 같이 했는데 따라갈 수가 없었다고, 총 쏘는 솜씨가 남다르다며 선동을 칭찬했다. 선동은 자기보다 잘하는 사람이 얼마든지 있다고 말했다. 그러자 리나가 말했다.

"아니야, 게임과 실제는 다르지. 게임만 많이 해서 나올 솜씨가 아니던데? 우리 엄마 사격 선수였다고 내가 말했잖아. 재빨리 움직이면서 총을 겨누는 동시에 바로 맞히기는 정말 쉽지 않아. 그건 선동이 너의 재능일지도 몰라."

그리고 리나는 선동에게 서바이벌 게임에서 이기려면 어떤 작전을 짜야 하는지, 집요하게 캐묻기 시작했다.

"넌 승부욕이 왜 그렇게 강한 거야?"

영만이 질린 표정으로 물었다.

"너도 우승해서 황금 카우보이 모자 받고 싶다면서."

"아무리 그래도 그렇지, 너 꼬치꼬치 캐물을 때 표정 무서워."

마을을 돌아다니면서 몇 번 더 다른 게이머와 마주쳤다. 리나는 누구보다 빨리 레이저건을 쏴 맞혔지만 게이머가 아니라 홀로그램이어서 허탈해했다. 다른 아이템도 찾지 못했고, 다른 게이머도 보이질 않았다. 리나는 빨리 우승하고 싶은 마음 때문인지 엄청 답답해했다.

"다들 어디 숨어 있지? 여기 얼마나 넓지? 길을 모르니 잘 모르겠어. 빨리 승부를 내야 하는데."

리나가 조용히 건물 뒤쪽으로 걸어가다가, 큰길을 걷는 네 사람을 발견했다. 선동과 영만, 그리고 리나는 그들이 눈치채기 전에 얼른 골목 안쪽에 몸을 숨겼다. 리나가 영만에게 손짓했다. 대충 영만이 나가서 레이저건을 쏴서 네 사람을 골목 가까운 쪽으로 끌고 오면, 리나와 선동이 뒤를 노리자는 뜻의 신호 같았다.

"왜 내가 미끼야?"

영만이 묻자 리나가 조용히 말하라며 속삭였다.

"너는 아이템이 있잖아. 한 번은 맞아도 돼."

선동이 생각하기에도 좋은 계획이었다.

영만이 큰길로 뛰어나가 레이저건을 쏘았다. 네 사람이 바로 영만을 향해 다가오며 반격했다. 그러다 레이저를 한 번 맞은 영만이 땅바닥에 바짝 엎드렸다.

"쏴!"

리나의 신호와 함께 선동이 레이저건의 방아쇠를 당겼다. 선동의 레이저건에서 발사된 레이저가 순식간에 세 사람을 맞혔다. 하지만 한 사람은 놓치고 말았다. 선동이 명중시킨 세 사람의 머리 위에 탈락 표시가 떴다. 바로 그때 살아남은 게이머가 리나와 선동을 피해 도망치기 시작했다.

"잡아라!"

리나가 외치더니 달리기 시작했다. 정말 보이지 않을 만큼 빠른 달리기로 뒤쫓아가다 거리가 좁혀지는 순간 레이저건을 쏘았다. 결국 나머지 한 명도 탈락시켰다. 선동과 영만은 리나의 집요한 추적에 놀라 벌린 입을 채 다물지 못하고 있었다.

"진짜 빠르다……."

영만이 말했다.

의기양양해 보이는 리나가 영만과 선동 쪽으로 돌아오는데, 어디서 나타났는지 거리에는 사람들이 우르르 다시 나타났다. 게이머들이었다. 세 사람은 얼른 골목 안쪽으로 몸을 숨기고는 적당한 거리에 있는 게이머를 골라 레이저건을 겨냥했다.

그런데 선동은 뭔가 이상해 보였다. 그 많은 게이머들은 서로를 공격하지도, 또 피하지도 않고 무작정 어딘가로 달리기만 했다. 마치 급히 도망치는 것처럼 보였다.

뒤도 돌아보지 않고 달리던 게이머 중 하나가 세 사람을 향해 소리쳤다.

"어서 피해! 너무 강력해! 위험해! 빨리 도망가!"

정말 다급한 목소리였다. 그 뒤로도 게이머로 보이는 사람들이 게임장 출구를 향해 필사적으로 달렸다. 세 사람은 사람들이 뭘 보고 도망치는지 저 멀리 길 건너편을 지켜보았다.

'뭐지? 아무리 상대가 강하더라도 저 정도로 겁에 질려서 도망갈 필요가 있는 건가? 재미 삼아서 하는 게임일 뿐이잖아.'

갑자기 어디선가 레이저가 날아와 도망가던 사람들을 맞혔다. 레이저를 맞은 사람들이 쓰러졌다. 순식간에 벌어진 일이었다. 사람들은 경련을 일으키거나, 몸을 조금씩 움직이기는 했지만 일어나지는 못했다.

"무슨 일이지?"

리나가 말했다.

"숨어!"

그때 영만이 외쳤다. 선동과 리나는 영만이 시키는 대로 최대한 몸을 움츠려 엎드렸다. 그리고 길 건너편을 내다보았다. 광대 옷을 입은 덩치 큰 남자가 사람들에게 마구잡이로 레이저건을 쏘고 있었다. 레이저에 맞은 사람들이 바닥에 쓰러졌다. 리나는 놀라서 소리를 지르려다가 얼른 입을 막았다. 선동의 몸에도 소름이 돋았다.

"아까 그 사람이잖아? 지금 쏘는 거 마취 레이저 아니야? 레이저건은 모두 검사했잖아."

리나가 말했다.

"해킹했겠지."

영만이 말했다.

"하지만 왜?"

선동의 의문에 영만이 대답했다.

"미친 사람인가 봐. 빨리 여기서 도망치자."

하지만 광대는 게임장 출구로 가는 길목에 서 있었다. 지금은 골목 끝에 숨어 광대가 지나가길 기다리는 수밖에 없었다. 그동안에도 몇 사람이 출구 쪽으로 달려왔지만, 바로 레이저를 맞고 쓰러졌다. 그리고 한동안 조용했다. 그들이 마지막까지 남은 사람들 같았다.

'이제 우리밖에 안 남았구나.'

공원 전체에 사이렌이 울렸다. 서바이벌 게임장에 비상 상황이 발생했다는 방송이 나왔다.

"경고 참 빨리도 한다."

리나가 화를 내며 말했다.

"정영만! 강선동! 당장 나와라! 어디 숨어 있는지 다 안다!"

사이렌 소리를 뚫고, 광대가 외쳤다. 분명 영만과 선동의 이름이었다. 영만과 선동은 놀라서 소리를 지를 뻔했다. 리나 역시 놀라긴 마찬가지였다.

"뭐야? 저 미친 녀석이 너희 이름을 어떻게 알지?"

"캡틴 코모도다."

선동과 영만이 동시에 말했다. 광대 옷을 입고 마스크로 얼굴을 가렸지만 그 큰 덩치의 남자는 분명 캡틴 코모도였다.

"하지만 감옥에 갔잖아."

영만이 말했다.

'어떻게 풀려났지? 탈옥한 걸까? 정말 우리에게 복수하려고 찾아온 건가?'

갑자기 선동의 등 뒤에서 카우보이 홀로그램이 나타났다.

"한곳에 오래 숨어 있으면 안 됩니다."

'이 눈치 없는 인공지능 같으니.'

선동이 얼른 홀로그램을 쏴서 맞혔다. 하지만 이미 캡틴 코모도에게 들킨 다음이었다.

"거기 있었군!"

그 순간 리나가 벌떡 일어나 쥐고 있던 레이저건을 던졌다. 레이저건이 캡틴 코모도의 머리에 정통으로 맞았지만 꼼짝도 하지 않았다. 대신 가면을 벗어 던지고는 마쳐 레이저건을 셋에게 겨누었다. 캡틴 코모도의 분노에 찬 얼굴이 드러났다.

"안 돼! 도망쳐!"

영만의 외침과 동시에 세 사람은 뛰기 시작했다. 하지만 캡틴 코모도의 레이저에 맞고 차례차례 쓰러졌다.

레이저에 맞는 순간 선동의 몸은 전기에 감전된 것처럼 떨리더니 더 이상 움직일 수가 없었다. 바닥에 쓰러지면서 점점 졸음이 몰려왔다.

'마취 레이저에 맞으면 이렇게 되는구나……'

선동은 몸을 움직일 수 없으니 너무나 무서웠다.

갑자기 하늘로부터 거센 바람이 불어오기 시작했다. 선동이 간신히 눈을 들어 하늘을 올려다보았더니 커다란 우주선 한 대가 지상으로 착륙하고 있었다. 영만호와 부딪쳤던 캡틴 코모도의 박살호였다. 박살호가 착륙하는 동안 캡틴 코모도가 영만을 그대로 들쳐 업었다.

이제 막 착륙한 박살호의 해치가 열렸다. 영만을 들쳐 업은 캡틴 코모도가 박살호 안으로 들어가다가 선동과 리나를 향해 말했다.

"친구를 되찾고 싶으면 날 찾아와서 결투를 신청해라."

'결투는 이미 했잖아, 내가 이겼다고!'

선동은 외치고 싶었지만, 목소리가 나오질 않았다. 그사이 박살호는 공중으로 떠올랐고, 영만과 함께 사라졌다.

마취 상태는 꽤 오랫동안 지속되었다. 얼마 후 출동한 경찰이 얼굴에 마취 해독제를 뿌려 주었다. 그제야 조금씩 몸을 움직일 수 있었다. 하지만 캡틴 코모도도 박살호도 영만도 떠난 다음이 었다.

경찰은 선동과 리나에게 방금 있었던 일에 대해 이것저것 물었다. 경찰은 캡틴 코모도가 수감된 지 열두 시간 만에 탈옥을 시도한 후 행방이 묘연한 상태였고, 인근 도시에서 목격되었다는 첩보를 입수해 대대적인 수색을 벌이던 중이었다고 말했다. 하지만 뜬금없이 페스티벌 시티에 와서 서바이벌 게임을 하고 있을 줄은 상상도 못 했다고 말했다.

캡틴 코모도가 선동과 영만을 찾아 복수하려 했다는 점에서는 논리적인 행동이었다.

리나가 경찰에게 물었다.

"캡틴 코모도는 어디로 갔을까요? 영만이는 어떻게 찾나요? 바로 찾을 수 있나요?"

"캡틴 코모도는 무법 도시에 숨었을 겁니다."

선동은 무법 도시에 대해 몇 번 들은 적 있었다. 법이 존재하지 않는 도시로, 우주 해적을 비롯한 온갖 범죄자들의 본거지였다. 워낙 위험한 도시라, 그곳을 배경으로 한 범죄 영화들도 많았다.

"무법 도시는 경찰도 선뜻 들어가기 어렵습니다. 들어가더라도 바로 찾지는 못할 겁니다. 무법 도시 인근에서 순찰 중인 경찰에게 연락해 협조를 구할 계획입니다. 우리도 캡틴 코모도를 반드시 잡아야 하니까요."

그러니까 영만을 언제 구할 수 있을지 모른다는 말이었다. 경찰마저도 영만을 구할 방법을 모른다는 게 선동은 너무나 두려웠다.

경찰은 캡틴 코모도가 무법 도시에서 다른 도시로 이동하면 그때는 더 찾기 힘들 거라고 말했다. 그러면서 경찰 역시 최대한 빨리 움직일 거라고 설명했다. 경찰은 일단 영만의 부모님에게 연락을 취했고, 앞으로 언제든 캡틴 코모도를 찾는 데 단서가 될 만한 게 있으면 바로 연락하라고도 말했다.

조사가 끝나고 리나는 선동을 끌고 바로 영만호로 돌아왔다.

"무법 도시로 가자. 영만이를 구해야지. 그 도마뱀이 우리 보고 직접 찾아오라고 했잖아. 가서 결투하든 뭘 하든 영만이를 구해야지."

리나는 굳게 다짐한 얼굴이었다. 리니의 말대로 영만을 빨리 구해 와야 하는 건 맞지만, 선동은 한편으로 걱정이 되었다.

"무법 도시에 대해 알아?"

"우주 해적이 많은 곳이라는 것밖에는 몰라."

선동은 존에게 무법 도시에 대해 알려 달라고 했지만, 존은 위험한 곳이라서 안 된다고 했다. 그러자 리나가 존에게 소리쳤다.

"그럼 영만이는 어쩌고! 빨리 구해야지. 얼른 찾아봐 줘. 존, 네 도움 없으면 아무것도 못 해."

"하지만…… 아무래도…… 경찰에게 맡기는 편이…….."

존이 우물거리며 제대로 대답을 못 했다. 존도 무법 도시로 직접 가는 게 옳다고 생각한 것 같았다. 선동은 존에게 캡틴 코모도가 무법 도시에 가기 전에 박살호를 따라잡을 수는 없는지 물었다.

"불가능해요. 해적선은 추적이 불가능하거든요. 추적이 되더라도 해적선은 개인 우주선과는 비교도 안 될 정도로 빨라서 영만호로는 잡을 수 없어요. 그나마 추적이 가능한 경찰선이 해적선을 잡지 못한다면 누구도 잡을 수 없을 거예요."

막상 박살호를 따라잡는다고 해도 방법이 없었다. 해적선 박살호는 그냥 보고만 있어도 무시무시해 보일 정도로 위압감이 들었다. 열다섯 살 남자아이와 여자아이가 해적선에 들어가 사람을 구출해 나오는 건 불가능했다.

리나는 말했다.

"괜찮아. 무법 도시로 가면 돼. 가서 결투하는 거야. 정정당당하게 이기고 오면 되잖아. 그거 한 번 졌다고 복수하러 찾아다니다니 진짜 쩨쩨하다. 우리가 페스티벌 시티에 있는 건 또 어떻게 알았담?"

선동도 전혀 짐작이 가는 게 없었다.

"뉴스에 나왔잖아요.".

존이 말했다.

그랬다. 선동은 영만과 리나가 로보타 뉴스에 출연했던 게 생각났다. 캡틴 코모도는 로보타 뉴스를 보고 로보타를 중심으로 영만호를 찾아다녔을 것이다.

"하지만 우리가 페스티벌 시티의 와일드 웨스트에 갈 거라는 건 어떻게 알았을까?"

선동이 말했다.

"인공지능을 해킹해서 위치를 추적했을 거예요. 아까도 마취용 레이저건을 쐈잖아요. 그건 해킹하지 않으면 절대로 불가능해요."

존의 설명에 선동과 리나는 한동안 생각에 잠겼다.

'무법 도시에 가더라도 캡틴 코모도와의 결투에서 이긴다면 정말 모든 게 해결될까?'

다시 이길 자신이 있었다. 무엇보다 애초에 선동이 캡틴 코모도를 이기는 바람에 이 모든 일이 일어난 셈이었다. 선동의 승리로 캡틴 코모도는 생각지 못한 감옥에 가게 되었고, 그의 복수심 때문에 영만이 잡혀 간 것이다.

선동은 말했다.

"무법 도시로 가자. 영만이는 나 때문에 붙잡혀 있는 거야. 그러니까 나한테 책임이 있어. 경찰이 못 한다면 내가 직접 해야 해. 캡틴 코모도를 또 한 번 이기고 영만이를 데려올 거야."

선동과 리나는 영만호 조종석에 각각 앉았다.

존이 대기 중이던 영만호를 출발시켰다. 리나는 존에게 무법 도시의 정보를 정리해 달라고 말했다.

"내 레이저건이 있었으면 좋았을 텐데. 집에 들러서 가져올 걸 그랬나? 물론 엄마가 안 된다고 했겠지만. 이놈의 도마뱀 자식, 정말 생각할수록 괘씸해. 잡히기만 해 봐라, 비늘을 모조리 뽑아 버릴 테다."

어느새 원래의 다혈질 성격으로 돌아온 리나가 화를 내며 말했다.

# 무법 도시

"이제 누가 선장인 거예요?"

무법 도시에 거의 도착해서, 앞으로 어떻게 하면 좋을지 선동과 리나가 의논하는 도중에 존이 뜬금없이 물었다. 선동이 생각하기로는, 지금 영만호의 선장은 없는 것 같았다.

"선장은 영만이잖아. 우리는 그냥 승객이고. 영만이가 우리 둘 다 일등항해사를 시켜 주긴 했지만 그건 항해일지 때문인 거고."

"그게 지금 뭐가 중요해. 어차피 존이 알아서 항해 중이잖아."

리나가 말했다. 그러자 존이 대답했다.

"영만 선장님은 영만호의 모든 걸 다 관리했어요. 그러니 임

시 선장을 정해서 누구의 명령을 최우선으로 할지 확실히 정했으면 좋겠어요."

"무법 도시에 거의 다 도착했는데 지금 선장 정하는 게 중요해?"

리나가 말했다. 선동도 말했다.

"나는 우주선 항해에 대해선 잘 몰라. 그냥 영만이가 올 때까지는 자동 모드로 조종해 줘. 아마 그게 더 안전할 거야."

"알았어요."

존이 대답했다.

그사이 창밖으로 무법 도시가 보였다. 무법 도시는 지구처럼 공기와 바다가 있고 중력도 비슷했다. 하지만 무법 도시라는 이름에 걸맞게도 사람들이 살기에는 좋아 보이지 않았다. 잔뜩 뒤덮인 검은 구름 사이로 슬쩍 보이는 지표면은 흙과 모래뿐이었고, 사람의 흔적은 없었다.

"당연히 안내 방송은 없군."

리나가 말했다.

무법 도시는 인공지능의 안내 방송도, 특별한 출입 절차도 없었다. 어떤 법도 규칙도 없는 무법 지대였다. 해적들에게 붙잡히면 어쩌나 걱정되는 것은 사실이었지만, 지금은 영만을 구할 방법만 생각하자고 선동은 다짐했다.

"곧 지표면에 착륙합니다. 꽉 잡으세요, 바로 감속합니다."

존의 말이 끝나자마자 영만호의 속도가 급격히 줄면서 선체에 힘이 가해지는 쾅, 소리가 났다. 그 소리와 함께 몸이 세차게 흔들리던 선동과 리나가 바닥으로 넘어져 쓰러졌다. 바닥에 쓰러진 채로 리나가 소리를 질렀다.

"감속하기 전에 앉아서 벨트를 매라고 말을 했어야지!"

존도 지지 않고 말했다.

"자동으로 항해하라면서요. 그래서 자동으로 감속한 거예요."

"어쨌든 미리 말을 했어야지! 감속을 늦춰!"

"알았어요."

흔들림이 멈추고, 두 사람이 다시 일어났다. 막 자리에 앉기 전에 존이 말했다.

"감속을 늦췄으니 속도를 줄이지 못합니다. 행성 지표면에 착륙 못 해요. 지표면에 바로 충돌합니다."

"충돌한다니 무슨 소리야?"

리나가 버럭 화를 내자 속도를 늦추라고 해서 늦춘 것뿐이라고 존이 다시 화를 냈다. 서서히 먹구름이 걷히고 흙바닥이 보이기 시작했다.

"감속해!"

리나와 선동이 다급하게 소리쳤지만, 영만호는 이미 지표면과 너무 가까이에 와 있었다.

선동과 리나가 동시에 소리를 질렀다.

"사람 살려!"

⊛

"아이고……."

선동은 앓는 소리를 내며 일어났다. 영만호가 추락할 때 여기저기에 부딪히는 바람에 온몸이 얼얼한 걸 빼면 멀쩡했다. 영만호도 진흙창에 빠진 것을 빼면 특별히 고장 난 곳은 없어 보였다.

존이 영만호의 메인 시스템 검사 결과를 보고했다.

"크게 망가지지 않았으니 나중에 이륙할 때 별다른 문제는 없을 거예요."

영만호 창밖으로 폐허라고밖에 할 수 없는 모습들이 펼쳐져 있었다. 빽빽한 안개와 검은 구름이 땅 위를 휘감고, 거기에 진눈깨비가 내렸다. 어디선가 바람이 불어오자 붉은색 흙과 노란색 먼지가 진눈깨비 사이로 풀썩 피어올랐다가 가라앉았다.

영만호 주변은 온통 진흙창에 생물로 보이는 것은 없었다. 돌멩이와 바위뿐인 황폐한 산 위에는 말라 죽은 나무 하나만 보였다.

선동은 말했다.

"여기가 무법 도시구나."

"꼭 폐허 같다."

리나도 말했다.

무법 도시는 지구와 비슷한 환경이었지만 좋지 않은 기후 때문에 사람들이 많이 이주하지 않았다. 범죄자들이 지명수배를 피해 숨기 시작하면서, 그나마 남아 있던 이주민들도 떠나 버렸다. 결국 범죄자들만 남아서 아무런 법 없이 살기로 한 것이다. 그때부터 원래 이름 대신 무법 도시로 불리기 시작했다.

"원래 이름은 '풀크람 시티'였어요."

존이 말했다.

'예쁜 이름이었구나. 최선을 다해서 발전시켰으면 좋았을 텐데…….'

"존, 너는 영만호를 지켜. 방어 모드 유지해 놓고 누구에게도 문을 열어 주면 안 돼. 우리와 연결도 절대 끊지 말고. 알았지?"

리나가 말했다.

"알았어요. 여긴 기온이 낮아서 실외용 우주복을 입고 나가야 해요."

선동과 리나는 우주복을 입고 최소한의 음식과 물, 응급 키트도 챙겼다. 무기가 없어서 고민하던 리나는, 창고에서 쇠파이프를 하나 찾아 들었다.

영만호의 해치가 열리면서 밖으로부터 차가운 바람이 영만호 안으로 들어왔다. 선동은 허리춤에 찬 레이저건이 제대로 있는지 마지막으로 확인한 다음 밖으로 나갔다.

"도마뱀 해적단이 어디 있는지 정보를 알아내려면 일단 사람 많은 곳으로 가야겠지?"

선동의 의견에 리나가 동의했다.

"내 생각에도 그래. 가자."

두 사람은 조심조심 진흙과 붉은 흙을 차례로 밟아 가다가 끝없이 펼쳐진 모래 위에 올랐다. 실외용 우주복은 얇고 가벼웠지만 거센 바람과 날아드는 모래를 잘 막아 주었다.

영만호를 지키고 있던 존이 레이더에 사람이 많이 잡히는 쪽으로 길을 안내했다. 중간중간 무법 도시에서 주의할 점도 설명해 주었다.

병원이 많지 않으니 감기에 걸리면 안 되고, 타인과는 절대로 시비가 붙지 않도록 조심해야 하며, 낯선 사람에게 절대로 본명과 출신 같은 신분을 숨겨야 한다는 것이었다.

"사람 말고 다른 위험한 건 없어? 포악한 야생 동물이나, 위험한 독초라거나."

"정말 많죠."

리나의 질문에 존이 대답하자 리나가 화를 냈다.

"그걸 왜 이제야 말해!"

선동도 겁이 났다. 야생 동물이라면 〈서부 최후의 카우보이〉에서 곰을 만난 적 있었는데, 게임상이었지만 그때도 엄청 무서웠다. 그런데 그런 곰을 실제로 만날 수 있다고 생각하니 선동은 괜히 겁이 났다.

'그걸 이제야 알려 주다니.'

인공지능은 생명의 위협이라는 걸 몰라서 큰일이라던, 영만의 말버릇이 떠올랐다.

선동이 얼른 물었다.

"여기에 곰도 있어?"

"있어요. 여기 보니까, 사람의 세 배 정도 되는 크기에, 초록색 털로 뒤덮인 곰인데 우주에서 가장 크고 무서운 곰이라는 설명이 붙어 있네요. 이빨도 날카로워서 단번에 강철도 잘라 버린다고 해요. 하지만 이 정도는 위험한 수준도 아닌걸요. 떼로 무리지어 다니는 흡혈 토끼도 있고, 하늘을 나는 뱀도 있고, 켈로쿰도 있어요."

"켈로쿰은 뭐야?"

"코끼리만 한 녀석인데 몸 전체가 물컹물컹해서 흐느적거리면서 움직이고 모양이 계속 변해요. 먹을 게 있으면 다짜고짜 통째로 삼키니까, 잡아먹히지 않도록 조심하세요."

"레이더로 우리 주변을 감시하면서 위험한 동물이 나타나면 바로 내 안경에 띄워 줘."

바로 다음 순간 선동의 스마트 안경에 붉은 엑스자가 그려졌다. 겁에 질린 선동이 그대로 걸음을 멈췄다.

"존…… 지금…… 앞에…… 뭔가 있다고 표시가 됐는데…… 혹시 네가 테스트 삼아 띄운 거야?"

"아뇨, 1미터 앞에, 위험한 동물이 있어요."

리나와 선동은 얼른 뒤로 한 걸음 물러나 각자 레이저건과 쇠파이프를 꺼내 들었다.

"여기선 뭔지 알 수 없으니까, 선동 님 스마트 안경에 접속해서 제가 확인해 볼게요."

선동이 존의 지시에 따라 고개를 숙여 바닥을 들여다볼 때였다. 모래 속에서 작은 쥐처럼 생긴 게 모래 밖으로 몸을 내밀더니 이마에 달린 촉수를 흔들며 선동과 리나를 쳐다보았다.

"이 녀석은 안 위험해 보이는데. 하지만 존이 위험하다고 했으니까……."

선동은 흔들리는 촉수를 향해 레이저건을 쐈다. 녀석은 끼이이익, 기분 나쁜 소리를 내더니 다시 모래 안으로 들어가 버렸다.

"그게 바로 켈로쿰이에요. 위험하니까 절대로 건드리지 말아요. 알았죠?"

존이 말했다.

"뭐? 벌써 레이저건을 쐈는데?"

그러나 이미 늦었다. 스마트 안경에는 위험 메시지가 더 크게 나타났다. 주변의 땅이 우르르, 흔들리고 모래가 울렁거렸다.

"빨리 도망쳐요! 켈로쿰은 몸 한쪽을 길게 늘여서 미끼를 만들고 그걸로 먹이를 유인한 다음 가까이 다가오면 잡아먹어요. 아마 모래 안에 진짜 몸이 있을 거예요!"

그 순간 모래 속에서 거대한 뭔가가 솟아올라 입을 크게 벌렸다. 존의 말대로라면 켈로쿰은 계속 모양이 변하기 때문에 그 모습이 입을 벌린 건지 팔을 벌린 건지 촉수를 뻗은 건지 알 수 없었다.

켈로쿰이 꾸에엑, 기분 나쁜 소리를 내며 필사적으로 도망치는 선동과 리나를 따라왔다. 선동은 레이저건을 마구 쏘아댔고, 리나는 바로 뒤까지 따라붙은 켈로쿰의 촉수에 대고 쇠파이프를 휘둘렀다.

켈로쿰은 그리 빠르진 않았는데, 대신 끈질기게 쫓아왔다. 바로 뒤에까지 다가오면 선동이 레이저건을 쏴서 추격을 지연시켰다. 레이저에 맞은 켈로쿰은 잠시 멈추어 서서 몸을 비틀어댔다.

그렇게 몇 번을 반복하다 보니 차츰 켈로쿰과의 거리가 멀어지고 결국 켈로쿰은 선동과 리나를 따라오지 않았다.

두 사람은 몸을 숨길 만한 동굴을 찾아 들어갔다. 동굴 안은 바깥과 달리 조용했다. 존의 목소리가 들렸다.

"리나 님? 선동 님? 둘 다 아직 안 죽었어요?"

존이 말했을 때, 리나가 무슨 질문을 그렇게 하느냐고 버럭 화를 내는 바람에 선동이 한참 달래야 했다.

"안 죽었다니 다행이에요. 지금 선동 님과 리나 님이 있는 동굴을 레이더로 스캔해 보았어요. 다행히 바로 동굴 안쪽으로 더 들어가면 다른 출구가 있네요. 그 너머에 사람들이 모여 있고요, 누군지는 모르겠어요. 어느 데이터베이스에도 매칭되는 데이터가 없는 걸 보면 믿을 만한 사람들은 아닌 것 같아요. 주의하세요."

"도마뱀 해적단일까?"

선동의 말에 리나는 곰곰이 생각하더니 대답했다.

"글쎄, 확신할 순 없을 것 같아. 다른 해적일지도 모르고 해적이 아니라 범죄자일 수도 있잖아. 조심하자."

가방 안에서 손전등을 꺼내 켜고 출구를 찾아 걸었다. 동굴 안은 춥지 않았지만 바람이 불지 않았고, 가끔 고약한 냄새가 났다. 그걸 빼면 움직이기 편했다. 어딘가에 맹독 전갈이 있을 지도 모른다고 존이 말했지만, 다행히 마주치지는 않았다.

출구에 가까워질수록 밖으로부터 빛이 들어오기 시작했다. 그리고 근처에는 사람이 많이 지나다닌 흔적도 보였다. 선동과 리나는 더 조심조심 주변을 살폈다. 드디어 출구가 보였다. 그때 리나도 선동도 비명을 지를 뻔했다.

캡틴 코모도의 뒷모습이 보였기 때문이다. 두 사람은 얼른 바위 뒤에 몸을 숨긴 다음 천천히 고개를 내밀고 다시 살펴보았다.

"정말 캡틴 코모도잖아."

리나가 말했다. 선동도 믿어지지 않았다. 동굴을 따라 가다가 캡틴 코모도를 만난 것이었다. 선동과 리나는 조용히 숨죽인 채 캡틴 코모도를 지켜보았다. 페스티벌 시티에서 사람들에게 레이저를 마구 쏘고 영만을 잡아간, 바로 그 얼굴이 거기 있었다.

캡틴 코모도는 다른 해적과 대화 중이었다. 무슨 말을 하는지는 들리지 않았다. 그러더니 출구에서 멀어져 어디론가 가버렸다.

선동과 리나는 출구 쪽으로 천천히 다가가 출구 밖을 살짝 내다보았다. 언덕 위에 있던 동굴이라 언덕 밑 광경이 한눈에 내려다보였다. 언덕 밑 벌판에는 대형 천막 몇 십 개가 설치되어 있고 그 주변으로 거대한 해적선들이 정차해 있었다.

저 멀리 캡틴 코모도가 벌판 쪽으로 다른 해적과 내려가고 있었다. 천막 주변에는 수백 명의 해적들이 각자 총이나 칼 같은 흉기들로 중무장하고 있었다.

"다들 유전자 변형 인간인가 봐."

리나가 말했다. 모두 인간처럼 팔과 다리가 두 개씩이고, 우주복을 입은 채로 두 발로 걸어 다녔다. 하지만 자세히 보면 캡틴 코모도처럼 도마뱀의 얼굴과 피부를 가진 것 같았다. 악어나 공룡의 모습이 남아 있는 해적도 있었다. 파충류와 인간의 유전자를 배합한 유전자 변형 인간들이었다.

"영만이 저기 있다."

천막들을 살펴보던 중 천막과 천막 사이에 앉아 있는 영만을 발견했다. 감옥 안에 갇혀 있거나 몸이 꽁꽁 묶여 있을 줄 알았는데 그렇진 않아 다행이었다.

영만의 옆에는 어째서인지 사과가 잔뜩 쌓여 있었다. 영만도 사과 하나를 집어 먹고 있었다.

때마침 캡틴 코모도가 영만에게 다가갔다. 영만은 캡틴 코모도를 힐끗 한 번 올려다보고 더는 쳐다보지 않았다. 캡틴 코모도는 영만을 얼마간 내려다보다가 몸을 돌려 다른 곳으로 가 버렸다.

"저 사과는 영만이에게 먹으라고 준 걸까?"

"다행히 굶기진 않나 봐."

리나가 선동의 물음에 대답했다. 영만은 건강해 보였다. 다친 곳도 없어 보였고, 무엇보다 굶고 있는 건 아니어서 다행이었다.

이제 어떻게 해야 할지, 마땅한 방법을 찾아야 했다. 해적들 틈으로 숨어 들어갈 수도 없고, 설사 들어가는 데 성공해도 영만을 조용히 데리고 나올 수 있을지 자신이 없었다. 아니면 영만에게 곧 구하러 간다는 신호를 보낼 수만 있다면 좋을 텐데, 딱히 좋은 방법이 떠오르지 않았다. 한참을 고민하던 리나가 입을 뗐다.

"일단 돌아가자. 무작정 들어가면 위험해. 설령 지금 캡틴 코모도에게 결투 신청을 해도 순순히 응할 것 같지도 않아. 해적들이 저렇게 많은데 정정당당하게 결투할 리도 없잖아. 분명 우리도 같이 잡힐 거야. 지금은 안 돼."

선동도 리나의 생각이 옳다는 걸 알면서도, 영만을 두고 돌아오려니 발이 떨어지지 않았다. 두 사람이 동굴을 다시 가로질러 빠져나오는 데는 꽤 오랜 시간이 걸렸다.

동굴을 가로질러 나오는 동안 선동과 리나는 영만을 구출할 방법을 논의했지만, 마땅한 방법이 떠오르지 않았다.

"몇 백 명도 더 되어 보이는데 어떻게 영만이를 구하지?"

"정확히는 238명이에요. 안 보이는 곳에는 더 있을 거고요. 다들 중무장한 상태이고, 해적선에 장착된 무기들의 화력도 세요."

존의 설명에 리나는 퉁명스럽게 말했다.

"너는 영만호나 잘 지키고 있어."

선동이 캡틴 코모도와 다시 결투하겠다고 말했지만, 리나는 캡틴 코모도가 절대로 순순히 응하지 않을 거라고 했다.

"하지만 그렇다면 왜 애초에 나한테 결투하러 오라고 말한 걸까?"

"자기 부하들 앞에서 이기는 모습을 보이고 싶었을걸? 분명 그럴 거야. 결투하겠다고 찾아가면 말도 안 되는 방식으로 자기가 이긴 다음 우리를 어디다 팔아 버릴걸?"

'그렇다면 결투를 하러 가도 소용없네. 난 반드시 질 테니까.'

"영만 선장님을 풀어 달라고, 불쌍한 표정으로 무릎 꿇고 비는 건 어때요?"

그때 존이 다시 말했다.

"그건 내가 싫어. 영만이도 싫어한 것 같은데."

리나가 대답했다.

다시 반대편 동굴로 나왔다. 존은 여전히 모래 속에서 켈로쿰이 기다리고 있을지 모르니, 멀리 돌아서 가라고 안내했다.

선동과 리나는 스마트 안경의 위험 메시지를 피해 멀리 돌고 돌아 영만호에 도착했다.

# # 루비와 아마존 해적단

벌써 해가 저물고 있었다. 영만호 안에 들어서자마자 리나는 존에게 괜찮은 식당을 찾아 달라고 요청했다. 먹을 건 이 안에도 많이 있다는 존의 대답에 리나가 말했다.

"따뜻한 걸 먹고 싶어서 그래."

이상한 대답이었다. 따뜻한 음식을 먹고 싶으면 존에게 데워 달라고 하면 되는데 말이다.

하지만 리나 뜻대로, 존은 가장 가까운 식당을 검색해 영만호를 움직였다. 바위산과 모래 언덕을 몇 개 넘어 날아가자 덩그러니 서 있는 낡은 건물들 몇 개가 나왔다. 밖이 어두워지면서 창문 밖으로 빛이 새어 나오고 있었다.

리나가 간판 하나를 가리키며 말했다.

"존, 저건 무슨 가게야?"

"'포레스트'라는 술집 겸 음식점 겸 여관인데, 찾아보니까 무법 도시에서 유일하게 안전한 음식점이라고 나와요. 아마 저기가 가장 안전할 거예요."

'정말 안전할까?'

선동은 미심쩍었지만, 리나는 괜찮아 보인다며 가 보자고 했다.

"술집이면서 음식점이니까 따뜻한 음식도 팔겠지? 아니, 미성년자인데 술을 마시면 안 되나? 우리는 못 들어가? 아, 여기는 무법 도시였지. 뭐 별일 있겠어? 술만 안 마시면 되지. 따뜻한 것 좀 먹으면서 잠시 쉬고 싶어."

리나가 흥분해서 떠들기 시작하는 걸 봐서는 기분이 다시 좋아진 것 같았다. 포레스트 한쪽에 영만호를 정차시켰다. 존은 영만호를 지키기로 하고 리나와 선동만 내려 포레스트로 향했다.

퀴퀴한 냄새와 약간 지저분한 걸 빼면, 포레스트는 보통의 음식점처럼 보였다. 두 사람이 빈 테이블을 찾아 앉는 동안 다른 손님들이 힐끗 보다가 다시 시선을 돌렸다.

음식을 나르고 있는 덩치 큰 아주머니가 포레스트의 사장 같았다. 짧은 머리에 한쪽 팔에는 복잡한 문신이 크게 그려져 있었다.

리나가 사장을 불러 따뜻한 음식은 뭐가 있느냐고 물었다. 그러자 사장은 테이블 위로 메뉴를 홀로그램으로 띄워 보였다. 리나는 메뉴를 넘겨 고르며 말했다.

"뭐가 좋을까? 흠…… 당근 컵 수프가 있네? 수프를 컵에 담아준대. 추우니까 수프가 좋겠지? 선동이 너는 뭐 먹을래?"

"나도 그거."

선동은 뭘 골라 먹을 기분이 아니었다. 리나는 당근 컵 수프 두 잔을 주문했다. 겁먹은 선동과 달리 여전히 겁이 없는 리나는 사장에게 거리낌 없이 말을 걸었다.

"사장님, 이 근처에 총포상이 있을까요?"

"총이라면 깡통한테 물어봐."

사장이 가게 한쪽 구석을 가리켰다. 엄청 큰 몸집의 큰 남자가 구석 자리에서 혼자 술을 마시고 있었다. 머리에는 금속 헬멧을 쓰고 있고 팔과 다리의 일부도 기계 같았다.

'그래서 깡통인가? 별명 치고 너무 잔인한 거 아닌가.'

그러는 사이 사장이 깡통에게 다가가 선동과 리나 쪽을 손가락으로 가리켰다. 총을 구하고 싶다는 리나의 말을 전하는 것 같았다. 깡통이 자리에서 일어나 자신의 가방을 챙겨서 성큼성큼 다가왔다. 거리가 좁혀질수록 긴장한 선동의 심장이 빠르게 뛰었다. 존이 선동의 심박수기 갑자기 빨라졌다면서 무슨 일이냐며 물었다.

"기종 뭐 있어요? 이건 중고예요, 새것이에요? 레이저 출력을 수동으로 조절할 수 있고, 장총이어야 해요. 팔에 잘 맞아야 하는데, 제 팔이 긴 편이거든요."

리나는 깡통에게 무슨 기종을 가지고 있는지 정신없이 묻기 시작했다. 총포상 집 아이라 그런지 조건도 까다로웠다.

"총이야 얼마든지 있지."

깡통이 가방을 펼치더니 테이블 위에 가지고 있는 총을 늘어놓았다. 당근 수프를 가져온 사장이 테이블 더러워진다고 잔소리했지만, 어차피 테이블은 닦은 지 오래되어서 모래 먼지가 가득했다.

리나의 표정이 굳어졌다.

"흠…… 내 기대와는 다른데……."

처음에는 당당하던 깡통의 얼굴이 리나의 말을 들으면서 점점 짜증난 표정으로 바뀌었다.

선동이 보기에도 깡통의 물건들은 썩 좋아 보이지 않았다. 하지만 깡통의 얼굴이 워낙 무서웠던 데다 점점 심기가 불편해지는 걸 보고 있자니, 그냥 리나가 대충 아무거나 사길 바랐다.

하지만 리나는 이것도 안 된다, 저것도 안 된다며 딱 잘라 말하기 시작했다. 다들 관리도 잘 안 돼 있고 몇은 모래 쓰레기장에서 주워 온 것 같다고 말했다.

깡통의 표정이 굳었다.

"무법 도시에서는, 이 정도면 좋은 물건이야."

윽박지르듯이 말하는 깡통의 목소리가 무섭게 변했다. 선동은 물론 대화를 듣고 있던 존도 무섭다고 말했다.

"조용히 해, 존. 내 일은 내가 알아서 하니까."

혼잣말하는 리나와 귀에 꽂힌 무선 이어폰을 번갈아 보더니, 깡통이 놀라서 물었다.

"너, 방금 인공지능하고 말했냐? 인공지능 가지고 있어?"

"왜 물어요?"

"무법 도시엔 아무도 인공지능을 가지고 있지 않아."

"맞아요."

존이 리나의 무선 이어폰과 선동의 스마트 안경을 통해 대답했다.

"법이 없는 무법 도시는 인공지능에게 혼란스러운 환경이라 인공지능이 머물길 싫어 하거든요. 나는 괜찮지만요."

그때 리나가 마음에 드는 총이 없으니 사지 않겠다고 말했고, 깡통은 투덜댔다.

"나중에 후회할걸. 여기저기 가 봤자 결국 다시 나한테 올 거다. 그땐 더 비싸게 팔 테니까 그렇게 알아."

원래 앉았던 구석 자리로 돌아가는 동안에도 깡통의 팔과 다리에서는 쇠끼리 부딪치는 소리가 덜그럭덜그럭 들렸다. 깡통을 상대로 마음에 안 드니 사기 싫다고 당당히 말할 수 있는 리나가, 정말 겁없어 보였다.

"너야말로 뭘 그렇게 무서워 해? 선동이 넌 총 잘 쏘잖아. 좋은 레이저건도 가지고 있고, 무서울 게 뭐야?"

리나의 말이 옳았다. 그래도 선동은 이곳 사람들이 무서웠다. 무법 도시는 강한 사람만이 살아남을 수 있고, 누군가에게 보호받을 수 없는 곳이다.

'과연 난 사격 솜씨 하나만 믿고 있어도 될까? 물론 리나도 있고 존도 있다. 무엇보다 영만이를 꼭 구해야 하는데, 그것만 믿고 계속 가도 될까?'

"너희는 뭐 하는 애들인데 총을 구하러 다녀?"

여자아이 하나가 선동과 리나의 테이블 옆으로 다가와 말을 걸었다. 후드 달린 점퍼를 입었는데, 머리에 덮어 쓴 후드를 벗자 붉은 머리가 드러났다. 손에는 코코아가 담긴 컵을 들고 있었다.

"그러는 너는 누구야?"

리나가 되물었다.

지퍼를 반쯤 올려 잠근 점퍼 안으로 레이저건이 살짝 보였다. 리나보다 체구가 작고 말랐는데, 또래 같았다.

'이 아이는 왜 무법 도시에 있는 거지?'

"내 이름은 루비야. 여긴 내 단골 가게라서 누가 오가는지 다 알고 있거든. 근데 너희는 처음 봐. 그리고 무법 도시에서 무사하고 싶으면 레이저건 따위로는 어림도 없어. 우리 해적단에 경호를 맡겨 주면 무법 도시 어디로든 안전하게 다닐 수 있는데, 돈은 현금으로 내면 돼."

루비는 몸가짐이나 말투도 힘 있고 당당한 구석이 있었다. 같은 또래의 여자아이가 거친 목소리로 자길 해적이라고 소개하는 모습이, 선동과 리나는 낯설었다.

"네가 해적이라고? 그래서 무법 도시에 남아 있는 거야? 학교는 안 가? 아니, 이런 걸 물어볼 때가 아니지, 해적이라고 했지? 혹시 도마뱀 해적단에 대해서 잘 알아? 일단 여기 앉아 봐. 우리하고 이야기 좀 하자. 수프 마실래? 해적도 수프를 먹니? 지금 먹고 있는 건 뭐야? 참, 내 이름은 리나야."

리나가 당황했는지 흥분했는지 실례되는 질문을 마구 쏟아냈는데도 루비는 표정 하나 바뀌지 않고 리나의 질문에 대답했다. 도마뱀 해적단도 잘 안다고 말했다.

"도마뱀 해적단이라면 잘 알지. 두목인 캡틴 코모도가 잡혀 간 후로 한동안 조용했는데, 최근에 그 두목이 탈옥해서 무법 도시로 돌아왔거든. 그래서 도마뱀 해적단 전체가 다시 기세등등해졌어."

"그 녀석이 우리 친구를 잡아갔어."

선동은 루비에게 듀얼 시티에서 캡틴 코모도와의 결투 이야기를 털어놓았다. 그러자 이야기를 듣고 있던 루비가 테이블을 주먹으로 쾅, 내려치면서 말했다.

"그게 너였어? 진짜? 너 같은 애가 캡틴 코모도를 이겼다고? 거짓말이면 가만 안 둘 줄 알아."

"내가 왜 거짓말을 해."

루비는 곰곰이 생각하더니 대답했다.

"하기야, 네가 진짜 이겼으니까 복수한다고 네 친구를 잡아갔 겠지. 친구를 찾아오긴 쉽지 않을 텐데. 우리한테 맡기면 안전 하게 결투하도록 도울 순 있어. 우리가 직접 데려다 주면 결투 전까지 함부로 너희를 잡아가진 못할 거야."

"너희 해적단이 그렇게 대단해?

리나의 질문에 루비가 대답했다.

"우리는 아마존 해적단이야. 레시보 출신 해적이고, 무법 도 시에서는 알아주지."

"뭐? 레시보?"

리나가 자신도 레시보에서 왔다고 말하자 루비는 다시 주먹으로 테이블을 내리쳤다.

"레시보 출신이라고? 너 진짜 거짓말 아니지? 거짓말이면 가만 안 둘 거야. 우리 해적단은 다 레시보 출신이야. 얼른 같이 가자. 가면서 얘기해."

그리고 벌떡 일어났다. 선동도 리나도 따라서 일어났고, 그제야 선동도 자신을 소개했다.

"내 이름은 선동이야."

루비가 물었다.

"너희 둘 몇 살이야?"

"열다섯."

선동의 대답에 루비는 고개를 끄덕였다.

"나도 열다섯인데 잘됐다."

🪐

아마존 해적단의 본거지는 포레스트에서 꽤 멀었다. 영만호를 타고 날아가도 시간이 꽤 걸렸다. 루비에게 뭘 타고 포레스트까지 온 거냐고 선동이 묻자 루비가 대답했다.

"걸어왔는데?"

먼 거리를 걸어 다니는, 그것도 위험한 동물과 다른 해적을 피해 다니는 해적들의 삶은 상상하기 힘들었다.

영만호의 라운지 테이블 앞에 둘러앉아 내부를 둘러보던 루비가 말했다.

"정말 좁구나."

존이 루비에게 탑승객은 인공지능과 연결해 데이터를 공유받아야 한다고 안내했지만, 루비는 필요 없다고 거절했다.

"나는 해적이니까."

"그렇군요. 나는 영만호의 인공지능 존입니다."

루비가 존을 훑어보더니 말했다.

"이름이 존이면, 오래된 버전이네?"

"오래된 게 아니라 클래식한 겁니다."

존이 대답했다.

루비는 존에게 이것저것 캐물었다. 어째서인지 존에게 관심이 많은 것 같았다. 존이 인공지능 중에서도 독특하다는 건 선동도 잘 알고 있었다.

사람들이 주로 사용하는 인공지능은 두 가지 버전이 있었다. 하나는 화성의 인공지능 회사에서 만든 '황제' 버전이다. 선동의 집을 관리하는 인공지능 하드리아누스가 '황제' 시리즈 중

하나였다. 그리고 안드로메다의 인공지능 회사에서 만든 '현자' 버전이 있는데, 선동이 처음에 탔던 동진호의 인공지능 우팔리나 레시보의 인공지능 자파티가 이쪽 시리즈였다.

존은 지구에서 만든 인공지능으로, 황제도 현자도 아니었다. 그래서 지금은 잘 볼 수 없는, 드문 버전이자 무척 오래된 버전이었다.

"영만이란 애는 왜 너를 고른 거야?"

루비가 묻자, 존은 영만이 중고 우주선을 사기 전부터 자신이 우주선을 관리하고 있었고 영만도 그냥 존을 계속 사용해 왔다고 대답했다.

루비가 고개를 끄덕였다.

"개인 화물 우주선에 구형 인공지능이 설치되어 있는 걸 가끔 보긴 했어. 다만 해적에 납치되면 대부분은 도망가 버리니까 우리 같은 해적은 사용할 수가 없었지. 우리도 인공지능이 있으면 좋을 텐데."

루비의 말에 존이 신경질적으로 대답했다.

"날 납치할 생각은 꿈도 꾸지 말아요."

"납치하고 싶은데? 무법 도시에서도 에러를 일으키지 않고 잘 움직이니까 꽤 쓸 만할 거야."

"흥. 납치할 테면 해 보라지."

존은 시큰둥하게 대답하고는 라운지 밖으로 나가 버렸다.

세 사람은 다시 도마뱀 해적단 이야기로 돌아갔다.

"예전에는 같은 도시 출신이라고 해서 몰려 다니진 않았어. 해적단은 해적단이고, 해적이야 여기저기서 모이기 마련이잖아. 그런데 캡틴 코모도가 만든 도마뱀 해적단은 자기처럼 도마뱀 유전자가 합성된 인간만 받았거든. 그 후로 다른 해적들도 같은 도시 출신이나 같은 유전자의 인간들끼리 모이면서, 원래의 해적단이 분열되고 싸우면서 엉망진창이 됐어. 물론 무법 도시는 이전에도 엉망진창이었지만, 캡틴 코모도 등장 이후로 더 안 좋아졌다고나 할까. 그리고 더 질 나쁜 범죄를 저지르기 시작했어. 해적이라고 해도 우리는 누굴 납치하거나 약탈하고 그러는 건 아니야. 무법 도시에 오는 사람들에게 돈을 받고 안전하게 경호해 주는 정도지. 하지만 도마뱀 해적단은 달라. 우주에서 제일 위험한 놈들이 모였으니까."

루비의 이야기를 듣다 보니 어느새 아마존 해적단의 본거지에 도착해 있었다. 거대한 해적선이 흙먼지에 덮여 있고, 사방에는 무기들이 쌓여 있었다. 견고하게 둘러쳐진 철조망은 살벌해 보였다.

영만호가 다가가자 해적들이 즉시 영만호에 접속하더니 경고 방송 내보냈다.

"너희는 뭐냐? 여기는 개인 화물 우주선이 함부로 올 수 있는 곳이 아니다. 얼른 돌아가."

화가 난 것 같은 여자 목소리였다. 루비가 문을 열어 달라고 하자 해적은 당황한 듯 되물었다.

"루비, 네가 남의 우주선을 왜 타고 있어?"

"친구 데리고 왔어."

루비의 말에 이번에는 리나가 놀라서 말했다.

"친구? 우리 벌써 친구가 된 거야? 해적 친구라니, 엄마랑 학교 친구들에게는 뭐라고 설명해야 좋을까?"

철조망이 열렸다. 존은 영만호를 조종해 철조망 안으로 들어왔다. 드럼통에 불을 붙여 놓고 쬐고 있던 해적들이 영만호 주변으로 모여들었다.

루비 말대로 모두 여자였다. 그들도 식당에 있던 다른 해적들처럼 낡은 우주복 위에 추위를 막을 만한 두꺼운 겉옷을 입고 있었다.

영만호의 해치가 열리고 선동이 내리자 해적들은 선동에게 다짜고짜 소리쳤다.

"남자는 여기 못 들어오는 거, 루비 너도 잘 알잖아."

"그, 그, 그래요?"

선동이 놀라서 뒤로 물러났다. 자기가 문제를 일으켰다는 생

각에 덜컥 겁을 먹고 말았다. 여자들만으로 구성된 해적단의 본
거지라면 남자가 출입할 수 없는 건 당연했다.

'왜 루비는 말해 주지 않았지?'

그때 루비가 나서서 말했다.

"캡틴 코모도를 이긴 애야."

해적들은 그게 무슨 말인지 어리둥절해했다. 루비는 선동을
데려온 이유를 간단히 설명했다. 해적들이 선동을 위아래로 훑
어보기 시작했다.

"평범한 남자아이잖아. 튼튼해 보이는 것도 아니고 똑똑해 보
이는 것도 아니고, 레이저건은 좋아 보이지만, 뭐 잘 모르겠는
걸."

리나가 자신은 레스보 출신이라고 말하자 해적들이 반가워
하면서 물었다.

"해적이 되려고 왔니?"

"아, 아니요. 그건 아니고, 설명하려면 길어요. 일단 들어가서
말하면 안 될까요?"

차가운 모래 바람이 불기 시작해서, 얼른 해적선 안으로 들어
갔다.

살벌한 바깥 풍경과 달리 해적선 안은 꽤 괜찮았다. 내부는 동진호와 비슷했는데, 그것보다는 훨씬 작고 낡았지만 그래도 나쁘진 않았다. 모래 바람도 막아 주고 천장에는 태양과 비슷하게 생긴 조명이 내부를 환히 밝히고 있어 따뜻했다.

해적선 가운데에 로비로 사용할 수 있는 공간이 있고 그 주변으로 해적들의 방과 창고들이 나란히 줄지어 있었다.

물론 해적들의 본거지답게 사방에는 레이저건과 레이저포를 비롯한 온갖 무기들이 쌓여 있었다. 해적선의 내부 장치들이 자동으로 움직이는 것 같지는 않았고, 로봇도 보이지 않았다.

'인공지능이 없어서일까?'

한쪽에는 배양육 통조림이 쌓여 있었는데, 영만이 보면 좋아했을 것 같았다. 무엇보다 선동과 동갑인 루비가 다양한 연령대의 해적들과 스스럼없이 지내는 모습이 낯설기도 하고 신기해보였다. 루비는 해적들에게 리나와 영만을 정식으로 소개했다.

"이렇게 무기가 많은 건 처음 봐요."

리나가 그렇게 말할 정도면 정말 많은 것이었다. 한쪽에 쌓여 있는 총들을 보고 리나가 묻자, 루비는 버릴 것들이라고 대답했다. 리나가 고치면 쓸 수 있는데 왜 버리느냐고 참견하기 시작했다.

"이건 'TA-771'이잖아요. 수리도 쉽고 부품도 쉽게 구할 수 있는데 왜 안 고쳐요? 옆에 있는 '화이트 스완'도 귀한 총인데 버리기 아깝잖아요. 조금 힘들더라도 고치면 비싸게 팔 수 있어요."

리나의 말을 듣고 해적들이 시큰둥한 표정을 지었다.

"너는 어떻게 총을 그리 잘 알아?"

"우리 집이 총포상이거든요."

리나의 대답에 해적들은 정말 해적이 되려고 온 것 아니냐고 되물었고, 리나가 큰일 날 소리 하지 말라고 하자 다들 웃음을 터트렸다. 해적들은 해적도 나쁘지 않다며 어른이 돼서 심심하면 연락하라고 했다. 리나는 알았다고 말했지만, 그냥 예의상 맞장구쳐 주는 것 같았다.

그때 누군가 외쳤다.

"대장님 오셨어."

해적들 사이로 '대장'이 나타났다. 그리고 루비가 대장에게 한 말에 선동과 리나가 깜짝 놀랐다.

"엄마, 친구 데리고 왔어."

"다른 사람들 앞에서는 엄마가 아니라 대장님이라고 해야지."

루비는 아마존 해적단 대장의 딸이었다. 왜 루비 같은 애가 해적 생활을 하고 있는지 대충 이해가 되었다.

'엄마가 해적단 대장이라니, 미리 말해 줬다면 좋았을 텐데.'

대장이 선동의 레이저건을 한 번 훑어보고는 말했다.

"사격 실력이 뛰어나다는 소린 들었다. 원래 아마존 해적단 본부에 남자는 절대 들어올 수 없지만, 캡틴 코모도를 때려눕힌, 루비의 친구라면 환영이다."

선동이 캡틴 코모도를 때려눕힌 건 아니지만 선동도 리나도 무슨 말인지 대충 이해는 했다.

루비가 선동과 리나를 로비 구석의 조용한 공간으로 안내했다. 잠시 기다리자 루비가 따뜻한 차도 가져다줬다. 리나는 어떻게 여기까지 왔는지 대장에게 그 자초지종을 설명했다. 리나가 흥분해서 횡설수설하는데도 대장은 참을성 있게 듣더니 말했다.

"어렵겠군."

루비의 의견과 비슷했다.

"지금 도마뱀 해적단이 우리를 노리고 있어."

"진짜?"

대장의 말에 루비가 놀라 되물었다.

"도마뱀 해적단은 다른 해적단을 포섭해 힘을 키우고 있어. 그런 다음 우주선을 빼앗기 위한 계획을 세우고 있어. 무법 도시의 해적뿐 아니라 우주에서 악명 높은 범죄자라면 죄다 접근하고 있다는 정보를 들었어. 우주선을 빼앗아 해적선으로 개조한 다음 해적질을 하려는 거야."

캡틴 코모도가 이토록 무시무시한 계획을 세우고 있는 줄은 꿈에도 몰랐다고, 리나가 말했다. 대장은 분명 이보다 더 큰 계획이 있을 거라고 했다.

"우주선 정도로 만족할 녀석이 아니니까. 정확히 어떤 계획인지는 아직 모르지만. 아무튼, 우리 해적선을 호락호락 넘겨 줄 순 없지. 다른 해적단과 손을 잡기 전에 우리가 먼저 동맹을 맺어야 해. 이번 일을 기회로 삼아야겠군."

캡틴 코모도는 정말 보통 악당이 아니었다. 빨리 감옥에 다시 갇혔으면 좋겠는데 어쩌다가 감옥에서 도망쳤는지, 선동은 원망스러웠다. 선동과 영만을 왜 괴롭히는지도 의문이었다.

대장은 말했다.

"자존심이 상했으니 그랬겠지. 우주를 호령하는 해적이 돼야 하는데, 열다섯 살 애의 레이저건에 맞고 기절하고 바지에는 오줌을 쌌으니 얼마나 화가 났겠어? 리나 네 추측이 맞을 거야. 너희가 선뜻 결투를 신청하면 분명 바로 잡아갔을 거다. 하지만 우리가 따라가면 다르지. 정식으로 경호 계약을 체결하고 동반한 해적단이 있다면 함부로 납치하지 못해. 그럼 그때 정정당당하게 결투를 할 수 있을 거야."

"만약에 캡틴 코모도를 못 해치우면요?"

선동의 질문에, 대장은 대수롭지 않다는 듯 답했다.

"너희가 잡히겠지. 그리고 노예로 팔아 버릴 거야."

"저기…… 그러면…… 도마뱀 해적단을 무찌를…… 다른…… 더 확실한 계획은 없을까요?"

"우리만으로는 어려워. 무법 도시의 해적을 다 합쳐도 힘들 거야. 워낙 거친 녀석들이라서. 그러니까 결투에서 꼭 이겨야 한다. 자신 없니? 너 사격 솜씨가 정말 좋긴 한 거야?"

루비와 리나가 미심쩍은 얼굴로 선동을 돌아보았다. 선동이 더듬더듬 대답했다.

"레이저건으로…… VR 게임에서…… 최선을 다해서…… 연습을……."

"그것 참 확실한 설명이구나."

대장이 손으로 천장을 가리켰다.

"저 전등을 맞혀 봐라."

천장에는 망가진 전등이 하나 있었다. 그러나 그 높이가 꽤 높아서 선동의 눈에는 손톱보다도 작게 보였다. 자리에서 일어난 선동이 레이저건을 꺼내 첫 발을 쐈지만 빗나갔다. 천장에서는 쌓여 있던 먼지만 후드둑 떨어졌다. 두 번째 시도에도 전등에 더 가까워지긴 했지만 실패했다.

"게임이라 생각하고 해."

리나의 조언대로, 신동은 게임이라고 생각했다. 그랬더니 세 번째 시도만에 전등을 정확히 맞힐 수 있었다.

로비 구석에서 카드 게임 중이던 해적 몇몇이 손뼉을 쳤다. 대장이 말했다.

"흠, 실력이 나쁘진 않은데. 어디 도시 출신이지?"

"베스트 시티에서 왔어요."

선동의 대답에 대장과 루비가 동시에 혐오스러운 듯한 표정을 지어 보였다.

"어휴, 그 답답한 도시 말이지. 거기 출신 해적이 제일 최악이야."

루비의 말에 리나가 키득키득 웃었다. 선동은 괜히 자존심이 상했다.

"살아보면 나름 괜찮아요."

"베스트 시티 학생인데 왜 지금 학교에 안 가고 여행 중인 거지?"

대장의 질문에 선동은 할 말이 없어서 입을 다물었다.

"너희를 도마뱀 해적단의 본거지까지 데려다 줄게. 단, 공짜로 해 줄 순 없어."

대장이 말했다.

"돈은 있어요."

리나가 로보타에서 번 돈과 선동이 받은 현상금을 말했지만, 대장은 액수를 듣더니 그 정도로는 어림없다고 말했다.

"어른에게 연락해서 돈을 더 받아 와라."

그건 정말 곤란했다. 리나와 선동 모두 부모의 허락 없이 무작정 무법 도시로 들어온 데다 지금 와서 돈을 더 달라고 할 순 없었다.

그때 루비가 말했다.

"돈이 없다면 인공지능은 어때? 내가 얘네 우주선 타고 오면서 봤는데, 인공지능이 제대로 작동하고 있더라고. 구형 버전이라서 요즘 인공지능하고 다르게 무법 도시에서도 오류 없이 실행되나 봐. 우리도 인공지능이 있으면 좋을 텐데. 그럼 우주선 시스템을 자동으로 움직일 수 있으니까."

"인공지능? 정말 무법 도시에서 돌아간다고?"

깜짝 놀란 목소리로 대장이 되물었다.

선동이 스마트 안경의 외부 스피커 기능을 켜자 존의 목소리가 흘러나왔다.

"안녕하세요, 영만호를 제어하는 인공지능 존입니다. 아마존 해적단 여러분, 선동 님과 리나 님을 잘 부탁드립니다."

존이 뜬금없이, 정중하게 자신을 소개했다.

대장은 존이 우주선을 관리할 수 있을지, 관리한다면 뭘 할 수 있을지 물어보았다.

"아주 오래된 우주선이군요. 무법 도시에 처음 도착한 우주선 중 하나인데 세월이 흘러 운행이 불가능할 정도로 낡으면서 버려졌어요. 제대로 항해하기 위해선 선체를 대대적으로 수리해야겠지만, 당장 항해할 필요가 없다면 제가 전체 시스템을 자동 관리할 수 있어요. 우주선 주변에 방어막을 치고, 내부 온도와 습도를 관리하고, 청소 담당 로봇도 운용할 수 있어요. 우주선을 고치면 더 많은 기능도 사용할 수 있습니다."

"무법 도시에는 어떻게 적응한 거야? 다른 인공지능은 법이 없는 곳에서는 실행하기 어려워 아예 들어오지 못하거나 들어와도 곧 도망가는데."

"나는 클래식한 버전이니까요."

존이 뽐내듯 말했다. 존의 설명을 다 들은 루비가 정말 귀찮은 청소를 로봇이 대신 해 준다면 정말 좋을 것 같다고 말했다. 대장도 말했다.

"난 방어막 기능이 탐나는걸. 방어막이 있으면 불침번을 서지 않아도 되니까. 밤새 편히 잘 수도 있고 늦게까지 카드 게임을 할 수도 있을 텐데."

"어차피 지금도 그렇게 하잖아."

루비의 지적에 대장이 변명인지 뭔지 모를 대답을 했다.

"우린 해적이니까 괜찮아."

"인공지능이 그렇게 가치 있다면, 이걸 이용해서 다른 해적단도 설득할 수 있을까요? 다른 해적단에게도 인공지능을 줄 수 있다고 하면 도마뱀 해적단을 찾아갈 때 협조해 줄까요?"

리나의 질문에 대장의 표정이 굳어졌다. 선동은 왜 그런지 짐작이 갔다. 무법 도시에서 아마존 해적단만 유일하게 인공지능을 쓸 수 있어야 했기 때문이다. 하지만 선동과 리나 입장에서는 도마뱀 해적단과 맞설 수 있는 다른 해적단과 다 같이 가야 더 유리했다. 그러려면 무법 도시에서 활용 가능한 인공지능을 주고 설득하는 수밖에 없었다. 하지만 그건 아마존 해적단에게 좋을 게 없었다.

선동의 생각대로였다. 대장은 그건 아마존 해적단에게 별 이득 없는 계약이라고 말했다. 루비와 리나가 끼어들어 대장 설득에 나서면서 시끄러워졌다.

바로 그때 존이 모두의 말을 가로막고 말했다.

"어느 해적과 일할지는 내가 판단할 일이니, 이래라저래라 하지 마시죠. 내가 하면 하는 거고, 하기 싫으면 안 하면 그만이에요. 최종 결정은 내가 해요."

존의 말을 듣고 대장은 피식 웃었다.

"제법이구나. 좋아, 그렇게 해. 대신 우리 해적선이 해적선 중에 가장 크고, 인공지능만 있으면 우리에게도 큰 도움이 되니까 선택할 때 참고해. 루비, 네가 이 애들을 데리고 내일 다른 해적단과 만나서 도움을 청해 봐. 미리 연락해 놓고 중간지대에서 만나면 돼."

그렇게 아마존 해적단과의 협상은 끝이 났다. 리나는 해적선 안을 돌아다니면서 곳곳에 쌓여 있는 무기들을 구경했다. 선동은 일찍 영만호로 돌아와 존이 차려준 저녁을 먹었다. 잠을 청한 선동은 앞으로가 걱정돼서 잠을 이루지 못했다.

'다른 해적단을 더 모을 수 있을까? 정말 결투를 할 수 있을까? 결투에서 이길 수 있을까? 영만이를 무사히 구출할 수 있을까?'

# # 존과 주니어

   무법 도시에는 해적단끼리 서로 만나거나, 혹은 싸움이나 시비 없이 안전한 상태로 있기 위해 지정한 중간 지대 '그린존'이 있었다. 선동과 리나는 다른 해적단과 약속을 잡고, 루비와 함께 영만호를 타고 그린존으로 출발했다.

   루비 말고 다른 해적은 따라오지 않았다. 자신이 이런 일을 주로 하니까 그냥 맡게 된 거라고 루비가 설명했다. 다른 해적단과 만날 때는 절대 우습게 보여선 안 되기 때문에 큰 총을 갖고 나가야 하고 눈 주변에는 검은 재를 발라 위압감을 줘야 한다고 했다. 그러더니 루비는 발을 들어 흔들어 보였다.

   "부츠도 제일 좋은 걸로 신었어."

해적단에서 도시락을 자루에 담아 챙겨 줬다고 했지만 자루 안에는 배양육 통조림만 가득했다.

"배고프면 하나씩 먹자. 그린존에 가면 맛있는 고기를 파니까 많이 먹진 말고. 오늘은 맛있는 데 가자."

루비가 통조림을 나눠 주며 말했다. 선동은 배양육 통조림이라면 이미 영만호 안에 많이 있다면서 창고 문을 열어 쌓여 있는 통조림을 보여 주었다.

"영만인지 뭔지 네 친구가 이것만 먹는다고? 누구인지는 몰라도 이상한 아이군. 배양육만 먹으면 속도 더부룩하고 살도 많이 찔 텐데."

어느새 영만호는 그린존에 다다르고 있었다. 그린존에는 해적들이 안전하게 만나고 지낼 수 있는 술집과 식당이 많이 모여 있다고 했다. 루비가 그린존의 가게라면 관광객이 이용해도 될 만큼 안전하다고 했지만, 선동은 이런 무법 도시까지 관광 올 사람이 있을까 싶었다.

루비가 식당에서 만나기로 한 해적단은 사이보그 해적단, 친구 해적단, 거짓말쟁이 해적단이었다. 선동이 혹시 무법 도시에 베스트 시티 출신 해적단도 있느냐고 묻자 루비는 없다고 대답했다.

"있긴 있는데 해적단을 만들 만큼 많지가 않아서 여기저기

흩어져 있어."

루비는 그렇게 말하고는 그린존 근방에 영만호를 착륙시키자고 말했다. 그러자 존이 대답했다.

"안 됩니다. 위험해요. 그린존 안까지 들어가서 세워야 합니다."

"그린존은 좁아서 주차할 자리가 없단 말이야. 그리고 우주선을 세워 두면 해적들이 쓰레기를 버리고 간다고. 그러니까 여기에 착륙해."

존은 그린존과 너무 멀어지면 위험하다고 말했지만 루비는 괜찮다고 잘라 말했다.

"내가 다녀봐서 알아. 안 위험해."

루비가 말한 곳은 정말 허허벌판이었다. 눈으로는 그린존이 보이지 않을 정도로 멀었다. 평소에 루비가 아주 먼 거리도 쉽게 걸어 다닌다는 걸 선동도 리나도 깜박 잊었던 것이다. 하지만 이미 영만호에서 내렸으니 돌이킬 수 없었다.

선동이 너무 멀지 않느냐고 조심스럽게 묻자 루비는 되물었다.

"뭐가 힘들다고 그러니?"

육상 선수 출신인 리나도 걷는 데 별 어려움 없어 보였다. 심지어 배양육 통조림 자루를 들고서 뭐가 그리 신이 나는지 루비와 함께 걸었다. 그런 두 사람 뒤에서 선동은 되도록 힘을 아끼며 천천히 따라갔다.

잠시 후 선동의 스마트 안경에서 경고음이 울리기 시작했다.

"저기…… 리나, 루비……."

선동이 걸음을 멈추고 리나와 루비를 불러 세웠다.

"왜?"

"우리 뒤에 켈로쿰이 있는 것 같아."

"켈로쿰이 뭐야?"

루비가 되물었다. 선동이 덩치 크고 물컹거리는 위험한 동물 모르느냐고 했더니, 루비가 말했다.

"변신 괴물이 왜 여기 있지?"

"너희는 변신 괴물이라고 불러? 변신하니까? 정말 괴물이지, 그렇지? 괴물이 우릴 잡아먹을 수도 있는 거야? 너희는 해치우는 방법 알아? 근처 어디에 있어? 아주 가까이 있어?"

리나의 질문에, 영만호를 지키고 있던 존이 루비 대신 말했다.

"영만호를 따라 왔어요."

'따라 왔다면 진작 말해 줄 것이지! 정말 인공지능은 생명의 위협이라는 걸 몰라서 큰일이야.'

그때 흙바닥 밑에서 켈로쿰이 튀어나와 쫓아왔다. 세 사람이 동시에 비명을 질렀다. 그리고 누가 먼저라고 할 것 없이 달렸다. 선동이 뒤를 돌아 레이저건을 쐈지만, 켈로쿰이 따라오는 속도만 조금 늦출 뿐 소용없었다. 루비도 레이저건을 쐈지만 조준에 실패해 맞지 않았다.

켈로쿰을 향해 들고 있던 자루를 휘두르다가 배양육 통조림 몇 개가 튀어나와 굴러 떨어졌는데, 켈로쿰은 그걸 그대로 삼켜 버렸다. 그러고는 한동안 멈춰 있다가 다가와서 입을 쫙 벌렸다.

뭔가 이상했다. 선동은 배양육 통조림을 더 꺼내 켈로쿰에게 던져 보았다. 그러자 켈로쿰은 선동이 던지는 통조림을 받아 삼켰다.

"설마 배양육이 맛있어서 그러나?"

세 사람은 계속 통조림을 던졌다. 켈로쿰은 가만히 통조림을 받아 삼키기만 했다.

"변신 괴물이 배양육을 좋아하는 줄은 전혀 몰랐어."

"사람보다 배양육이 더 맛있나 봐."

"당연히 그렇겠지."

선동이 떨떠름하게 대답했다.

루비가 아예 자루째 던져 버리자 켈로쿰은 한꺼번에 자루를 받아먹더니 다시 흙바닥 속으로 사라졌다.

"많이도 먹는구나."

리나가 말했다.

세 사람은 다시 그린존을 향해 걸었다. 존이 만약 켈로쿰이 다시 나타나면 밀해 주겠다고 하자 리나가 조용히 하라고 화를 냈던 때를 빼면, 다들 아무 말 없이 걸었다.

🪐

사이보그 해적단과 만나기로 한 식당 '불타는 엔진'을 찾아 들어갔다. 루비의 말로는 고기가 맛있고 양도 많다고 했는데, 생각보다 작고 조용해서 마음 편히 대화할 수 있는 곳이었다.

사이보그 해적단의 협상 대표가 먼저 와서 기다리고 있었다. 헬멧을 쓰고 있어 얼굴은 알아볼 수 없었다. 약속했던 시각을 넘겨 도착한 세 사람에게 왜 늦었는지 이유를 물었다.

"왜 늦었는지 말해도 안 믿을걸."

루비가 대답했다. 그러자 사이보그 해적단의 대표가 헬멧을 벗어 테이블 위에 올려 놓았다.

순간 리나와 선동은 깜짝 놀랐다.

"깡통?"

"깡통 님이라고 불러라."

깡통은 리나에게 짜증 섞인 목소리로 말했다. 포레스트에서 만난 깡통이 사이보그 해적단의 협상 대표로 나온 것이다. 전과 다르게 낮에 봐서 그런지 팔과 다리의 기계금속이 더욱더 번쩍 번쩍 빛나 보였다.

"도마뱀 해적단을 만나러 가고 싶다면서?"

선동과 리나가 캡틴 코모도와의 일을 설명했다. 조용히 듣고 있던 깡통이 입을 열었다.

"어렵겠는데. 결투라……. 뭐, 아마존 해적단에 우리까지 합류하면…… 가능성은 있지. 그래서 대가는? 쉽지 않은 일인 만큼 많이 준비해 왔길 바란다."

그다음은 존이 나설 차례였다.

"안녕하세요, 존입니다."

선동의 스마트 안경을 통해 존의 목소리가 흘러 나왔다. 루비는 어제 대장과 합의한 내용을 깡통에게 설명하면서 협상 조건을 제시했다.

"포레스트에서 내가 본 그 인공지능이구나. 정말 제대로 작동하는 게 맞아? 아직까지 시스템 오류 없이?"

"그렇다니까."

루비의 설명을 듣고 깡통은 이것저것 위험 요소가 많긴 하지만, 상당히 좋은 제안이라고 말했다.

"거절하기 어려운 제안이군. 제일 득이 되는 건 가장 큰 해적선을 보유하고 있는 아마존 해적단이겠지만, 우리도 작은 해적선이 있으니까."

한동안 생각에 잠긴 깡통이 선동에게 물었다.

"너 캡틴 코모도 이길 수 있겠냐?"

루비가 선동의 대답을 가로막았다.

"그건 알 필요 없고 계약할 거야, 말 거야?"

"확실히 우리가 손해 보는 계약은 아니긴 해."

그렇게 깡통을 통해 사이보그 해적단과도 합의했다. 깡통은 결투 날이 정해지면 알려 달라면서, 인공지능은 언제 받을 수 있는지도 물었다. 사흘 안으로 해결하겠다고 선동과 리나가 약속했다.

그다음 루비의 말에 선동도 리나도 깜짝 놀랐다.

"그리고 엄마가 내 생일 파티에 꼭 오래, 아빠."

"간다고 했는데 왜 자꾸 말해."

깡통이 신경질을 내며 답했다. 선동과 리나는 아빠라는 말을 듣고 너무 놀라 뭐라 묻지도 못했다. 루비가 말했다.

"안 올까 봐 그러지. 잊어 먹지 말고 꼭 와, 알았어?"

"알았으니까 생일 선물 받을 준비나 해."

'깡통이 루비의 아빠였다니. 그래서 두 사람이 포레스트에 같이 있었던 건가?'

루비는 정말 보통 해적이 아니었다.

"앞으로 몇 군데 더 설득할 생각이냐?"

깡통이 루비에게 물었다. 루비가 거짓말쟁이 해적단과 친구 해적단을 만날 거라고 말하자 깡통은 괜찮은 계획이라고 말했다.

"하지만 더 모아야 할 거다. 아마존, 사이보그, 거짓말쟁이, 친구 해적단을 다 합쳐도 도마뱀 해적단의 절반도 안 되니까."

깡통은 접촉해 볼 만한 해적단을 일러 주고는 자리에서 일어났다.

"아빠는 안 먹어?"

"레이저건 팔러 가야 해. 돈은 내가 내고 갈 테니까 먹고 싶은 거 먹고 가. 생일 때 보자."

"신난다!"

그렇게 깡통은 식당을 떠났다. 리나가 어떻게 된 건지 루비에게 물었지만 루비는 딱히 놀랄 일이 아니라고 무덤덤하게 말했다.

"왜 그렇게 놀라? 예전엔 아빠였지만 지금은 아니야. 엄마랑 같이 살지 않으니까. 하지만 내 생일에는 꼭 만나기로 한 거라서. 다 같이 식사하면 나야 좋지 뭐."

그다음 만날 이들은 거짓말쟁이 해적단으로, '모래 언덕'이라는 식당에서 만나기로 했다. 배가 부른 상태에서 또 식당을 가야 했다. 루비는 꼭 식당을 고집했다.

"먹을 수 있을 때 먹어 둬야지. 그리고 협상하다 보면 금방 배고파져."

거짓말쟁이 해적단의 협상 대표는 '주먹'이었다. '리얼라이어 시티' 출신이라고 했다. 주먹은 지금까지 본 해적 중 덩치가 가장 크고 주먹도 엄청나게 컸다.

선동은 리얼라이어 시티를 알고 있었다. 도시 이름처럼 사람들이 하는 말을 서로 절대 믿지 않는 도시라고 들었다. 다른 사람의 말을 믿지 못하면 어떻게 생활하는지, 선동은 전부터 궁금했던 점을 주먹에게 물어보았다.

"그게 싫어서 나온 사람들이 모인 게 우리 거짓말쟁이 해적단이다. 우리가 가장 싫어하는 게 거짓말이다. 그러니 너희도 반드시 약속을 지켜라. 거짓말하면 안 돼, 절대로."

거짓말쟁이 해적단은 거짓말을 싫어하는 사람들이 반어법으로 붙인 이름이라고 했다. 주먹은 협상 중에도 세 사람에게 거짓말하지 말라고, 거짓말이 아닌지 증명하라고 반복해서 말했다. 루비는 절대 걱정하지 말라는 얘기를 여러 번 해야 했다.

그러다 선동과 리나가 인공지능을 줄 수 있다는 제안에 주먹은 깜짝 놀랐다.

"너무 좋다 못해 꼭 거짓말 같은 제안이군."

"거짓말 아니라니까."

그다음은 존이 나설 차례였다. 깡통에게 보였던 것처럼 존이 직접 자기소개를 해 보였다. 그 모습을 보고는 주먹이 진지하게 물었다.

"이봐, 존, 거짓말할 줄 아나?"

"못 해요."

존의 대답을 듣고 주먹이 고개를 끄덕였다.

"그렇다면 더 바랄 것이 없군."

그렇게 주먹은 계약 조건에 합의했다. 그리고 이어진 루비의 말에 선동과 리나는 다시 놀란 얼굴로 서로를 마주보았다.

"아빠, 내 생일에 올 거지? 엄마가 꼭 오라고 했어. 꼭 와야 해."

"내가 언제 거짓말하는 거 봤니? 얼굴에는 그게 뭐야? 바르려면 제대로 화장품을 바르든가, 왜 재를 바르고 다녀? 너무 무거운 총 갖고 다니지 말고. 키 안 큰다."

"내 맘이야."

주먹의 잔소리에 루비가 딱 잘라 대답했다.

주먹 역시 대신 계산을 해 주고는 식당을 나갔다. 그러자 루비는 신이 나서 음식을 먹기 시작했다. 선동은 루비가 엄청 잘 먹는 아이라는 걸, 영만보다도 먹성이 좋은 아이라는 걸 그제야 알았다.

리나가 루비에게 물었다.

"주먹도 너희 아빠야? 왜 말 안 했어? 깜짝 놀랐잖아."

"미리 말했어야 했나? 깡통은 첫 번째 아빠고 주먹은 두 번째 아빠인데 둘 다 엄마랑 헤어졌어. 하지만 내 생일 파티에는 꼭 오라고 엄마가 말해서, 내가 다시 부탁한 거야."

루비가 대답했다.

그다음에 만난 친구 해적단은 '프렌즈 시티' 출신들이었다. 프렌즈 시티는 리나가 잘 안다고 했다. 그곳에서는 모두가 친구로 지내야 한다며, 그곳 사람과 펜팔을 몇 번 해서 안다고 했다.

친구 해적단의 협상 대표는 '송곳니'였다. 송곳니는 백발의 할아버지였다. 목에는 짐승의 송곳니로 만든 목걸이를 하고 있었다.

친구 해적단은 연을 맺은 사람들과는 모두 친구로 지내야 하기 때문에, 계약을 하게 되면 서로 친구가 되어야 한다는 의무 조항을 걸었다.

"친구요?"

"그래. 친구가 되어야 한다. 우리 규칙이야."

송곳니는 이미 루비와도 친구였다. 루비가 걱정할 것 없다면서 선동과 리나를 안심시켰고, 인공지능을 조건을 걸자 송곳니 역시 만족스러워 했다.

"인공지능 친구도 생기겠군. 그리고 루비, 네 생일 파티에 우리도 가니까 대장님에게 말해 놓아라. 너도 이번 달 우리 해적단 생일 파티에 와야 한다."

"알았어요. 엄마한테 말해 둘게요."

해적단은 모두 친구이기 때문에 모든 생일을 챙기고 있었다. 사람이 많다 보니 한 달에 한 번 날을 정해서 생일 파티를 열고 있다고 했다. 송곳니는 선동과 리나의 생년월일까지 확인했다.

"너희들 생일 파티는 어쩌지? 그때만이라도 잠깐 무법 도시에 올 수 있냐? 아니면 우리가 너희 도시로 갈까?"

'이걸 어떻게 거절하지……?'

선동의 이마에 식은땀이 흘렀다. 그때 리나가 좋은 생각이 났는지 송곳니에게 말을 꺼냈다.

"송곳니 대표님, 혹시 편지…… 라고 아세요?"

"편지가 뭐냐?"

리나의 설명을 듣고 난 송곳니는 좋은 방법이라며 생일에 꼭 생일 카드를 보내겠다는 약속을 했다.

송곳니와의 모든 계약 절차가 끝나고 리나는 선동에게 조용히 속삭였다.

"해적에게 생일 카드를 받았다고 하면, 누가 믿을까?"

세 해적단과의 계약을 순조롭게 마쳤다. 기분이 좋아진 세 사람은 드디어 식당을 벗어나 영만호를 향해 걸었다.

그때 갑자기 한 무리의 남자들이 가까이 다가와 길을 막았다. 그린존에서 험상궂게 생긴 남자들이 우르르 몰려다닌다면 분명 해적단일 수밖에 없었다.

놀라서 걸음을 멈춘 선동과 리나 앞으로 루비가 나섰다.

"그린존에서는 점잖게 행동해야지, 뭐 하는 짓이에요?"

그러자 해적들이 일제히 떠들기 시작했다. 루비가 모두 조용히 하고 한 사람씩 말하라며 소리쳤다.

"너희가 캡틴 코모도를 찾아간다는 아이들 맞니?"

해적 하나가 물었다.

"그런데요? 우리 해적단 계약에 관심 있어요? 관심 있으면 연락하고 만나서 협의할 것이지 왜 길을 막아요?"

"우리는 농부 해적단인데, 우리도 그 계약에 관심 있거든. 협상 한번 해 볼래?"

다른 해적의 말을 가만히 듣고 있던 리나가 갑자기 화를 냈다.

"농부 해적단이라니요. 농부면 농부고, 해적이면 해적이지. 농부 해적은 뭐예요? 확실히 하세요."

"이런 맹랑한 아이를 봤나, 해적이 직업이고 농부가 취미다. 됐냐? 우리는 시민이라면 누구나 농사를 지어야 하는 '파머스 시티' 출신이라 여기서도 농사를 지어야 해. 인공지능이 없으니 로봇의 도움은 받지 못하고, 그러다 보니 농사 짓는 게 너무 어려워. 우리도 인공지능을 갖고 싶으니까 협상하자."

"언제 소문이 퍼졌지?"

루비가 중얼거렸다.

농부 해적단과 협상하는 동안에도 다른 해적들이 접근해 왔다. 모두 인공지능만 제공해 준다면 무슨 조건이든 괜찮다며 도마뱀 해적단을 만날 수 있게 최대한 협조하겠다고 말했다.

그 모습을 보고 있던 루비가 밝은 표정으로 말했다.

"이야, 이거 신나는걸."

하루 동안 열심히 여러 해적단 대표와 만나 협상을 마치고, 영만호는 아마존 해적단 본거지로 돌아왔다. 루비의 보고를 들은 대장은 루비, 리나, 선동을 차례로 칭찬했다.

"아홉 곳과 계약했다니 훌륭하다. 앞으로 몇 곳과 더 협상하면 도마뱀 해적단과 비슷한 규모가 되겠어. 그들도 우리가 한꺼번에 찾아가면 말 듣는 시늉이라도 하겠지. 앞으로 함부로 우주선 빼앗을 계획은 못 세울 거야. 네 아빠 둘 다 생일 파티에 온다니, 그것도 다행이고."

"친구 해적단도 오겠대."

"그러거나 말거나."

그동안 존은 아마존 해적단 본거지 내부를 돌면서 우주선 어디를 어떻게 고쳐야 인공지능과 연결이 가능한지 연구했다. 처음에는 쉽게 될 줄 알았다. 그러나 우주선 구석구석을 꼼꼼히 확인한 존은 고장 난 곳이 워낙 많아서 연결이 쉽지 않을 것 같다고 말했다. 그러더니 영만호에서 각종 케이블과 수리에 필요한 기계를 잔뜩 꺼내 돌아왔다. 케이블 연결에 시간이 오래 걸려서 밤늦게까지 부지런히 돌아다녀야 했다.

그런 존이 신기했는지 해적들은 짓궂게 말을 걸어댔고 그때

마다 존은 시큰둥하게 대답했다. 그럼 그 모습이 재미있다며 해적들이 깔깔 웃고 떠들어댔다.

"성격은 보시는 대로예요."

선동의 말에 대장은 성격이야 어떻든 상관없다고 말했다. 선동은 또 인공지능은 생명의 위협이라는 개념을 잘 모른다고도 얘기해 주었다.

"무법 도시는 생명의 위협이 도사리고 있는 곳이니, 인공지능이 생기면 그것부터 단단히 주의를 시켜야겠군."

몇 시간 후 아마존 해적단 해적선의 모든 곳을 둘러보고 여러 차례 확인하면서 설치를 끝낸 존이 선언했다.

"이제 나를 여기 시스템에 복사할게요. 내가 영만호로 여행하는 동안에도 계속 여기에 중복 연결되어 있으면 귀찮거든요. 대신 똑같은 성능의 인공지능을 복사해 놓을 테니 사용하는 데는 불편하지 않을 거예요. 무법 도시만의 특별한 환경에도 빠르게 적응할 거고요, 사용자들과의 관계 맺기도 어렵지 않을 거예요."

"그 복산지 뭔지가 얼마나 걸리는데?"

대장의 질문에 존이 대답했다.

"금방 돼요."

존이 해적선 이곳저곳과 연결한 여러 개의 케이블을 자기 몸통에 직접 꽂았다. 해적들이 둘러서서 지켜보는데, 잠시 후 존 가까이에 연결돼 있던 모니터가 켜졌다. 해적선 전체에도 환하게 불이 들어왔다.

잠시 후 해적선 밖에서 강한 불빛이 새어 들어왔다. 해적선 밖에서 경계를 서던 해적들이 안으로 뛰어 들어오며 외쳤다.

"방어막이 생겼어!"

드디어 인공지능이 전자 방어막을 만들어 낸 것이다. 해적들은 환호했고 대장의 얼굴에도 기쁜 표정을 지었다. 해적 몇몇은 해적선 밖으로 달려 나가 방어막을 향해 돌을 던져 보기도 했다.

"복사 끝났어요."

존이 말했다.

"복사한 인공지능도 아무 이상 없는 거야?"

대장이 존에게 조심스럽게 물어보았다.

"2만 번의 테스트를 끝냈으니 별다른 문제는 없을 거예요."

"그 짧은 사이에 테스트를 2만 번 했다고?"

대장 옆에서 있던 루비가 놀란 목소리로 되물었다. 200만 번은 해야 안전하지 않을까 싶었던 선동은, 자신이 또 베스트 시티 출신처럼 생각했다는 걸 깨달았다.

존은 말했다.

"가장 상태가 좋은 로봇을 골라서 새 인공지능의 대표 로봇으로 정했어요. 어떤 대화든 가능하니까 필요한 게 있으면 로봇에게 하세요. 아직 모든 말을 완벽히 구사하진 못하지만 인공지능을 연결해서 학습시키면 금방 괜찮아질 거예요. 무엇보다 지금 상태만으로도 이 해적선의 여러 세부 장치들과 모든 로봇들에 대한 음성 명령이 가능해요."

조그만 로봇 하나가 천천히 대장의 발치 쪽으로 다가왔다. 바닥 청소 중인 청소 로봇이었다.

"안녕하세요, 내 이름은 주니어입니다. 만나서 반갑습니다."

인공지능답지 않은, 존보다도 더 어린아이 목소리가 흘러나왔다.

"내가 주니어라고 지었어요."

존이 말했다.

해적들은 바다 청소만 하는 주니어에게 히터를 켜 달라, 뜨거운 물이 나오게 해 달라, 습도를 조절해 달라며 다양한 요구를 했지만 주니어는 '안녕하세요, 내 이름은 주니어입니다. 만나서 반갑습니다.'라는 말만 반복했다. 해적들은 빨리 좀 해결하라고 계속 주니어를 따라다니며 들볶았다.

존은 아직 주니어의 음성 기능이 완벽하지 않아 원활한 소통이 어렵다고 설명했다.

"더 고쳐야 해요. 인공지능이라고 모든 걸 다 하지는 못해요. 앞으로 내가 로봇을 고치고 고쳐진 로봇이 또 다른 로봇을 고치고, 그 로봇들이 이 거대한 우주선을 고칠 수 있게 된다면 지금보다 차차 나아질 거예요. 지금은 기다려요."

그렇게 존은 계약 조건에 따라 아마존 해적단 해적선에 인공지능 설치를 마쳤다.

이제 캡틴 코모도와 결투하러 가는 일만 남은 것이다. 대장이 선동의 어깨를 툭 치고 갔다.

"결투 준비는 잘하고 있지?"

'결투 준비…… 뭘 준비해야 할까?'

걱정도 되고 긴장도 되었다. 선동의 입에서 한숨이 저절로 나왔다. 우선은 〈서부 최후의 카우보이〉를 하면서 사격 연습을 더 하기로 마음먹고 영만호로 돌아왔다.

# 결투

루비는 도마뱀 해적단에게 캡틴 코모도와의 결투를 신청하고 답변을 기다렸다. 다음 날에야 짧은 답장이 왔다. 루비가 코웃음을 치며 말했다.

"와 볼 테면 와 보라는데. 결투는 이틀 후로 하재. 캡틴 코모도가 즐거운 마음으로 기다리겠대."

"어이가 없군."

대장이 말했다. 아무 말 없는 선동에게 대장이 물었다.

"무섭니?"

"아······ 아······ 아니요."

선동은 순간 말을 더듬지 말았어야 했다고 생각했다. 자신이 부끄러웠다. 막상 캡틴 코모도를 다시 상대해야 한다고 생각하니 대책이 떠오르지 않았다. 만약 캡틴 코모도를 이긴다고 해도 영만을 순순히 놓아 줄지도 확신할 수 없었다.

'만약 캡틴 코모도가 영만이를 넘기지 않고 버티면 도마뱀 해적단과 연합 해적단 사이에 싸움이 벌어질까? 만약 내가 지면 어떻게 될까? 정말 나도 영만이도 리나도 도마뱀 해적단에 잡혀갈까? 캡틴 코모도가 결투를 거부하고 연합 해적단과 싸움을 벌이면 어쩌지? 그러면 영만이는 안전할까?'

대장은 연합하기로 한 해적단의 대장들과 화상통화로 이틀 뒤 결투 날에 어떻게 움직일지 계획을 세웠다. 그동안 선동과 리나는 긴장을 풀 수 없었다. 영만을 성공적으로 구출하고 모두가 만족스러운 결과를 내기 위해서는 예상보다 복잡한 계산이 필요했기 때문이었다.

선동과 리나에겐 영만의 안전한 구출이 가장 중요했다. 하지만 아마존 해적단은 다른 해적단과 연합해 도마뱀 해적단에 대항하려는 의도 또한 있었다. 혹시라도 아마존 해적단에게만 유리하고 선동과 리나가 영만을 구출하는 데 불리한 상황이 벌어지지는 않을지 계속 긴장한 채로 관찰해야 했다.

선동과 리나도 결투 날 직전까지 이어진 해적단 회의에 빠지지 않고 참석했다. 진행 상황을 계속 주시하면서 틈나는 대로 루비에게 혹시 변경된 계획이 있는지 물어보았다.

결투 날이 다가왔다. 리나는 마음에 드는 레이저건을 한참이나 찾아다녔다. 도마뱀 해적단을 이기려면 보통 레이저건으로는 안 된다며, 좋은 레이저건 있으면 보여 달라고 조르고 또 졸랐다.

"저번에 주신 '샤프 다이아몬드 제네레이션'도 좋긴 한데 더 좋은 레이저건은 없을까요? '스페이스 디맨션' 시리즈는 너무 작아요. '블랙 카이만 99'는 좋긴 한데, 이건 녹이 슬어요. '2002-99-마운틴'은 무겁고요. 'TA-771'은 안 보여 주셔도 돼요. 어차피 레이저 출력도 낮잖아요. 무조건 출력 높은 초강력 레이저건이어야 해요. 맞았을 때 도마뱀 몸 전체에 충격이 가야 하잖아요. 보통 레이저건으로는 안 되고, 캡틴 코모도가 갖고 다니는 '블랙 스카이'보다 상위 기종에 상태도 좋아야 해요."

선동은 선동대로 결투 연습에 집중했다. 〈서부 최후의 카우보이〉의 난이도를 '가장 어려운 모드'로 설정하고 연습에 몰두했다. 나중에는 영만호 밖에 나가 진짜 레이저건을 들고 연습했다.

존이 모래사장 위에 결투 시뮬레이션 상황을 홀로그램으로 구현해 주었다. 선동이 캡틴 코모도의 홀로그램과 결투하는 방식이었다. 그때마다 아마존 해적단의 해적들은 선동의 연습 장면을 지켜보았다.

선동은 사람들 앞에서 그러는 게 부끄러웠다. 그럴 때마다 리나가 말했다.

"실제 결투도 수많은 해적들 앞에서 벌어질 거야. 지금처럼 관중 앞에서 미리 레이저건 연습을 하는 편이 좋을 것 같아."

선동의 레이저건 사격 솜씨를 직접 본 해적들은 제법이라며 칭찬했다.

존은 결투 시뮬레이션의 난이도를 올렸다. 나중에는 점점 그 수를 늘려 한 명이 아닌 다섯 명의 캡틴 코모도를 등장시키기도 하고, 캡틴 코모도가 갑자기 나타났다가 사라지게 만들었다. 심지어 격투 도중 모래 폭풍 홀로그램을 추가해 시야가 완전히 차단된 상황을 만들기도 했다. 그렇게 존이 준비해 준 연습 시뮬레이션을 활용하여 선동은 몇 시간 동안 지치지 않고 연습에 몰두했다.

한편 아마존 해적단의 해적선은 인공지능이 정상적으로 제어하기 시작하면서 점점 시스템을 갖춰 나갔다. 텔레비전으로 방송을 시청할 수도 있게 되었고 갖가지 생활 시스템도 인공지능이 자동 제어했다. 청소나 식사 준비도 로봇이 대신 해 주었다. 아마존 해적들은 한결 쾌적해진 해적선 안이 좋다며 굳이 밖에 나가려고 하지 않을 정도였다.

"그래도 추울 때 밖에서 드럼통 안에 불붙여서 쬐고 있는 것도 재밌었는데."

루비가 말했다.

선동과 리나는 영만이 건강하게 잘 있는지 알려 달라고 도마뱀 해적단에게 계속 요청했지만, 들어주지 않았다. 결투 날이 정해진 이후로 더 연락이 오지 않았다. 선동은 화가 났고, 리나도 무척이나 화를 냈다.

"도마뱀 자식 잡히기만 해 봐."

리나가 주먹을 휘두르며 말했다.

🪐

드디어 결투 날이 왔다.

오후 한 시에 다 같이 모여 점심을 먹었다. 아마존 해적단의 해적선을 지킬 일부 해적만 남고 나머지 해적들은 전부 도마뱀 해적단의 본거지로 출발할 준비를 마쳤다. 루비와 계약한 열한 개의 해적단들도 그즈음 해적선 앞에 도착했다.

대장은 각 해적단에게 인공지능 주니어가 탑재된 작은 청소 로봇을 나눠 주는 것으로 계약을 이행했다. 이제 주니어를 어떻게 활용할지는 해적단 각자의 일이었다. 아마존 해적단 해적선의 에너지 방어막을 보고, 큰 우주선을 구해 거대한 방어막을 설치하겠다며 떠드는 해적단도 있었다.

드디어 마음에 드는 레이저건을 골랐는지, 완전히 정비를 마친 리나가 의기양양한 표정을 지으며 선동에게 레이저건을 들어 보였다.

"이건 'LAX-TU-3999' 기종이야. 이 레이저건에 맞으면 파충류의 비늘이 다 타 버리거든. 레이저 출력을 최고로 높여 놨어. 이 정도면 도마뱀 녀석을 바짝 말려 버릴 수 있을 거야. 오늘의 결투를 승리로 이끌라는 뜻에서 '드래곤 슬레이어'라고 이름 붙였어. 어때, 멋있지? 정말 마음에 들어. 캡틴 코모도, 잡히기만 해 봐라."

루비는 다른 해적단 중에 혹시 점심을 안 먹은 사람이 있으면 먹으라면서 배양육 통조림을 하나씩 돌렸다.

"아무 때나 주는 거 아니니까 얼른 받아요."

해적단의 대표들은 마지막으로 오늘 계획을 최종 점검하고 이동할 준비를 마쳤다. 합의한 계획대로, 여덟 해적단은 도마뱀 해적단 본거지의 입구로 바로 향하기로 했다. 나머지 세 해적단은 선동과 리나가 지나갔던 동굴로 향하기로 했다. 한자리에 모인 열한 명의 해적단 대표들은 캡틴 코모도가 선동을 점잖게 상대했으면 좋겠다며, 입을 모아 말했다. 아마존 해적단의 대장은 그 말을 듣고 한숨을 쉬며 말했다.

"그럴 리가 없잖아. 조심하라고."

동굴 안으로 들어갈 해적들이 먼저 떠나고, 선동과 영만과 루비는 영만호를 타고 여덟 해적단의 해적선들보다 앞장서 출발했다.

영만호 안에서 루비가 직접 화상통화로 도마뱀 해적단에 연락했다. 신호음이 한참 들리더니 누군가의 목소리만 들렸다.

"그 녀석도 거기 있나?"

"그 녀석이라니, 누굴 말하는 거야?"

루비가 따졌지만, '그 녀석'이라는 건 분명 선동을 가리키는 것이었다. 선동이 자신도 듣고 있으니 말하라고 하자, 목소리가 거만하게 대답했다.

"멍청한 인간, 어서 와서 다시 한번 덤벼 봐. 네 친구가 고통받는 것도 구경하고."

그렇게 통화는 끊어졌지만 결국 영만이 무사한지를 알 길이 없었기에 선동과 리나는 너무나 화가 났다. 특히 리나는 온몸을 부들부들 떨면서 뻔뻔하기 짝이 없다며 가만두지 않겠다고 반복해서 말했다.

도마뱀 해적단의 본거지는 '해골 언덕'이라고 부르는 낮은 언덕 한가운데에 자리하고 있었다. 지형이 험해서 거기까지 접근하려면 계곡을 따라 올라가는 길과 그 반대쪽에 선동과 리나가 통과했던 동굴밖에 없었다.

동굴을 통과하기로 한 해적들이 먼저 출발했다. 계곡 안은 우주선이 착륙할 수 없을 정도로 험준해 야전용 수송차를 타거나 걸어가야 했다. 대장과 선동, 리나, 루비가 앞장섰고 해적들이 그 뒤를 따랐다.

선동은 스마트 안경으로 근처에 위험한 동물이 없는지 계속 확인했다.

"인공지능이 있으면 그런 것도 가능해?"

선동을 유심히 쳐다보던 해적이 물었다.

"네, 웬만한 스마트 안경이라면 가능해요."

해적들은 앞으로 생활이 완전히 달라질 거라며 신이 나서 말했다. 선동은 제발 인공지능을 나쁜 일에 사용하지 않았으면 하는 마음뿐이었다.

한참 계곡을 따라 걷는데 대장이 걸음을 멈추더니 멀리 있는 바위를 가리키며 말했다.

"저 바위가 원래 저기 있었나?"

둥글고 커다란 바위 하나가 계곡 위로 나 있는 길을 막고 있었다. 사이보그 해적단의 깡통이 맨 앞으로 나와서 망원경을 들어 대장이 가리키는 바위를 자세히 관찰했다.

"이전에는 없었어. 예감이 좋지 않은데."

그 말이 끝나기가 무섭게 쾅, 하는 폭발음이 들렸다. 그리고 그 큰 바위가 꿈틀대며 움직였다. 엄청난 폭발음에 놀란 사람들이 우왕좌왕하는 사이 콰광, 하는 폭발음이 다시 이어졌다. 꼼짝도 안 할 것 같았던 거대한 바위가 계곡 아래로 굴러 떨어지고 있었다.

"피해!"

선두에 선 대장이 외쳤다.

뒤따르던 해적들이 재빨리 근처 바위틈으로 몸을 바짝 숨겼다. 하지만 몇몇 해적은 미처 피하지 못해 넘어졌다. 그들이 바위에 깔리려는 순간이었다.

엄청난 기계음이 들리더니 우람하게 생긴 불도저가 계곡 안으로 비집고 들어와 바위를 가로막았다. 농부 해적단의 불도저 세 대가 나란히 바위를 들이받아 막고 있었다. 다행히 바위에 깔릴 뻔했던 해적들은 무사했다.

하지만 문제는 바위와 불도저가 계곡을 완전히 틀어막아 버려 이들이 다시 합류하는 게 쉽지 않아 보인다는 거였다.

바위 너머에서 대장이 소리 쳐 물었다.

"바위틈으로 지나올 수 있겠어?"

"한 명씩 가야 하는데, 몸집이 큰 사람은 쉽지 않을 것 같습니다. 모두 지나가려면 아무래도 시간도 걸릴 것 같고요."

해적 하나가 대답했다. 그때 깡통이 다가왔다.

"동굴을 지나기로 한 해적단과 연락이 안 돼."

"지금 그쪽으로 갈 수는 없는데, 어쩌지."

대장을 둘러싸고 있던 해적단 대표들이 다 같이 탄식했다. 동굴 안에서 무슨 일이 일어나고 있는지 모르겠지만, 캡틴 코모도는 자신들의 본거지로의 진입로를 막아 해적들을 흩어 놓아 계획을 망치려는 속셈이 분명했다.

"어쩔 수 없네. 그쪽 해적들은 지금 당장 동굴 쪽으로 돌아가서 먼저 가 있는 해적들과 합류해. 그게 더 빠를 거야. 서둘러."

대장의 명령에 따라 해적들이 다시 정렬해 계곡을 빠져나가기 시작했다. 대장은 가던 길을 가되, 혹시 있을지 모를 함정을 조심하라고 말했다.

"캡틴 코모도 이 자식, 감히 사이보그 해적단과 싸우겠다 이거지?"

깡통이 레이저건을 꺼내 장전하며 말했다. 그러자 사이보그 해적단의 다른 해적들도 동시에 레이저건을 꺼내 들었다. 선동은 존에게 주변 위험 요소가 없는지 더 세밀하게 관찰해 보고하라고 말했다.

계곡을 거슬러 올라가자 이번엔 고철과 플라스틱 쓰레기로 이루어진 거대한 산이 길을 막고 있었다. 망가진 기계, 우주선의 폐부품, 얼마나 오래되었는지 모를 플라스틱 쓰레기들이 쌓여 거대한 산을 이루었다. 다만 아까 바위처럼 캡틴 코모도의 계략은 아닌 것 같았다.

루비는 오래전부터 쌓여 있었던 것들이라며, 설명했다.

"도마뱀 해적단은 과거에 버려진 물건을 주워 팔던 해적이었어. 해적단이라기보다는 고물상에 가까웠지. 그런데 캡틴 코모도가 대장이 되면서 범죄 조직처럼 변했어. 고물상일 때가 좋았는데."

잡다한 고철 쓰레기들 사이로 조심조심 발을 디뎌 걸을 때였다. 선동의 스마트 안경 렌즈에 붉은 점이 그려지더니 경고 메시지가 떴다.

"생물체 반응이 있으니 주의하세요."

존의 말이 끝나자마자 렌즈에는 수십 개의 붉은 점이 한꺼번에 나타났다. 선동이 조심하라고 알리기도 전에, 쓰레기들 사이에서 낯선 동물들이 튀어나왔다. 그중 한 마리가 펄쩍펄쩍 뛰다가 선동에게 달려들었다. 깜짝 놀란 선동은 재빨리 얼굴을 가리고 몸을 돌려 가까스로 피했다.

"흡혈 토끼나!"

누군가 크게 외쳤다. 흡혈 토끼는 이름처럼 사람의 피를 빨아먹는 토끼였다. 해적들이 레이저건을 쏴 쫓아내자 흡혈 토끼 떼가 더욱더 날뛰기 시작했다.

수십 마리가 해적 사이를 헤집고 다니는 동안, 선동의 스마트 안경에 또 다른 경고 메시지가 떠올랐다. 이번엔 흡혈 토끼보다 크기가 커 보였다.

쓰레기 산 밑에서 쿠르릉, 소리가 들리기 시작했다. 아까보다 더 큰 바위가 또 굴러오는 게 아닐까 싶을 정도로 엄청난 소리였다.

"쓰레기 더미 밑에 켈로쿰이 있습니다."

존이 검색 결과를 전했다.

"변신 괴물이다! 조심해요!"

선동이 외쳤다.

그 순간 쓰레기 더미들을 헤치고 켈로쿰이 튀어나와 해적들을 덮쳤다. 마취 레이저건을 쏘아도 거대한 켈로쿰을 쫓아 버리기엔 역부족이었다. 켈로쿰은 맹렬하게 달려드는 순간에도 수십 가지 형태로 변신하며 해적들의 공격을 피했다. 여전히 흡혈 토끼도 속수무책으로 날뛰고 있었다.

"통조림을 던져!"

리나가 외쳤다.

'그래, 통조림이 있었지.'

선동은 루비가 던진 통조림을 얼른 받아 다시 켈로쿰을 향해 던졌다. 통조림을 얻어맞은 켈로쿰은 잠시 난동을 멈추더니 발치에 떨어진 통조림을 꿀꺽 삼켜 버렸다. 그러고는 선동과 리나가 통조림을 던지는 쪽으로 달려들기 시작했다. 그사이 해적들은 통조림과 반대 방향으로 몸을 피했고 선동과 리나는 통조림을 더더욱 멀리 던져 켈로쿰이 멀어지게 만들었다.

해적들이 계곡 뒤 숲속으로 통조림을 던지자 켈로쿰도 통조림을 따라서 사라졌다.

"변신 괴물이 돌아오기 전에 빨리 이동해야 해. 녀석들의 본거지까지 얼마 안 남았어."

대장이 재촉했다. 대장의 말대로 조금 더 걷자 마침내 도마뱀 해적단의 본거지가 눈앞에 나타났다. 선동의 스마트 안경에 경고 메시지가 떠올랐다.

"땅속에 지뢰가 묻혀 있으니 주의하세요."

존이 경고했다.

스마트 안경 렌즈에는, 밟는 순간 온몸에 전기 충격을 가해 기절시키는 대인 지뢰가 수두룩하게 표시되었다. 선동이 맨 앞에 나가 지뢰를 피해 조심조심 이동하면, 모두들 그 뒤를 한 줄로 서서 따라 걸었다.

드디어 도마뱀 해적단의 본거지에 입성했다. 입구를 지나자 커다란 정문이 보였다.

스마트 안경에는 지금까지 지나온 지뢰보다 훨씬 많은 수의 지뢰들이 촘촘히 설치되어 있어 도저히 밟고 지나갈 공간이 보이지 않았다.

지뢰밭 너머로 도마뱀 해적들이 모습을 드러냈다. 잠시 후 캡틴 코모도가 영만을 데리고 나타났다. 영만은 포승줄로 온몸과 두 손이 둘둘 묶인 채 사과를 재갈처럼 물고 있었다. 기분이 좋아 보이지는 않았으나, 그래도 무사해서 다행이었다.

캡틴 코모도가 기다렸다는 듯 입을 열었다.

"네가 제일 먼저 올 줄 알았다."

캡틴 코모도가 리모컨으로 보이는 것을 들고 버튼을 누르자 스마트 안경에 떠 있던 경고 메시지가 사라졌다. 지뢰의 기폭 장치가 일제히 꺼진 것이다.

캡틴 코모도는 리모컨을 한번 흔들고는 경고했다.

"아무도 움직이지 마, 그러면 다시 켤 테니까. 사기꾼 꼬마 네 녀석만 넘어와라."

'뭐? 사기꾼? 날 왜 그렇게 부르는 거야?'

선동은 안전해진 지뢰밭을 밟고 캡틴 코모도와 영만이 있는 쪽으로 건너갔다. 다행히 지뢰는 터지지 않았다. 선동이 무사히 지뢰밭을 완전히 지나오자 캡틴 코모도가 다시 리모컨의 버튼을 눌러 지뢰의 기폭 장치를 켰다.

이제 선동은 캡틴 코모도 앞에 혼자 서서 마주 보게 되었다. 아마존 해적단을 비롯한 여러 해적들은 그저 선동을 지켜볼 수밖에 없었다.

대장은 캡틴 코모도를 향해 외쳤다.

"어차피 일대일 결투인데, 뭘 이런 것까지 해 놓은 거야? 정정당당하게 이겨 볼 마음이 없나 보군. 여기까지 오는 동안 네 녀석이 파 놓은 함정에 변신 괴물까지 물리치면서, 정말 쉽지 않았다고. 그 대가는 너희 도마뱀 해적단이 톡톡히 치러야 할 거야, 그 정도는 각오했겠지?"

캡틴 코모도는 대답했다.

"우리한테 맞서려 했다면 반대로 공격 받을 각오도 당연히 했겠지. 안 그래? 그게 우리 같은 해적의 일이고 말이야. 여기 깔린 지뢰가 한꺼번에 터지는 게 싫으면 입 다물고 조용히 있는 편이 좋아. 자, 그럼 결투를 시작하자."

영만을 지키고 섰던 해적 하나가 레이저건을 들어 영만의 머리를 겨누었다. 그러자 캡틴 코모도도 레이저건을 꺼내서 선동을 겨누었다. 도마뱀 해적 하나가 무리에서 빠져나와 머리 위로 경광봉처럼 생긴 막대를 들어 흔들었다. 듀얼 시티에서 경찰 로봇의 머리에 달려 있던 사이렌과 비슷해 보였다.

"저 사이렌이 울리면 나와 우리의 일등항해사 '옐로우 티쓰'가 동시에 방아쇠를 당길 것이다. 나는 너에게, 옐로우 티쓰는 네 친구에게 말이야. 그럼 어떻게 될까? 죽을까? 죽진 않겠지만 무척 아플까? 아니면 그냥 기절할까? 그건 맞아 보면 알겠지."

"맞으면 고통스럽게 기절하는 레이저건이야."

스마트 안경을 통해 리나의 목소리가 들렸다. 리나는 옐로우 티쓰가 영만을 겨누고 있는 레이저건이 상대를 고통스럽게 기절시키고, 심하면 죽일 수 있을 정도로 강력한 레이저를 발사한다고 말했다.

"네가 나에게 총을 쏴서 운 좋게 나를 맞힌다면 너는 맞지 않겠지. 물론 그사이 네 친구는 옐로우 티쓰가 쏜 레이저에 맞을 거고. 반대로 옐로우 티쓰를 쏴서 맞춘다면 그사이 내가 쏜 레이저가 너에게 날아가겠지. 무슨 말인지 알겠어?"

그러니까, 선동과 영만 둘 중 하나를 고르라는 것이었다. 누가 쓰러질지는 선동의 판단에 걸렸고 말이다.

"나를 쏘면 약속대로 네 친구는 보내 주겠다. 하지만 넌 내가 노예로 팔아 버릴 거다. 반대로 옐로우 티쓰를 맞히면, 너는 보내 주겠지만 네 친구는 노예로 팔겠다. 물론 저번처럼 속임수 따윈 쓰지 않으리라 믿는다. 네 진짜 실력으로 누구든 맞혀야 할 거다. 과연 네 실력으로 우리 둘 중 하나라도 맞힐 수 있을까? 참, 둘 다 못 맞히면 어떻게 되냐고? 그럼 할 수 없지. 너희 둘 다 우리의 노예가 될 수밖에."

대장은 어이없다는 말투로 반박했다.

"이것 봐, 명색이 해적단 대장이면 대장답게 정정당당히 승부를 겨루라고. 어린애 붙잡고 뭐 하는 짓이야? 설마 또 질까 봐 무서워서 그래?"

캡틴 코모도가 껄껄껄 웃어 보였다.

"물론 나야 정정당당하게 맞붙고 싶지. 하지만 저 꼬마가 먼저 반칙을 쓰는데 나만 제대로 할 필요가 있나? 날 잡으려고 경찰과 미리 짠 거잖아. 꼬마야, 안 그래?"

"미리 짰다니 무슨 소리야, 나는 네가 누군지도 몰랐어."

선동의 대답을 듣고 캡틴 코모도가 말했다.

"그래? 너 같은 꼬마가 실력으로 나를 결투에서 이겼다고? 경찰이 네 레이저건에 자동 조준 모드를 장착해서 날 쓰러뜨린 게 아니라? 정말 네 실력으로 날 맞힌 게 확실해? 일부러 박살호를 들이받고, 결투를 신청하고, 경찰과 짜고 나를 이겨서 현상금을 잔뜩 받은 거잖아. 지금 그게 다 네 실력으로만 가능하단 말이냐?"

"거짓말하지 마! 결투는 네가 신청했잖아. 네가 먼저 영만호를 들이받았고."

"아니지, 내가 들이받을 수밖에 없도록 너희 우주선이 가로막았겠지."

선동은 말도 안 되는 소리라며 반박했지만 그때 도마뱀 해적단이 내지르는 괴성과 웃음소리에 선동의 목소리는 묻혀서 들리지 않았다.

"속임수 덕분에 현상금까지 받으니 영웅이라도 된 줄 아나 본데, 이제 네 진짜 실력을 볼 때야. 어떻게 할지 볼까? 친구를 선택할지, 아니면 네 자신을 선택할지. 뭐, 진짜 네 실력이라면 아무도 맞히지 못하고 노예로 팔려 갈 게 무서워서 엉엉 울겠지만."

"좋아. 결투해. 내 진짜 실력을 증명해 보일 테니, 어서 시작하라고."

선동이 외치자 도마뱀 해적들이 휘파람을 불며 비웃고 야유를 해댔다. 대장과 깡통이 캡틴 코모도의 도발에 넘어가지 말라고 조언했지만, 선동은 말했다.

"아니, 결투하겠어. 그리고 반드시 이길 거야. 나는 베스트 시티 사람이야. 치사한 도마뱀 따위가 아니야. 항상 최선을 다하고, 속임수도 쓰지 않고, 사기도 치지 않아. 정정당당하게 승부를 겨루겠어."

"그래, 그래야지. 규칙은 간단해. 사이렌이 울리면 쏜다. 그러면 끝나. 알았지?"

캡틴 코모도의 설명에, 대장이 되물었다.

"미리 사이렌을 맞춰 놓았을지 어떻게 알아? 네 신호에 맞춰 사이렌이 울릴 수도 있잖아? 그러니 사이렌은 이쪽에서 누르겠어."

"까다롭군. 좋아. 그 정도는 들어주지."

도마뱀 해적이 경광봉처럼 생긴 사이렌을 대장에게 던졌다. 선동이 미처 생각 못 했던 부분이었다. 서로 신호를 정해 놓고 사이렌을 울리면 캡틴 코모도와 옐로우 티쓰가 선동보다 먼저 레이저건을 쏠 수 있었다. 대장 덕분에 이제 결투의 조건은 공평해진 셈이다.

선동이 벨트 총집 안 레이저건에 손을 얹고 자세를 취했다.

"포기하고 내뺄 줄 알았는데 보기보다 용감하군."

도마뱀 해적들이 선동을 비웃기 시작했다. 그들의 시끄러운 비웃음과 야유를 들으면서, 선동은 가만히 마음을 다잡는 데 집중했다.

'이딴 유치한 함정을 파다니. 나와 영만이 둘 중 하나를 고르라는 게 말이 돼? 침착하게 하면 돼. 그러면 될 거야. 맞히면 된다. 다른 생각은 하지 말자. 내 실력만 발휘하면 돼. 첫 결투에서도 내가 이겼고, 이번에도 내가 당연히 이길 거야. 침착하자. 하던 대로 하면 돼.'

바로 그 순간 사이렌이 울렸다.

선동은 옆으로 몸을 날려 날아오는 레이저를 피했다. 그리고 동시에 옐로우 티쓰를 쏘았다. 레이저가 옐로우 티쓰에게 정확히 맞으면서 그는 기절했다. 다행히 영만은 옐로우 티쓰의 레이저에 맞지 않았다. 캡틴 코모도가 쏜 레이저는, 선동이 몸을 날려 바닥에 몸을 눕히는 바람에 선동의 머리 위로 빗나갔다.

"만세!"

영만이 입에 물고 있던 사과를 뱉으며 외쳤다. 선동은 캡틴 코모도를 향해 외쳤다.

"멍청한 도마뱀아! 내가 피할 거라고는 생각 못 했냐?"

바닥에 쓰러져 있는 옐로우 티쓰를 보고 캡틴 코모도의 얼굴에 당황한 표정이 떠올랐다.

"사이렌이 울리자마자 상대가 쏜 레이저를 피하면 되잖아. 듀얼 시티에서는 경찰이 엄격하게 규칙대로 진행했으니까 한 자리에 똑바로 서서 쏴야 했지만, 무법 도시에서는 규칙을 지킬 필요가 없다고."

단순히 피하고 쏘면 되었다. 선동은 그것도 모르고 자신만만
해하던 캡틴 코모도가 정말 멍청하다고 생각했다. 캡틴 코모도
의 실력은 선동과 결투를 벌이기에 한참 모자랐다.

"뭐라고?"

캡틴 코모도는 당황한 목소리로 되물었다. 선동은 캡틴 코모
도의 이마에 레이저건을 겨누어 방아쇠를 당겼다. 레이저는 캡
틴 코모도의 이마 중앙에 명중했다.

캡틴 코모도의 거대한 몸이 옐로우 티쓰 옆으로 넘어졌다.

"캡틴 코모도 님!"

도마뱀 해적들이 일제히 레이저건을 장전하면서 선동 쪽으
로 달려왔다. 도망치고 싶었지만, 뒤에 지뢰밭이 있어서 피할
수가 없었다. 선동이 머뭇거리고 있는데 갑자기 지뢰가 모두 꺼
졌다. 돌아보니 영만이 어느새 몸에 묶인 줄을 풀고는, 리모컨
을 들고 캡틴 코모도 옆에 서 있었다. 영만이 지뢰의 기폭 장치
를 끈 것이다.

선동이 얼른 달려서 지뢰밭을 지나가자 영만이 다시 리모컨
버튼을 눌렀다. 지뢰가 일제히 터지면서 선동을 따라오던 도마
뱀 해적들이 기절했다.

쓰러지는 해적들의 비명 사이로 대장이 외쳤다.

"돌격!"

해적단들이 일제히 달려 나갔다. 도마뱀 해적단과 연합 해적단이 한꺼번에 맞붙었다. 여기저기에서 레이저가 날아다니고, 어디선가 주먹과 발길질이 날아들었다.

선동은 혼란을 틈타 재빨리 몸을 낮춘 상태로, 해적들을 피해 영만에게 다가갔다. 리나도 선동을 따라 영만 쪽으로 움직였다. 선동과 리나는 영만을 보호하는 것이 가장 급했다. 선동이 레이저건을 쏘면 리나가 선동의 시야 밖에서 달려오는 해적을 걷어차며 엄호했다. 하지만 문제는 도마뱀 해적단의 수가 너무 많다는 것이다.

그때 저 멀리 보이는 동굴 안에서 해적들이 쏟아져 나오기 시작했다.

"이 자식들, 비겁하게 동굴 안에 흡혈 토끼를 풀다니!"

여기저기에 상처가 잔뜩 생긴 거짓말쟁이 해적단의 주먹이 화를 내며 달려왔다.

그와 동시에 계곡 아래쪽에서 엄청난 굉음이 들려오더니 곧 켈로쿰의 모습이 보였다. 농부 해적단이 배양육 통조림을 던져 켈로쿰을 본거지 안으로 유인해 끌고 들어오고 있었다.

켈로쿰이 입구를 막 지날 즈음 농부 해적단이 배양육 통조림을 도마뱀 해적단 쪽으로 뿌렸다. 켈로쿰은 기다렸다는 듯 도마뱀 해적단 무리로 달려들었다.

켈로쿰의 등장으로 우왕좌왕하며 이리저리 흩어지는 도마뱀 해적단을 향해 대장이 외쳤다.

"지금 도망치면 용서하고, 나중에 연합 해적단으로 받아 주겠다!"

솔깃한 제안이었다. 정말 많은 도마뱀 해적들이 뒤도 안 돌아보고 도망쳤다.

드디어 선동과 리나는 영만과 만났다. 셋은 서로 끌어안고 껑충껑충 뛰었다. 리나도 영만도 신이 나서 선동의 레이저건 솜씨를 칭찬했다.

"선동이 너 진짜 최고다. 어떻게 그렇게 몸을 날리면서 다 맞혀?"

"맞아! 정말 번개 같았어. 바로 눈앞에서 봤는데도 안 믿기더라. 정말 최고였어."

리나와 영만이 돌아가면서 선동을 칭찬했다. 선동은 기분이 좋으면서도 괜히 부끄러웠다.

'그거야 최선을 다해 연습했으니까, 캡틴 코모도에게 지면 정말 큰일 나니까. 반드시 이겨야 했으니까.'

생각해 둔 작전이 제대로 성공해서 천만다행이었다. 리나는 영만에게 어떻게 포승줄을 풀었는지 물었다.

"이렇게 뻣뻣하고 굵은 포승줄이라면 풀어내는 건 그리 어렵지 않아. 도마뱀 해적이 두 손을 묶을 때 양 손목 사이로 최대한 틈이 생기도록 양팔에 계속 힘을 주면서 벌리고 있었어. 그다음에 해적이 눈치 채지 못하게 양팔을 위아래로 계속 움직이면서 비틀면 줄과 줄 사이가 넓어지거든. 그러면 어렵지 않게 손을 뺄 수 있어."

그런 건 언제 어디서 배웠는지 모를 일이었다.

리나는 그동안 영만이 잘 지냈는지 얼마나 걱정했는지 모른다고, 선동과 무슨 고생을 해서 여기까지 왔는지 모를 거라면서 정신없이 빠르게 말했다. 그리고 캡틴 코모도를 가만 안 두겠다고 했다.

그런데 방금까지 바닥에 쓰러져 있던 코모도가 보이지 않았다. 저 멀리 우왕좌왕 도망치는 해적들 사이로 캡틴 코모도가 비틀거리며 힘겹게 뛰어가는 게 보였다.

"이 자식, 가긴 어딜 가!"

리나가 번개처럼 달리기 시작했다. 덤비는 해적은 피하고, 달려오는 해적을 걷어차고, 레이저건을 공중에 난사하면서 맹렬하게 쫓았다.

캡틴 코모도와 가까워지자 리나는 캡틴 코모도의 옆구리에 옆차기를 날려 쓰러뜨렸다. 그런 다음 팔다리를 휘두르며 반항

하는 캡틴 코모도의 가슴에 레이저건을 쏘아 다시 기절시켰다.

캡틴 코모도에게 리나가 소리쳤다.

"이 녀석! 감히 내 친구를 잡아가? 비늘을 전부 바싹 태워 버리기 전에 꼼짝 않는 편이 좋을걸!"

하지만 캡틴 코모도는 이미 기절해 있었다. 리나의 말이 들리기나 할지 선동은 의문이었다. 오늘에만 두 번이나 기절하는 캡틴 코모도가 선동은 조금 불쌍해 보이기까지 했다.

도마뱀 해적단의 본거지는 쓰러지고 넘어지고 기절해서 끙끙대는 도마뱀 해적들과 여전히 도망치려고 발버둥치는 해적들, 그들을 붙잡고 쫓는 연합 해적단으로 아수라장이었다.

그때 하늘 위에서 요란한 사이렌 소리가 들렸다. 거대한 우주선 한 대가 서서히 지상으로 내려오고 있었다. 군함이었다. 군함의 서치라이트가 아수라장이 된 도마뱀 해적단의 본거지를 환히 비추었다. 군함 주위로 경찰선들이 수없이 몰려들었다.

다들 동작을 멈추고 하늘을 올려다보았다. 해적들도, 영만과 리나와 선동도 당황스럽긴 마찬가지였다.

군함 스피커로 목소리가 크게 울려 퍼졌다.

"영만이 무사하니?"

그 소리에 영만이 중얼거렸다.

"누나?"

선동은 영민의 누나가 군인이라는 얘기를 몇 번 들은 적 있었다. 정확히는 '우주 용병'이었다. 하늘에 나타난 군함은 영만의 누나 정선주 대위가 소속된 부대의 군함이었다.

잠시 후 군함 안에서 착륙 우주선이 나오더니 지상에 그대로 내려앉았다.

그리고 깜짝 놀랄 일이 벌어졌다. 착륙 우주선 안에서 정선주 대위만 나온 게 아니었다. 영만의 아빠와 엄마, 리아 사장님, 그리고 선동의 아빠와 엄마가 순서대로 내렸다.

영만도 리나도 선동도 정말 놀랐다. 영만이 누나에게 말했다.

"누나, 이게 어떻게 된 일이야?"

"어떻게 된 일이냐니, 네가 납치됐다는 소식 듣고 찾으러 왔지. 괜찮아? 다친 덴 없고?"

정 대위는 우주를 돌아다니며 임무를 수행하던 중 경찰에게 영만이 납치됐다는 소식을 들었다. 영만을 구하기 위해 급히 휴가를 내면서 상관에게 이 사실을 보고했고, 대대장은 정 대위를 혼자 보낼 수 없다며 부대 전체를 출동시켰다고 했다.

"전우의 동생이 우주 해적에게 납치됐는데 어떻게 그냥 보고만 있느냐면서 부대 전체가 같이 찾으러 왔어. 아빠 엄마도 네 소식을 듣자마자 달려오셨고. 그리고 선동이 부모님과 리나 어머니는 경찰의 연락을 받고 군함까지 찾아오셨어."

잠시 후 군함과 경찰선이 천천히 착륙했다. 미처 도망가지 못한 도마뱀 해적들이 부랴부랴 도망치기 바빴다. 아마존 해적단 대장이 군인과 경찰이 여기 왜 와 있느냐며 캐물었다.

군인과 경찰과 아마존 해적단이 서로를 경계하면서 잠시 분위기가 좋지 않았다. 하지만 정 대위가 영만이 안전한 걸 확인하고, 경찰이 쓰러진 캡틴 코모도를 체포하고부터는 더 이상 복잡한 일은 생기지 않았다. 경찰이 리나의 레이저건에 맞아 비늘이 타버린 캡틴 코모도를 들것에 실어서 경찰선에 옮겼다.

그다음은 영만과 선동과 리나, 셋의 부모님이 아이들이 건강한지 확인할 차례였다.

리아 사장님은 리나에게 화를 냈다.

"너는 연락하고 가야지, 며칠 동안 연락도 없이! 무법 도시에 오다니, 무슨 일이라도 나면 어쩌려고 그랬어?"

선동의 부모님도 영만의 부모님도 리아 사장님처럼 화를 내긴 마찬가지였다. 영만, 리나, 선동 세 사람은 부모님에게 어쩔 수 없는 상황이었다고 설명하려고 했지만, 지금 이 순간 부모님의 귀에 그 설명이 들어갈 리 없었다.

"여기 있지 말고 일단 네 우주선으로 가자."

정 대위가 영만에게 말했다. 리나도 선동도 계속 부모님에게 혼나면서 영만호로 향했다.

정 대위는 영만처럼 무척 키도 크고 건강하고 활기차 보였다. 영만보다 아홉 살이 더 많다고 했고, 영만과 많이 닮아 보이진 않았다. 영만이 아빠를 많이 닮았다면 정 대위는 엄마를 더 닮은 것 같았다.

영만의 부모님과 리아 사장님, 선동의 부모님, 대장, 루비, 그리고 경찰 로봇까지 영만호 안으로 들어섰다. 라운지 테이블에 둘러앉아 있는데, 영만이 배고파 보인다면서 존이 저녁을 차리기 시작했다. 메뉴는 배양육 통조림이었다.

낯선 사람들과 배양육 통조림을 먹어야 하는, 뜬금없는 상황에서 다들 먼저 말을 꺼내길 주저했다.

긴 침묵을 깨고 제일 먼저 말을 꺼낸 건 경찰 로봇이었다. 경찰은 선동과 리나가 캡틴 코모도를 검거하는 데 많은 도움을 주었다고 했다.

"물론 위험한 짓이긴 했습니다. 아이 둘이 무법 도시에서 해적들을 모은다니 말이죠. 하지만 그래서 도마뱀 해적단이 방심한 것 같습니다. 직접 해적을 모으던 두 사람을 보고는 당분간 경찰이 무법 도시에 들어오지는 않으리라 믿었겠죠. 만약 경찰의 움직임을 주시하고 있었다면 경찰이 무법 도시에 도착하기 전에 알아차리고 영만이를 데리고 도망쳤을 겁니다. 그러면 훨씬 붙잡기 어려웠을 겁니다."

다음은 영만의 차례였다. 도마뱀 해적이 영만에게 사과만 먹이고, 음식이 아깝다면서 다른 건 주지 않아 힘들었다고 했다. 하지만 누군가 구하러 올 거라 믿고 별로 걱정하지 않았다고도 말했다. 어떻게 그런 상황에서 걱정을 안 했는지, 선동은 영만의 낙천적인 태도가 정말 놀라웠다.

리나와 선동은 영만호를 몰면서 무법 도시에 찾아오고, 해적단을 모으고, 인공지능을 주고, 결투를 벌이기까지 그동안 있었던 일을 털어놓았다. 두 사람의 이야기를 듣고 있던 어른들은 정말 어이없어 했다. 경찰은 해적단들이 인공지능을 갖게 됐다는 말을 듣고 난감한 표정을 지었다.

"인공지능이 무법 도시에 적응하다니 예상 못 한 일입니다. 제발 인공지능으로 범죄를 저지르지 않았으면 하는데 말이죠."

"주니어가 문제 될 짓은 하지 않을 거예요."

테이블 위에 저녁을 차리던 존이 얼른 대답했다.

"우리가 법을 어겼나요?"

선동이 걱정되는 마음에 경찰에게 물었다.

"아뇨. 무법 지대에는 법이 없으니까요. 경찰 역시 해적의 일에 상관하지 않습니다. 물론 캡틴 코모도는 잡아가지만요."

경찰은 해적이 인공지능을 좋지 않은 곳에 쓸까 봐 걱정하면서, 반대로 해적의 인공지능을 이용할 방법은 없을지 고민하는 것 같았다. 대장과 루비가 경찰의 표정을 유심히 지켜보기 시작하면서, 분위기가 다시 긴장되었다.

"저희 애를 구해 주셔서 감사합니다."

부모님들이 대장과 루비에게 고맙다고 말했다. 루비는 대가를 받았고 할 일을 했을 뿐이라며 그만큼 얻은 것도 많다고 짧게 대답했다.

그때 영만호 안으로 경찰 로봇 둘이 들어와 물건 하나를 건넸다.

"네가 부탁한 소지품이다."

영만은 도마뱀 해적단에게 빼앗겼던 소지품을 돌려받았다. 납치당했을 때 캡틴 코모도는 영만의 온몸을 뒤져 작은 것 하나도 다 챙겨 갔다며, 영만이 화를 냈다. 돌려받은 것 중에는 몇 번을 꾸깃꾸깃 접힌 종이도 있었다. 영만이 펼쳐 보더니 말했다.

"이건 내 것 아닌데요."

"우주 역사 세미나 입장권!"

갑자기 존이 종이를 휙 낚아채면서 외쳤다. 영만에게서 티켓을 빼앗아서는 높이 들고 라운지를 빙글빙글 돌았다. 영만이 손님 앞에서 뭐 하는 거냐고, 정신없으니까 가만히 있으라고 소리쳐도 소용이 없었다.

"무슨 입장권인데 그렇게 좋아해?"

선동이 존에게 물었다.

"지구에서 열리는 세미나요. 잊었어요? 우리 우주가 실제로 존재하는지, 아니면 고도로 발전한 지능이 구축한 시뮬레이션인지에 대한 연구 결과를 발표하는 자리 말이에요. 우리 같이 가기로 했잖아요."

"아…… 그랬지."

처음 영만호에 탔을 때 목적지를 지구로 정하면서 나눴던 말들을 그동안 까맣게 잊고 있었다. 그때는 재미있게 들렸다. 하지만 지금은, 지구까지 가서 세미나에 참석해야 한다고 생각하니 벌써부터 지루해졌다. 정말 가야 하나 싶었지만 같이 가기로 일찍이 약속했기에 존을 데려다 주기는 해야 했다.

경찰은 고개를 갸웃대더니 말했다.

"세미나 티켓을 왜 캡틴 코모도가 가지고 있지? 이유가 뭐였을까? 서둘러 조사해야겠군. 아무튼, 티켓은 너희들이 가져라."

경찰의 말을 듣고 존은 신이 나서 말했다.

"티켓은 동반 3인까지 가능하니 나를 포함해 영만 님, 선동님, 그리고 한 명 더 갈 수 있어요."

아무도 같이 가겠다고 하지 않을 줄 알았는데, 리나가 재밌을 것 같다고 말했다.

"내가 가도 돼? 가는 김에 지구도 구경하면 재밌을 것 같아."

그제야 선동은 깨달았다.

영만을 구출하는 임무는 끝났으니 이제 더 이상 리나와는 같이 다닐 수 없었다. 세 사람이 함께 여행하는 건 여기까지였다. 리나는 레시보로 돌아가 학교를 다녀야 했다. 반대로 영만과 선동도 원래 지정한 항로대로 여행을 계속할 시간이었다.

영만과 선동은 리나에게 세미나가 열리는 날 지구에서 다시 만나자는 약속을 했다.

"그때 지구에서 다시 만나서 같이 놀자. 그땐 더 재밌을 거야."

경찰은 남은 일을 처리하기 위해 영만호를 떠났다. 영만호에는 영만, 선동, 리나, 루비와 각자의 가족이 남았다. 계속 말하다 보니 다들 배가 고파져서 다같이 저녁을 먹기로 했다. 존이 준비하던 음식을 더 내왔다. 배양육 통조림도 가져오고 합성 수프도 가져왔다.

선동의 아빠가 선동에게 말했다.

"동진호 처음 놓쳤을 때도 아무 말 안 하더니, 이번에도 그러면 어떡하니? 최선을 다해서 친구를 구하려 했던 네 마음은 엄마 아빠가 잘 알지만, 앞으로는 더 이상 위험한 일을 벌이지 않았으면 좋겠다. 아무튼, 친구를 구했으니 다행이구나. 최선을 다해서 여행하고 있는 것도 안심이 되고."

선동은 여행을 마치면 한동안 친구들을 따라잡기 위해 더 많은 공부를 해야 할 거라고 말했다. 그 말을 옆에서 듣고 있던 영만의 아빠가 깜짝 놀라서 되물었다.

"아니, 그렇게까지 공부해야 합니까?"

"베스트 시티 학생이니까요. 무엇이든 최선을 다해야 하니까 공부도 최선을 다해서 해야죠."

선동은 자신의 덤덤한 답변이 왠지 영만호 안의 분위기를 다시 가라앉게 만드는 것처럼 느껴졌다. 선동의 아빠가 배양육 통조림을 마저 먹는 선동을 물끄러미 쳐다보며 말했다.

"통조림은 정말 오랜만에 보네요."

모두들 배양육 통조림을 먹어 보고 만족스러워 했지만, 합성 수프는 그 누구도 맛있다는 말을 하지 않았다.

"도대체 이런 걸 어떻게 먹는 거야?"

"군인들은 바쁠 때 많이 먹긴 합니다."

리나 엄마의 말에 정 대위가 대답했다. 그러자 이번에는 영만의 엄마가 놀라서 물었다.

"아니, 이런 걸 먹고 일을 어떻게 하니?"

"필요한 영양소는 다 들어 있어요."

그렇게 그 작은 영만호 안에서 가족들의 대화가 이어지기 시작했다. 그동안 자신에게 일어났던 일들을 각자 이야기하며 서로를 걱정해 주었다.

네 명의 아이와 그들 각각의 가족들 사이로 오랫동안 대화가 흘러 다녔다.

# 인공지능과의 대화

"사람이 진짜 많구나."

선동은 제2조종실 창밖으로 지구를 내려다보면서 같은 말을 자꾸 반복했다.

지구는 우주에서 인구 밀집도가 가장 높은 곳으로, 300억 명이 지구와 수백 개의 거대한 오닐 실린더 우주선 안에 살고 있었다. 지구 안은 물론 지구의 궤도에는 우주선들이 빽빽하게 들어차 있었다. 지구로 들어가려는 우주선도 나오려는 우주선도 정말 많았다.

영만호 역시 출입 절차를 밟는 데 꽤 시간이 걸렸다. 마침내 출입 허가를 밟고 지구 상공에 진입하자, 영만호 안으로 낯선 목소리가 울려 퍼졌다.

"안녕하세요, 저는 지구를 안내하는 인공지능 샤리프입니다. 모든 인류의 마음의 고향, 지구에 오신 것을 환영합니다."

선동은 제2조종실에서 시험공부를 하다가 창밖의 푸른 하늘과 넓은 바다, 그리고 거대하고도 화려한 도시 풍경에 마음을 빼앗겼다.

지구는 모든 문화가 뒤섞여 있는 곳이었다. 선동이 지금까지 살아온 베스트 시티나 그동안 여행한 도시들은 각자의 문화가 있고, 또 그 문화를 바탕으로 발전해 왔다. 그러나 지구는 그 모든 문화들이 한데 어우러져 있었다. 이곳에서 모든 문화가 탄생해 우주로 뻗어나갔으니까.

지구 사람들은 각양각색의 옷차림을 하고 수만 가지의 직업 중 각자에게 맞는 일을 하면서 자유롭고 개성 넘치는 방식으로 살고 있었다. 선동은 지금껏 본 적 없는 지구의 일상을 구경하느라 시간 가는 줄 몰랐다.

영만은 지구에 착륙할 준비를 하느라 바빴다. 그 와중에 말을 듣지 않는 존까지 달래느라 애를 먹고 있었다.

"제발 말 좀 들어, 존. 할 일이 많다니까. 우리 좀 도와 달라고 계속 말했잖아."

존은 곧 참석하기로 한 세미나 때문에 줄곧 들떠 있었다. 해야 할 일이 많았지만 영만이 아무리 부탁해도 소용없었다.

존은 선동의 시험 준비를 봐 주고, 지구로 배달할 물건을 확인해 줘야 한다. 그리고 잠시 후 지구에 도착하면 만나기로 한 리나가 어느 정거장 게이트로 나올지도 알아봐야 한다. 뿐만 아니라 영만이 견학하려고 하는 배양육 통조림 공장에 예약도 해 봐야 한다. 그러나 존은 여전히 티켓만 들고 영만호 안을 이리저리 돌아다니기만 했다.

존은 말했다.

"뭐가 문제예요? 선동 님은 어차피 시험을 잘 볼 거고, 리나 님도 알아서 연락해 줄 거고, 물건이야 제대로 배달만 하면 되잖아요. 배양육 통조림 공장은 가지 말아요. 통조림 그만 먹으라고 늘 말했잖아요. 그리고 남 시험 걱정할 때가 아니에요, 영만 님이야말로 성적을 걱정해야 돼요."

선동은 존에게 말했다.

"틀렸어. 시험 성적은 나쁠 수밖에 없어. 공부를 많이 못 했으니까. 아빠 엄마한테 뭐라고 변명해야 할지, 그거나 대신 고민해 줘."

아무래도 동진호에 있었을 때나 평소보다 확실히 공부를 안한 건 사실이었다. 당연히 시험에 자신이 없었다. 존이 괜찮을 거라고 격려했지만 선동은 다시 모니터 속의 강의를 한 번 보고는 한숨을 내쉬었다.

존은 다시 티켓을 흔들며 말했다.

"가장 중요한 건 세미나예요. 과연 어떤 결과가 나올까요? 우주에서 가장 똑똑한 인공지능 아난다와 마르커스가 뭐라고 발표할까요? 정말 기대돼요. 다른 인공지능들도 모두 기대하고 있다고요."

영만은 결국 포기한 듯 선동 옆자리에 털썩 앉아 한숨을 쉬었다.

선동은 제2조종실에서 조용히 시험을 치렀다. 답안을 마지막으로 확인하고 전용 태블릿의 전송 버튼을 눌렀다. 아직 우주여행 중인 동진호의 친구들도 지금 시험을 마쳤을 것이다.

'다들 나보다 잘하니까 더 잘 봤을 거야.'

선동은 괜히 기운이 쏙 빠졌다. 제2조종실을 나오자 존과 영만이 어땠느냐고 물었다.

"아직 몰라. 결과는 부모님에게 먼저 전달되고 그다음에 나한테 올 거야. 좋진 않겠지. 그동안 공부를 많이 안 했으니까."

"공부 많이 안 했다는 말 좀 그만해. 나름대로 정말 열심히 했잖아."

영만의 위로에 존이 말을 보탰다.

"잘 봤을 거예요. 정말 열심히 했잖아요. 선동 님은 최선을 다했다고요."

'과연 내가 정말 최선을 다했을까? 영만과 두 달 넘게 여행하는 동안 최선을 다하지 않는 생활이 몸에 배어 버렸는걸. 아마 나도 모르게 최선을 다하지 않았던 건 아닐까? 분명 다른 애들보다는 훨씬 성적이 떨어졌을 거야. 성적표를 보고 아빠 엄마도 같은 말을 하겠지. 3학년이 되면 다시 따라잡을 수 있을까? 따라잡지 못하면 어쩌지?'

선동의 걱정은 꼬리에 꼬리를 물었다.

"이제 세미나에 갈 준비를 서둘러야 해요."

언제 발랐는지 존의 몸통에서 기름이 뚝뚝 떨어지고 있었다. 그 바람에 영만호 바닥이 온통 기름투성이였다. 영만은 딱 잘라 말했다.

"나는 기름 자국 절대로 치우지 않을 거니까 존, 네가 알아서 치워."

잠시 후 지구 정거장의 개인 우주선 전용 게이트로 영만호가 정차했다. 하차한 영만과 선동은 가장 먼저 우체국에 배달할 물품을 맡겼다. 그리고 리나를 만나러 갔다.

무법 도시에서 리아 사장님과 함께 레시보에 돌아간 리나와는 두 달 동안 화상통화로 연락을 해 왔었다. 어제는 오늘 뭘 하고 놀지 얘기했었다.

리나는 루비와 해적들의 소식을 전해 주었다. 특히 친구 해적단은 리나한테 편지를 정말 자주 보낸다고 한다. 가끔 로보타의 로봇에게서도 편지를 받는다고 했다. 리나는 지구에서만 구할 수 있는 희귀한 편지지나 펜을 많이 사고 싶다며, 편지 박물관도 가 볼 거라고 얘기했다.

얼마 후 게이트에 도착한 리나의 표정은 밝았다. 여기까지 오는 동안 우주선 여행도 재미있었고, 드디어 지구에 오게 되었다며 들뜬 목소리로 말했다.

"선동, 영만, 존! 모두 오랜만이야! 어젯밤에도 통화했지만 말이야. 너희 배 안 고프니? 뭘 먹지? 뭘 먹으러 갈지 정하기가 가장 어렵잖아. 역시 존에게 물어볼까? 메뉴 고르기가 어렵더라고. 지구에는 맛있는 게 많으니까 더 어려운 것 같아. 자주 올 수 없는 곳이니까 실패하긴 싫고 말이야."

"팬케이크 가게는 어때?"

시험공부를 하는 내내 자꾸 팬케이크 생각이 떠올랐고, 시험도 끝났으니 다 같이 팬케이크를 먹고 싶었다. 리나도 영만도 선동의 의견에 찬성했다.

세미나 발표회장에 빨리 가야 한다는 존의 독촉을 이기지 못하고, 세 사람은 팬케이크 가게에서 식사를 끝내고 바로 나왔다.

존의 설명에 따르면, 아난다와 마르커스는 우주 최고의 인공지능이었다. 인공지능이지만 지금 이 순간에도 스스로를 개조하고 계속 발전시키면서, 또 새로운 유형의 인공지능도 개발하고 있다고 했다.

무엇보다 지구 최고의 과학자들과의 공동 연구를 통해 많은 과학 연구 업적을 쌓았다고 했다. 우주가 실제로 존재하는지, 아니면 절대적인 누군가의 시뮬레이션에 불과한 것인지에 대한 연구를 왜 진행하고 있는지는 모르겠지만, 그것 말고도 여러 분야에 걸쳐 다양한 연구를 동시에 진행하고 있다고 했다.

아난다와 마르커스, 그리고 지구 최고의 과학자들은 6개월 전, 수 세기 동안 해답을 전혀 알 수 없었던 우주 시뮬레이션 이론의 결정적인 돌파구를 찾았다며 바로 오늘 연구 결과를 발표한다는 소식을 우주 전체에 알렸다.

발표회장 로비에는 많은 과학자들이 이미 모여 있었다. 인간도 있지만 로봇이나 홀로그램 인공지능이 더 많았다. 어수선한 발표회장 안에서 선동은 다른 사람들과 이리저리 부딪혔는데, 사실 대부분 홀로그램들이었다. 어디에도 선동 또래는 보이지 않았다. 확실히 재미있어 보이지는 않는 행사였다.

발표회장 안으로 들어가자 존이 뻐기는 말투로 말했다.

"우리 자리 무척 좋아요."

"네가 산 티켓도 아니면서 뭘 그렇게 자랑하는 거야?"

영만이 퉁명스럽게 되물어도 존은 신경 쓰지 않았다. 영만과 리나는 오늘 발표 결과가 딱히 궁금하지 않았다. 선동 역시 그다지 흥미가 돋지 않았다.

잠시 후 아난다와 마르커스와 함께 연구를 진행한 '카우르'라는 이름의 여성 과학자가 무대로 나와 그동안의 연구 과정을 설명했다.

카우르 박사의 설명은 무척이나 깔끔했다. 그러나 그렇다고 해서 그 내용까지 재미있어지는 건 아니었다.

어느 순간 선동이 돌아보니 영만은 이미 꾸벅꾸벅 졸고 있었다. 리나도 딴생각을 하고 있는 것 같았다. 그 모습을 지켜보고 있다 보니 선동도 졸렸다. 존만 기대에 찬 표정으로 발표를 듣고 있었다.

그렇게 선동이 졸음을 참거나 딴생각을 하면서 한참 넋을 놓고 있을 때였다. 갑자기 발표회장 안이 웅성거리는 소리와 함께 시끄러워졌다.

"뭐라고?"

존의 놀란 목소리에 살짝 졸고 있었던 선동이 정신을 차렸다. 영만과 리나도 영문을 모르기는 마찬가지였다. 발표회장 안에 서는 사람들뿐 아니라 로봇과 인공지능 역시 무슨 큰일이 일어 난 것처럼 흥분해 자리에서 일어나는 사람도 있었다.

무대 위에서 카우르 박사가 다시 말했다.

"다시 말씀드리겠습니다. 우리 우주가 실제로 존재하는지를 알아냈습니다. 그전에 문제가 있습니다. 이 연구 결과를 발표했 을 때 개개인에게 큰 충격일 뿐 아니라, 인류 전체에 큰 파급력 을 발휘할 것으로 예측된다는 점입니다. 그래서 그 충격을 최소 화할 방법을 지난 6개월간 우리 연구진들과 함께 아난다와 마 르커스가 고민했습니다. 그렇게 고민한 방법은, 인간과 의논 끝 에 결과를 공개하자는 것이었습니다. 그러니까, 연구 결과를 발 표할지 말지를 인간의 결정에 맡긴다는 거죠."

그때 누가 벌떡 일어나서는 질문해도 괜찮느냐고 묻지도 않 고 바로 따졌다.

"인류에게 충격을 줄 결과라면, 결국 우리 우주가 시뮬레이션 이라는 것 아닙니까? 충격적인 결과는 그것밖에 없잖아요?"

박사는 아니라고 반복해서 말했다.

"우리 우주가 실제인지 가상인지 어느 쪽인지는 저도 모릅니다. 말씀드렸다시피, 결과는 아난다와 마르커스만 알고 있고 그 결과가 충격적일 것이라고만 했습니다."

발표회장에 모인 사람들이 수군거렸다. 카우르 박사의 말을 믿는 사람도 믿지 않는 사람도 있었다. 영만도 리나도 선동도 여전히 어리둥절했다.

"도대체 뭐라는 거야?"

리나가 말했다.

"지금까지 설명 안 듣고 뭐 했어요? 연구 결과가 충격적이니까, 발표할지 말지를 대표 한 명 뽑아서 의논한다는 거잖아요."

존이 화를 내더니 대답했다.

"연구 결과가 나오지도 않았는데 왜 충격적이라는 거야?"

"그것도 말했잖아요. 아난다와 마르커스가 충격적인 결과라고 미리 말했다고요."

"두 인공지능이 그냥 호들갑 떠는 걸 수도 있잖아. 안 그래?"

이번엔 영만이 물었다.

선동은 인공지능의 결정도, 지금 당장 화내고 따지는 사람들의 반응도 이해 가지 않았다. 그때 누군가가 일어나서 카우르 박사에게 질문했다.

"누가 아난다, 마르커스와 의논합니까?"

"지금 여기 모인 사람들 중 무작위로 한 명을 추첨해 결정하기로 했습니다."

카우르 박사의 말에 발표회장은 더욱 소란스러워졌다. 화를 내는 사람도, 어이없다며 웃기만 하는 사람도, 허무한 표정으로 탄식하는 사람도 있었다.

카우르 박사는 제발 조용히 해 달라고 부탁했다.

"왜냐하면, 과학자, 종교인, 정치인, 일반 시민 각자 입장에 따라 그 결과가 충격일 수도, 그렇지 않을 수도 있습니다. 그러니 누가 들을 건지는 추첨으로 결정합니다."

"결국 아무나 뽑는다는 거잖아!"

누군가 불만 가득한 목소리로 소리치자, 거기에 동조하는 사람들과 반대하는 사람들이 한꺼번에 소리를 높여 말하기 시작했다.

더 소란스러워지기 전에 여기서 나가는 게 맞을 것 같았다. 하지만 존이 발표 내용에 집중하고 있는 걸 보니, 선동은 선뜻 나가자는 말을 꺼내기가 어려웠다.

"그 한 명을 어떻게 추첨할 것인가 의논하면서 전체 지구인을 대상으로 삼기보다 편의상 발표회장에 있는 사람 중 한 명을 선정하는 게 낫다고 의견을 모았습니다. 물론 이 자리에 과학자 분들이 많이 참석하셨기 때문에 과학자가 뽑힐 확률이 높긴 하겠지만, 언론사에서 오신 분도 계시고 학생들도 많이 참석했으니, 꼭 과학자가 뽑힌다는 보장은 없습니다."

"우리 중에서 추첨한다는 거야?"

"그렇대."

리나의 질문에 선동은 대답했다. 이번에는 영만이 물었다.

"당첨되면 뭐 주는데?"

"그게…… 인공지능을 만나게 해 준대."

"인공지능이 상품을 주는 거야?"

영만이 되물었는데 선동도 뭐라고 대답을 해야 좋을지 알 수 없었다. 카우르 박사가 말을 이었다.

"추첨으로 선발된 분은 아난다와 마르커스와 의논해서 결과를 발표할지, 아니면 발표하지 않을지에 대해 합의할 것입니다. 우리는 그 의견에 따를 것이고요."

누군가 아난다와 마르커스가 직접 추첨하느냐고 묻자, 카우르 박사가 추첨 프로그램을 돌려서 진행한다고 했다.

"그럼 더 미루지 않고, 바로 추첨하겠습니다. 모두 티켓에 적힌 좌석 번호를 확인해 주십시오."

사람들이 서둘러 주머니나 가방에 넣어 두었던 티켓을 꺼내 들었다. 선동, 리나, 영만, 존도 각자의 티켓을 꺼냈다.

"뽑힌 사람한테 할인 쿠폰 같은 거 주면 좋겠는데."

영만이 말했다.

카우르 박사가 실행한 프로그램에서 숫자 하나가 뽑혔다. 숫자가 무대 위의 커다란 모니터에 표시되었다.

"41번 좌석, 어느 분입니까?"

카우르 박사의 말에 발표회장의 모든 사람들이 두리번거렸다. 선동의 앞쪽 좌석에 앉은 사람들이 뒤를 돌아보았다. 다른 사람들도 자신의 좌석 번호를 한 번 확인한 다음, 이윽고 세 사람 쪽을 쳐다보기 시작했다.

리나가 40번, 영만이 42번, 존이 43번이었다. 41번은…….

"나잖아."

선동이 말했다. 무대를 비추던 카메라가 선동 쪽을 비췄다. 대형 모니터에는 당황한 모습의 선동과 어리둥절한 표정의 영만, 그리고 리나가 나오고 있었다.

카우르 박사가 선동에게 앞으로 나와 달라고 말했다. 선동도, 옆자리의 리나와 영만도 어리둥절하긴 마찬가지였다. 선동이 자리에서 일어나 무대 쪽으로 걸어 나갔다.

선동은 무대 위에 올라 객석 쪽을 둘러보았다. 멍한 표정의 리나와 영만, 그리고 흥분한 존이 보였다. 수백 명의 시선들 모두 선동을 향하고 있었다.

"제가 결과를 듣는다고요?"

선동이 카우르 박사에게 물었다.

"그래요."

"우리의 우주가 실제로 존재하는지, 아니면 누군가의 시뮬레이션인지, 그 연구 결과가 나왔는데 그걸 제가 제일 먼저 듣는다는 거죠?"

"그래요, 잘 이해하셨군요."

"제가 듣고, 그다음엔 어떻게 해요?"

"그건 전적으로 강선동 님에게 달렸습니다."

카우르 박사는 대답했다.

카우르 박사는 선동을 데리고 무대 뒤에 준비된 방으로 안내했다. 오늘 선택된 사람과 인공지능의 의논 장소로 쓰일 방이었다.

그사이 카우르 박사는 선동에게 주의할 점을 알려 주었다. 앞으로 선동을 귀찮게 하는 사람들이 많이 생길 거라고 했다. 특히 기자나 과학자, 그리고 낯선 사람은 조심해야 한다고 했다. 그 얘길 듣고 나니 선동은 괜히 겁이 났다.

"그럼 저 말고 다른 사람이 듣는 편이 좋지 않을까요? 어른이 듣는 편이 좋을 것 같아요. 지금까지 같이 연구하신 과학자나 아니면 국민의 의견을 대표하는 정치인도 좋고요. 혹은 투표로 결정할 수도 있고요."

"아뇨, 강선동 님이 결정하세요."

"하지만 저는 열다섯 살 중학생인데요."

"중학생도 세상일을 결정할 권리가 있습니다."

방 앞에서 카우르 박사가 문에 붙은 작은 태블릿에 비밀번호를 입력하자 잠금 상태가 해제되었다. 방 안에는 두 개의 대형 모니터가 설치되어 있고 그 앞에 책상과 의자가 하나씩 있었다.

카우르 박사가 선동에게 의자에 앉아 보라고 했다.

"아무도 이 안을 들여다보지 못합니다. 바깥과 모든 연결이 완전히 차단되어 있어요. 누가 함부로 들어오지도 못할 겁니다. 문 밖에서 경호원이 지키고 있을 테니까요. 제가 나가면 이 방 안에는 아난다와 마르커스, 그리고 강선동 님만 남게 됩니다. 여기서 대화하면 됩니다. 궁금한 건 뭐든지 아난다와 마르커스에게 물어보세요."

선동이 고개를 끄덕이자 카우르 박사는 그대로 방을 나가고 문을 닫았다.

방 안은 너무 조용해서, 잔뜩 긴장한 선동의 심장 소리까지 들리는 것 같았다. 때마침 모니터가 켜졌다. 선동이 보기에 왼쪽 모니터에 '아난다', 오른쪽 모니터에 '마르커스'라는 글자가 표시되었다. 그리고 두 인공지능의 목소리가 들렸다.

왼쪽 모니터에서 말했다.

"안녕하세요 아난다입니다. 설명은 들으셨나요?"

선동이 그렇다고 말하자 오른쪽 모니터에서도 말했다.

"안녕하세요, 마르커스입니다. 설명을 완전히 이해하셨어요?"

"솔직히 모르겠어요. 우리 우주는 시뮬레이션일 수도 있고, 아닐 수도 있는데 그것의 공개 여부를 제가 결정해야 하나요?"

"네."

아난다가 대답했다. 선동은 재차 정치인이나 과학자, 아니면 다른 어른이 결정하는 편이 합리적이지 않느냐고 물었다. 다 안 된다면 정말 다른 방법은 없는지도 물었다. 그러자 마르커스가 말했다.

"다른 방법도 있습니다. 선동 님이 연구 결과를 듣지 않으면 됩니다."

"네? 결과를 듣지 않아도 돼요? 꼭 들어야 하는 게 아니었어요? 그래서 추첨했던 거 아니었나요?"

"듣지 않아도 됩니다. 원하신다면 말씀드리지 않겠습니다. 그것도 여러 방법 중 하나입니다."

그러더니 아난다가 방법 몇 개를 더 설명해 주었다. 하지만 선동은 들으면 들을수록 혼란스럽기만 했다.

"저희에게서 결과를 아예 듣지 않았기 때문에 공개할 만한 결과도 없다고 설명하면 되겠죠. 아니면 듣고 나서 듣지 않았다고 말하셔도 됩니다."

"그건 거짓말이잖아요. 아난다와 마르커스는 제가 그런 거짓말을 해도 가만두실 건가요?"

"결과를 발표하는 건 제가 아니라 선동 님입니다. 선동 님이 결과를 발표하지 않기로 하면, 저희는 연구 결과를 발표하지 않을 겁니다."

'그럼 거짓말을 해도 아무도 모르는 거잖아. 근데 굳이 거짓말을 할 필요가 있을까?'

"다른 방법도 있습니다. 결과를 듣지 않은 상태에서, 들었지만 발표하지 않겠다고 하셔도 됩니다. 반대로 들은 상태에서, 듣지 않았다고 해도 되고요. 혹은 들어 놓고서 반대되는 결과를 거짓으로 말할 수도 있습니다."

거기까지 들었을 때, 갑자기 선동의 머리에 캡틴 코모도가 떠올랐다. 티켓은 원래 캡틴 코모도의 것이었다.

'캡틴 코모도는 여기서 이런 상황이 벌어지리라는 걸 알고 있었을까? 혹시 캡틴 코모도는 이런 상황에서 대표로 연구 결과를 듣고 사람들에게 엉뚱한 내용을 발표하거나 거짓말을 할 생

각은 아니었을까?'

캡틴 코모도가 어떻게 했는지는 모르겠지만, 누군가에게 오늘 발표 방식을 미리 들었을 수도 있었다. 카우르 박사가 실행한 추첨 프로그램도 미리 손써 놓았다면, 선동의 번호가 나오게끔 조작하는 건 어렵지 않았을 것이다.

만약 정말 캡틴 코모도가 추첨 프로그램을 조작했다면 인공지능의 연구 결과를 혼자 듣고 이상한 내용을 발표해 버렸을 게 분명했다. 그 목적이 무엇이었든 캡틴 코모도는 사람들이 혼란에 빠지길 바랐을 것이다.

하지만 티켓은 캡틴 코모도와의 결투에서 이긴 선동이 가져왔고, 아난다와 마르커스를 만난 것 역시 선동이었다.

"원래 이 티켓은 제 것이 아니었어요. 티켓 주인은 지금 벌어지는 상황을 예상하고 사람들에게 거짓 발표를 하려 했던 것 같아요. 정확한 이유는 모르겠지만, 사람들이 혼란스러워 하는 모습을 보고 즐겼겠죠."

선동의 얘기를 듣고 아난다가 말했다.

"선동 님은 어떻게 하고 싶으세요?"

"저는 별로 듣고 싶지 않아요."

선동이 대답하자 마르커스가 물었다.

"이유를 물어도 될까요?"

선동은 한참을 머뭇거렸다.

'우주가 실제인지 아닌지 왜 그걸 알아야 할까?'

호기심이 일긴 했지만, 그 결과가 선동의 일상에 큰 영향을 미칠 것 같지는 않았다. 실제로 자신만의 삶을 살고 있는데, 특히 최근 몇 달간은 뭐라 표현할 수 없을 정도로 흥미진진한 삶을 살고 있는데 그것이 시뮬레이션이든 뭐든 그게 뭐가 중요할까 싶었다.

"요즘은 집을 나와서 우주선을 타고 다른 도시들을 여행 중이에요. 친구들과 함께 다니면서 매일매일이 즐거워요. 저는 최선을 다하는 도시인 베스트 시티 출신인데, 집을 떠나서 생활하는 동안은 최선을 다할 때도 있고 그러지 못할 때도 있었어요. 하지만 그래도 재미있었어요. 그동안 머리 아픈 일이 없었던 건 아니지만요. 우주가 실제로 존재하는가, 존재하지 않는가는 중요하지 않은 것 같아요. 매 순간이 흥미진진하고 재미있는데 그게 실제인지 아닌지가 중요한가요? 저한테는 전혀 중요하지 않아요. 그러니까 듣지 않겠습니다. 사람들에게도 듣지 않았다고 솔직하게 말할게요."

선동의 대답을 듣고, 아난다는 물었다.

"다른 사람들도 선동 님의 결정을 그대로 받아들일까요?"

"그렇지 않겠죠. 하지만…… 중학생도 세상일을 결정할 권리가 있으니까요."

선동이 말했다.

선동은 방에서 나와 기다리고 있던 카우르 박사에게 결과를
말했다. 왜인지 카우르 박사는 선동의 결정을 듣고 별로 놀라지
않았다.

캡틴 코모도가 추첨 프로그램을 미리 해킹해 놨을지 모른다
고 선동이 말하자, 카우르 박사는 확인 후 경찰에 연락하겠다고
말했다.

"안 그래도 얼마 전에 경찰이 찾아왔을 때 캡틴 코모도가 세
미나 티켓을 갖고 있었다는 말을 듣긴 했어요."

선동은 영만호에 다 같이 모였을 때 캡틴 코모도가 세미나
티켓을 왜 갖고 있는지 알아봐야겠다고 했던 경찰의 말이 생
각났다. 실제로 경찰은 티켓에 대한 수사를 진행 중이었던 것
이다.

"하지만 어쨌든 강선동 님이 뽑혔으니, 결정은 강선동 님이
하는 겁니다."

카우르 박사가 말했다.

어느새 기자들이 발표회장에 도착해 기다리고 있었다. 아까와 달리 무대 위에는 기자 회견장처럼 테이블과 의자가 하나씩 준비되어 있었고 마이크도 있었다.

카우르 박사가 선동과 인공지능의 대화가 끝났고 그 결과를 선동이 직접 발표하겠다고 알렸다. 선동은 테이블 앞에 앉아 마이크를 들어 아난다, 마르커스와 나누었던 대화에 대해 차근차근 설명했다.

그러는 와중에 기자들은 선동의 설명을 무시한 채 계속 같은 질문을 되풀이했다. 선동은 다시 천천히 설명하기 시작했다. 연구 결과를 듣지 않았고, 아난다와 마르커스도 알려 주지 않았으며, 앞으로도 그 누구에게도 말하지 않을 거라고.

"그게 정말입니까?"

선동이 몇 번이나 설명했지만 기자들도, 거기 모인 과학자들도 다들 믿지 않는 눈치였다. 답답해하던 선동은 아난다와 마르커스에게 직접 물어보면 확실히 알 수 있을 거라는 말까지 했다.

그렇게 세미나의 모든 순서가 끝났다. 하지만 기자들은 선동을 계속 따라와 같은 질문을 반복했다. 카우르 박사는 선동을 데리고 얼른 발표회장을 빠져나와야 했다. 선동은 먼저 나와 기다리고 있던 영만, 리나와 함께 영만호로 돌아왔다.

혹시 누가 따라올지 몰라 일단 영만호를 하늘로 띄워 아무 방향으로 움직였다. 선동은 방 안에서 있었던 일을 영만과 리나에게 털어놓았다. 특히 캡틴 코모도가 오늘 발표 방식에 대한 내용을 미리 입수하고 추첨 프로그램을 해킹했을 것 같다는 말을 하자 영만이 깜짝 놀라서 되물었다.

"캡틴 코모도가? 이유가 뭐야? 우주가 실제인지 시뮬레이션인지 알아서 뭘 할 수 있다는 거야?"

"나도 잘 모르겠는데, 적어도 사람들을 혼란스럽게 만들 수는 있지 않을까? 캡틴 코모도라면 그러고도 남을 거야."

리나는 선동에게 결과를 왜 듣지 않았냐고 물었다.

"아무도 모르는 걸 너만 아는 거잖아. 이 우주에서 가장 중요한 사실을 네가 유일하게 알게 되는 거야! 재미있지 않을까? 아니, 사실 나도 모르겠어. 생각해 보면 확실히 부담스럽긴 해. 그래도 호기심이 생기는걸. 결과가 뭐길래 이렇게까지 한 걸까? 궁금하다."

"부담스러워서 싫었어."

선동의 대답에 영만도 고개를 끄덕였다.

"나도 부담스러울 것 같아."

그때 존이 끼어들었다.

"나는 하나도 안 부담스러운데. 하지만 선동 님의 뜻이 그렇다면 나도 반대하지는 않아요."

거기까지는 재미있었지만, 문제는 그다음이었다. 존이 텔레비전을 틀더니 말했다.

"선동 님이 뉴스에 나왔어요."

뉴스에서 아난다와 마르커스의 세미나 소식을 전하면서 기자의 질문에 대답하는 선동의 모습을 내보내고 있었다. 리나와 영만는 그 모습을 보고 신기해했지만, 선동은 마냥 부끄러웠다.

"왜 부끄러워? 뉴스에 나오는 게 뭐 어때서? 재미있지 않아? 우리도 로보타 뉴스에 나왔었잖아."

영만이 말했다. 리나와 영만은 그때 일을 회상하며 웃기 시작했다. 선동은 친구가 텔레비전에 나오는 모습은 재미있었지만, 자신의 모습을 직접 보는 건 괜히 부끄러웠다. 존은 여러 채널에서 오늘 세미나 관련 뉴스를 전하면서 선동의 모습을 내보내고 있다고 전했다.

"앞으로 사람들이 선동이 널 알아보려나? 여행 다니기 힘들어지겠다. 기자들이 따라오면서 귀찮게 할지도 몰라. 솔직히 우리도 로보타에서 귀찮았거든. 어떡하지? 어디로 가야 할까?"

리나가 물었다.

선동이 전혀 생각하지 못한 문제였다. 정말 기자들이 따라다닐까 싶었지만, 적어도 귀찮게 하는 사람이 없는 곳으로 가고 싶었다. 영만이 좋은 아이디어가 떠올랐다며 말했다.

"배양육 통조림 공장 견학은 어때? 우리가 그런 데 갈 거라고
는 아무도 상상하지 못 할 것 같아. 보통 관광객은 놀이공원에
많이 가니까. 꼭 내가 가고 싶어서 하는 말이 아니라, 통조림도
공장에서 막 만든 걸 사 먹으면 더 맛있대. 시중에서는 구하기
힘든, 특별한 배양육도 싸게 살 수 있고."

리나는 영만에게 너무 많이 먹지 않는다는 약속만 하면 가겠
다고 했다. 영만은 장담할 수 없지만 최선을 다하겠다고 대답했
다. 존은 배양육 통조림 공장을 향해 영만호를 움직였다.

리나가 가고 싶다고 한 문구점을 검색하고 있을 때, 존이 말
했다.

"선동 님, 부모님께 전화 왔어요."

선동은 방으로 들어가 전화를 받았다. 아빠 엄마는 선동의 이
야기가 보도된 뉴스를 보고 깜짝 놀라 연락했다고 했다. 베스트
시티까지 자기 이야기가 뉴스로 보도되었다는 게 선동은 신기
했다.

"하드리아누스가 네가 나온 뉴스를 모아서 보여 주었다. 깜짝
놀랄 일이더구나. 그동안 잘 있었니? 연락 좀 자주 하지 그랬어.
참, 네 중간고사 성적표도 받았다. 성적이 크게 떨어졌더구나."

성적표를 받아 봤다는 아빠의 말에 긴장한 선동은, 기말고사

때에는 더 열심히 해서 다시 원래 성적을 만들어 놓겠다며 더듬더듬 말했다. 그러면서 세미나에서 무슨 일이 있었는지를 설명했다.

선동의 부모님은 우주가 실제인지 시뮬레이션인지를 연구한다는 게 무슨 말인지, 그 결과를 왜 선동만 들어야 하는 건지 이해하지 못했다. 하지만 선동도 그걸 어디서부터 어떻게 설명해야 좋을지 몰랐다.

"여행 잘하고 있었으면 됐지, 위험한 일은 없었지?"

선동의 엄마는 아직도 무법 도시에서의 일 때문에 걱정이 많다면서, 캡틴 코모도가 또 감옥에서 탈출하는 건 아닌지, 도마뱀 해적단의 해적들이 지금도 선동을 쫓고 있지는 않은지 걱정이 된다고 했다. 그래서 하드리아누스가 항상 해적 관련 뉴스를 검색해서 따로 알려 주고 있다고도 말했다.

선동은 조심하고 있다고, 걱정하지 말라는 말과 함께, 캡틴 코모도가 탈출하면 경찰이 자기에게 바로 연락하고 영만호로 찾아올 거라고 말했다. 선동은 부모님에게 연락할 때마다 매번 설명하고 있지만, 아무래도 여전히 선동을 걱정하고 있는 것 같았다.

"그때 먹었던 배양육 통조림이 가끔 생각나서 우리도 며칠에 한 번씩 먹고 있어. 확실히 합성 수프보다는 맛있더라. 영양 균형 때문에 하드리아누스가 그만 먹으라고는 하지만."

아빠가 말했다.

"팬케이크도 드셔 보세요."

선동이 아빠한테 팬케이크를 권하자 아빠는 팬케이크라는 게 무엇인지 물었다.

"엄마 아빠도 팬케이크를 몰라요?"

선동이 팬케이크는 지구에서 주로 먹는 음식이고, 아주 맛있다고 설명했다. 설명을 듣던 선동의 부모님은 바로 하드리아누스를 불러 영양을 분석해 달라고 말했지만, 선동이 말렸다.

"팬케이크는 영양 분석하지 말고 그냥 먹어야 해요. 시럽에, 잼에, 크림까지 추가해서요. 과일도 같이 먹으면 더 좋고요."

"그래?"

어째서인지 아빠와 엄마의 태도는 선동이 예상했던 것과 달랐다. 성적이 많이 떨어진 걸 보고 큰일이라고, 얼른 집으로 돌아오라고, 아니면 차라리 동진호로 돌아가라고 할지도 모른다고 생각했다. 그러나 부모님은 전혀 그럴 생각이 없는 것 같았다. 오히려 선동이 친구들과 재미있게 여행하고 있는 걸 보고 기뻐했다.

"네가 최선을 다해서 여행 중이라는 걸 믿고 있으니 염려 말아라. 오히려 네가 베스트 시티에 있을 때와 많이 달라진 것 같아 기쁜걸. 연락할 때마다 여행하면서 있었던 일을 들을 때면 네 모습이 참 즐거워 보이거든. 성적이 떨어지더라도 네가 새로운 친구와 신나게 지내는 것 같아서 우리도 즐겁단다. 널 여행 보내길 잘한 것 같아."

아빠에 이어 엄마도 말했다.

"네가 예전에 왜 최선을 다해야 하는지 모르겠다고 물어본 적 있잖니? 그런데 지금은, 성적이 떨어진 걸 걱정하면서 최선을 다하지 못해서 죄송하다고 하잖아. 네가 왜 최선을 다해야 하는지 나름의 해답을 찾은 건 아닐까?"

선동은 생각지도 못했던 여행의 긍정적인 면을 아빠 엄마에게 들으니 기쁘기도 하고 쑥스럽기도 했다. 선동은 확실히 이번 여행 동안 신나고 재밌는 일이 많았다고, 위험할 뻔한 일도 있었지만 두 번 다시 겪을 수 없는 놀라운 경험이었다고 말했다.

"여행을 떠나오고 매 순간이 재미있어요. 집으로 돌아갈 때까지 즐겁게 지낼게요. 하루하루가 재미있으니까 여기서는 최선을 다해서 즐길 가치가 있는 것 같아요. 베스트 시티로 돌아가서 중학교 3학년에 올라가도 지금처럼 즐겁게 최선을 다할 수 있을 것 같아요."

선동은 긴 통화를 끝내고 선동은 방에서 나왔다.

조종석에서는 영만과 리나가 창밖을 내다보고 있었다. 그러

면서 배양육 통조림 공장과 문구점을 갔다가 또 어디로 놀러 갈
까, 고민하고 있었다. 선동도 그 사이에 끼어서 같이 창밖의 지
구를 내려다보았다.

모험은 이제 시작이었다.

재미있는 일이 많이 기다리고 있을 테니, 최선을 다해 즐기면
되는 것이다.

어렸을 때 청소년이 주인공인 SF 소설을 읽으면서 우주여행을 하는 상상을 하곤 했습니다. 지구를 벗어나 로봇과 함께 우주선을 타고 낯선 행성에서 외계인을 만나는 모험을 하면, 분명 신날 거라고 생각했습니다.

언젠가 꼭 써 보고 싶었던 이야기인데, 이렇게 어른이 되어서 쓸 수 있게 되어서 기쁩니다. 제가 상상만 해 오던 이야기가 이렇게 책으로 태어나 독자 여러분들 앞에 다가가게 되었습니다. 선동, 영만, 리나, 존과 함께한 모험이 즐거우셨으면 좋겠습니다.

집필에 도움을 주신 정명섭 작가님과 멋진 책을 만들어 주신 출판사에 감사드립니다.

2020년 여름
김이환

초판 발행  2020년 08월 20일

초판 3쇄  2021년 07월 05일

저자  김이환

발행인  이진곤

발행처  블랙홀

출판등록  제 25100-2015-000077호(2015년 10월 26일)

주소  경기도 파주시 문발로 405 제2출판단지 활자마을

전화  02-338-0092

팩스  02-338-0097

홈페이지  www.seentalk.co.kr

E-mail  seentalk@naver.com

ISBN  979-11-88974-40-5  44810

979-11-956569-0-5  (세트)

이 도서의 국립중앙도서관 출판예정도서목록(CIP)은 서지정보유통지원시스템 홈페이지
(http://seoji.nl.go.kr)와 국가자료공동목록시스템(http://www.nl.go.kr/kolisnet)에서
이용하실 수 있습니다.(CIP제어번호: CIP2020032738)

ⓒ김이환, 2020

· 본 책은 저작권법에 의해 보호를 받는 저작물이므로 무단 전재와 복제를 금합니다.

은 의 자매 회사입니다.